Bisher von Kera Jung erschienen:

Keine wie Sie
Keiner wie Er
Keiner wie Wir

Urteil: Leben:
Creatio ex nihilo
Feuer und Wasser

Erstens kommt es anders ...
… und zweitens, als man denkt

Starke Frau, was nun?

Twisted Game

Kera Jung

Sophias Dreams

Impressum:
... Sophias Dreams (The Tower)
Erstausgabe Juli 2014

https://www.facebook.com/pages/Kera-Jung/107377139457014
https://www.facebook.com/kera.jung
https://twitter.com/KeraJung
http://www.kera-jung.de/index.html

Umschlagillustration/Foto: Sophia Candice
Unter Verwendung eines Motives von: Colourbox.com
Lektorat: Patricia Zimmermann
Korrektorat: Sylvia Mross
Weitere Mitwirkende: Mandy Heskamp, Tina Bakinay, Nicole Zdroiek, Melanie Bückart
Satz und eBook: Sophia Candice
Veröffentlicht beim:
A. P. P.-Verlag
Gemeindegässle 05
89150 Laichingen
Inhaber Peter Neuhäußer
www.a-p-p-verlag.de

ISBN eBook (mobi): 978-3-945164-45-7
ISBN eBook (epub): 978-3-945164-46-4
ISBN Print: 978-3-945164-47-1

Bethy …

Wann immer du Rat brauchst, schließ die Augen, und du wirst ihn bekommen.
Wann immer du lachen willst, schließ die Augen, und du wirst es können.
Wann immer du glaubst zu ertauben, schließ die Augen, und du wirst wieder hören.
Wann immer du glaubst zu erblinden, schließ die Augen, und du wirst wieder sehen.
Und wann immer du glaubst zu vergessen, schließ die Augen, und du wirst dich erinnern.

The Tower – die Serie

Lust, Intrigen, Verwicklungen und Schicksalsschläge, wie sie das Leben schreibt. Unzählige Möglichkeiten, Menschen und Meinungen, Liebe und Hass.
Tabulose Erotik.
Jeder Teil ist ENTWEDER von Kera Jung ODER Don Both geschrieben, aber in sich abgeschlossen und mit einem hübschen Happy End versehen!

Sophia

Turm ...

Tolle Erfindung, denkt sie, während sie wie üblich die endlosen Gänge entlangrauscht, ihren Putzwagen unter erheblichen Mühen in den ›besonderen‹ Aufzug wuchtet und schließlich direkt in einem der *extrem* edlen Appartements wieder aussteigt.

Turm!

Für die Typen in den schicken Anzügen mit Sicherheit ein Eldorado der Bequemlichkeit. Zuzüglich der passenden Weibchen in ihren widerlichen Kostümen, von denen sie sich nie eines leisten können wird und es garantiert auch nicht will. Sie sind losgelöst vom Alltag vor den Panzerglasscheiben, die ununterbrochen gereinigt werden. Denn die Putzkolonne, deren Mitglieder irre genug sind, sich an Stahlseilen befestigt an der Außenwand entlangzuhangeln, starten oben, arbeiten sich langsam runter und fangen von vorn an, sobald sie vorübergehend mal den Boden berühren durften.

Eintönig ... hmmm ...

Stöhnend geht sie in die Knie, wringt den überhaupt nicht exquisiten Wischlappen im Eimer aus und macht sich daran, den besonders widerlichen Raum hinter dem Klo zu putzen.

TURM!

Scheiß Gemäuer!

Sie kann sich nicht erinnern, wann sie es zuletzt verlassen hat. Ja, auch sie wohnt in diesem gigantischen Bauwerk der Magie, des Wahnwitzes und der sprichwörtlichen Dekadenz. Jenes Mekka der Reichen und Mächtigen, die ihre Zügellosigkeit genau hier ungehemmt ausleben und sich um den Rest der Welt einen Dreck scheren.

Allerdings residiert sie mehr im unteren Segment – Deck F

der Titanic, sozusagen.

Unbemerkt von den Schönen und übermäßig Gutsituierten gibt es nämlich noch jenen Bereich, dessen Existenz lieber nicht öffentlich erwähnt wird. Dort vegetieren auch jene Leute, die den Reichen ihren Dreck hinterherräumen.

Und das *ist* Dreck!

Missmutig presst sie ein nächstes Mal die Feuchtigkeit aus dem Lappen, entfernt mit spitzen Fingern ein Schamhaar von den hellen Fliesen – verdammt, das wird ihr mit Sicherheit einen Herpes bescheren – und macht wenig später weiter, mit frischem Wischwerkzeug, aber ohne jeden Elan.

Wie heißt der Typ noch gleich, der hier wohnt?

Price?

Möglich, so genau hat sie sich nie erkundigt, und Klingelschilder existieren nicht in den luftigen Etagen.

Egal, was das für ein Kerl ist, er lässt es ziemlich häufig ordentlich krachen. Das Appartement entpuppt sich immer als Wunderkiste der besonderen Art. Beim Bettenmachen hat sie neben den obligatorischen Flecken auf dem Laken – *ugh!* – auch einige seltsame Gerätschaften entfernt.

Sexspielzeug mit deutlichen Gebrauchsspuren! Die Hinterlassenschaften der vergangenen Nacht, die für das Zimmermädchen selbstverständlich zum Desinfizieren liegen gelassen wurden.

Bei diesem Job ist alles inklusive, einschließlich Horror und Ekel der besonderen Art. Niemand macht sich Gedanken darüber, denn die Bediensteten sind zum Schweigen verpflichtet. Möglicherweise steht auf Whistleblowing die Todesstrafe. Keiner, den sie kennt und der ähnliche Einblicke in dieses Chaos genießt, würde über die Zustände auch nur das geringste Wort verlieren.

Nicht mal unter Folter.

»Natürlich nicht«, grummelt sie, während sie genau jenes seltsame Zubehör für die Abenteuer, die dieser Typ in seinem Bett veranstaltet, in neuer Lake versenkt. Denn sie ist absolut nicht überzeugt, dass es nur annähernd sauber ist. Möglicherweise lässt sich dieser Schmutz auch nie wieder entfernen: Das Ding ist und bleibt kontaminiert.

Seufzend kontrolliert sie kurz darauf die Klobrille und als Nächstes den Halter – IMMER DEN HALTER! Sie wäre nicht die Erste, die gefeuert wird, weil sie diesen verdammten Toilettenpapierspender zu polieren vergaß.

Nachdem auch das erledigt ist, richtet sie sich mit einem finalen Durchatmen auf und betrachtet sich dabei eher zufällig im mannshohen Spiegel. Ein einfacher über dem Waschbecken genügt nun mal derart anspruchsvollen Mitmenschen nicht.

Dunkles, gewelltes Haar, das zu einem schmucklosen Zopf im Nacken gebunden ist. Blasse Gesichtshaut – das ewige künstliche Licht schadet eindeutig ihrem Teint, der rein genetisch bedingt leicht bronzefarben ausfällt. Große, azurblaue Augen, eine winzige Nase – auf die sie echt stolz ist, obgleich sich sonst niemand für dieses Wunderwerk der Natur interessiert – und volle, sinnliche Lippen. Diese Beschreibung stammt nicht von ihr, sondern von dem Mieter eine Etage tiefer, der ihr ständig an den Hintern grapscht, wenn es seine Uralt-Gattin nicht bemerkt.

Ein kleines Kinn, ein Schwanenhals, und dann folgt die verhasste weiß-blaue Bedienstetenuniform. Nicht aufgrund des Schnittes ungeliebt, der ist nicht mal übel, denn er betont ihre Oberweite und die schmale Taille. Die junge Frau verabscheut das Zeug, weil es stets *faltenfrei* sein muss. Und nein, sie bekommt ihre Arbeitskleidung nicht gereinigt *und gebügelt* gestellt. Stattdessen dürfen die Angestellten das selbst übernehmen (pro Maschinenladung fünf Dollar im ansässigen Waschsalon für die Unterschicht) und später eben *bügeln!*

Auch kein Problem, sollte man jedenfalls meinen. Wäre dieser verdammte Stoff nur nicht so verflucht widerspenstig …

Der Timer am Handy reißt sie aus den wirren und überhaupt so ziemlich verbotenen Träumen. Eine ihrer verheerenden Angewohnheiten, gegen die sie seit Jahren vergeblich ankämpft.

Sie hat nämlich keine Zeit! Weshalb sie hastig ihr Kleid glatt streicht, dabei das Namensschild, auf dem *›Sophia Wagner‹* vermerkt ist, beinahe abfetzt, es entnervt neu befestigt und das Luxusappartement nach einem letzten prüfenden Blick verlässt.

Mr. und Mrs. Smith

Die abschließende Adresse auf Sophias täglichem Rundgang betrifft gleichzeitig die abenteuerlichste.

Nicht, weil auch in diesem Schlafzimmer sexuelle Folterwerkzeuge zu erwarten sind (selbstverständlich gebraucht). Nein, diesbezüglich sind diese Klienten total clean. Ihre Antipathie hat sich über die Monate aufgebaut, da es hier in so vielfacher Hinsicht verdammt unangenehm ist.

Und das gnadenlos – bisher hat sie es noch nie anders erlebt.

Sobald sie die Appartementtür öffnet, geht es los. Ein schriller, unmenschlicher Schrei ertönt: »WER IST DAS?«

»Ich bin´s, Ma ´am!« Eilfertig dringt ihre klare, helle Stimme durch die weiten Räumlichkeiten, bevor Sophia zunächst den Wagen (der sie fast überragt) und dann sich selbst über die Schwelle befördert.

Ein Kopf, von unzähligen wirren blonden Locken umrahmt, wird in den Flur gehalten. Die sorgfältig geschminkten Lippen unter einer zierlichen, sehr umsichtig operierten Nase verziehen sich zu einem geringschätzigen Lächeln, und die blassblauen allerliebsten Augen verbreiten standardmäßig Kälte bis Tiefkühlfrost. »Es ist erst halb drei. Wie oft soll ich Ihnen noch sagen, dass ich Sie nicht vor *vier Uhr* sehen will?«

»Falsch! Inzwischen ist es fast drei viertel fünf!«

Der dunkle, sonore Einwand, ist der wahre Grund, weshalb Sophia so ungern dieses Appartement betritt. Okay, eigentlich der Besitzer und Initiator des Ganzen. Hierbei handelt es sich nämlich um *Mr.* Smith, der gerade aus dem Wohnzimmer auf sie zugeschlendert kommt.

Geschlendert – nicht etwa einfach nur so gelaufen.

Wie üblich trägt er ein beiläufig zugeknöpftes Hemd und darunter legere Hosen, die gekonnt von den Hüften gehalten werden.

Kein Gürtel ist vorhanden. Trotz des lässigen Oberteils sind die vielen gebräunten Brustmuskeln genau auszumachen ... Ob Sophia will oder nicht, ihr Blick gleitet weiter nach oben und gelangt damit zu ihrem sprichwörtlichen Untergang: Ein wundervolles Grübchen exakt in der Mitte des Kinns unter schmalen, wunderschön geformten, durchaus sinnlichen Lippen, einer etwas zu großen Nase, die aber echt aristokratisch wirkt – findet Sophia jedenfalls –, dunkle, schokoladenbraune Augen und Wimpern, die so dicht wie selten bei einem Mann sind. Das Ganze wird von einem Schopf hellblonden Haars umrahmt, welches sich scharf von seinem braunen Teint abhebt.

Ein Gott!

Ohne es zu wissen, befeuchtet Sophia ihre Lippen, die sich längst verlangend geöffnet haben, und ihr Atem beschleunigt sich. Gut erkennbar an den sich rapide hebenden und senkenden Brüsten, deren mit einem Mal erstarrte Spitzen sich energisch gegen den gestärkten und gebügelten Stoff ihrer Bluse drängen.

Krampfhaft umklammert sie den Griff ihres Wagens mit den Reinigungsutensilien und streicht sich in instinktiver Geste eine vorwitzige Strähne aus dem Gesicht.

Unfähig, wegzusehen, außerstande, sich seines überwältigenden Einflusses zu entziehen. Für sie ist er der Inbegriff männlicher Schönheit, ihre Achillesferse, der es gelingt, Sophia *alles* vergessen zu lassen: ihre Umgebung, ihren Job, die Aufgabe, die sie hier zu erfüllen hat, die Anwesenheit der edlen, ewig blassen Mrs. Smith, deren Kopf längst wieder verschwunden ist, und zudem die Tatsache, dass diese dümmliche Art des Schmachtens nicht nur recht peinlich und verboten ist, sondern bei dem Adonis auch garantiert nicht auf Beifall stößt. Der steht nicht auf kleine Zimmermädchen. Wann immer er wahrnimmt, dass sie ihn ansieht – und das geschieht zwangsläufig – wird seine Miene spöttisch bis herablassend.

Leider.

Was sie blöderweise nicht vom Glotzen abhält.

Auch leider.

Wie benommen starrt sie ihn an und kämpft ganz nebenbei

damit, nicht an der stetig gefährlicher werdenden Atemnot zu krepieren.

Noch immer kommt er ihr entgegen, die Augen funkeln bereits belustigt, und er betrachtet ungeniert ihren Körper. Bonus für die steinreichen, männlichen Kunden – sie ist nur das Putzmädchen und die genießen nur herabgesetzte Persönlichkeitsrechte. Doch wenn er es ist, kann selbst das sie nicht sonderlich stören. Im Gegenteil, sie genießt das begehrliche Fixieren, das auf ihren Brüsten haften bleibt.

Er ist himmlisch!

Mrs. Smiths nervtötende Stimme holt sie zuverlässig in die Gegenwart zurück. »Was treiben Sie denn?«

Die Dame des Hauses steht mit einem Mal im Flur. Trotz der nachmittäglichen Stunde trägt sie ein sündhaft teures, weißes, langes, enges Ballkleid und sieht ziemlich erbost zwischen ihrem Ehemann und Sophia hin und her. »Worauf warten Sie noch?« Damit pegelt sie sich auf das Mädchen ein. Mr. Smith ist eineinhalb Meter vor ihr zum Stehen gekommen. »Nebenbei bemerkt ist mir aufgefallen, dass Sie die hinteren Fächer der Schränke konsequent vernachlässigen.«

Verwirrt sieht Sophia zum edlen Gatten. Der mustert seine Frau mit verschränkten Armen und ironisch erhobenen Brauen und schweigt.

»Was ist jetzt?«

Sophia zuckt zusammen, keucht »Jawohl, Ma ´am!« und macht, dass sie ins Wohnzimmer kommt, jedenfalls versucht sie es. Nach dem dritten Schritt – der Parcours ist grausam, sie muss direkt an dem sprichwörtlichen Gott vorbei, wobei sie seinen herben Duft in die Nase bekommt – wird sie abermals von der von diesem schrillen Tenor heimgesucht. »Nein, heute beginnen Sie in der Küche! Wir erwarten Besuch, in einer halben Stunde trifft das Catering ein. Beeilung!«

Klasse!

* * *

Zeitmanagement war noch nie Mrs. Smiths Stärke, aber heute hat sie sich selbst übertroffen.

Sophia *fliegt* förmlich durch die Räume, an eine gründliche Reinigung ist nicht zu denken, es bleibt nur Zeit, die Dinge oberflächlich herzurichten. Nach einer Dreiviertelstunde ist sie glücklich beim Bad angelangt, wo sie wie gewöhnlich in Büßerstellung die Fliesen reinigt, als schnelle Schritte ertönen und kurz darauf das blonde Gift erscheint.

Wie unter Zwang sieht sie auf und ist wie üblich von der überwältigenden Schönheit geblendet. Die Stimme passt nicht zu jener gleißenden Erscheinung, die so atemberaubend ist, dass Sophia jedes verdammte Mal der pure Neid überwältigt. Wie das Positiv zu ihrer Person, die helle, engelsgleiche Gestalt neben der dunklen, im Schatten stehenden, teuflischen aus der Unterwelt.

Allein die Beine, die sich unter dem glatten Seidenstoff des Kleides abzeichnen, sind doppelt so lang, wie die der am Boden kauernden Frau. Die Brüste stellen womöglich den Traum eines jeden Mannes dar, sie schmiegen sich weich und voll ins tiefe Dekolleté, die Haut ist makellos weiß, sogar das Make-up wirkt, als hätte ein überaus begabter Visagist seine fähigen Hände im Spiel gehabt.

Trotz der immer sehr biestigen Art muss Sophia diese Frau mögen. Auch wenn deren Blicke stets etwas glasig und ihre Bewegungen so häufig leicht unkoordiniert wirken und sie insgesamt stets unhöflich und herablassend ist.

»Manchmal ist ein Bücken angebracht«, meint sie und ignoriert den Umstand, dass das Dienstmädchen zu ihren Füßen kauert. »Hat Ihnen denn das noch nie jemand gezeigt?«

Sophia, die an endlose Putzstunden im Elternhaus denkt, beschließt spontan, besser zu schweigen.

»Ich habe den Eindruck, Sie lassen die Ecken immer aus. Wirklich, das muss sich ändern, sonst sehe ich mich gezwungen, mich an Ihren Chef zu wenden!«

Die Hand, mit der sie eine kunstfertig in Locken gedrehte Strähne zurückstreicht, zittert sichtlich. Wut? Möglich. Von Mr. Smith (seinen echten Namen kennt sie gar nicht) ist schon seit dreißig Minuten nichts mehr zu hören oder zu sehen.

Abschätzend beäugen die beiden so ungleichen Frauen einander, nicht etwa wie Feinde – vielleicht ist diese Vorstellung doch etwas zu utopisch. Eher handelt es sich um ein Messen auf verschiedenen Ebenen, dessen Ausgang feststeht, bevor es begonnen hat.

Schließlich räuspert sich der blonde Engel. »Was glotzen Sie so blöde? Die Gäste werden bald eintreffen, wie ich bereits mehrfach anmerkte! Ich habe nicht die Absicht, mich zu blamieren, nur weil Sie nicht in der Lage sind, Ihren Job anständig zu erledigen!«

Wie so häufig in ihrem vertrackten Leben, erwacht Sophia mal wieder aus einer ihrer Parallelwelten. »Oh! Sehr wohl, Ma ´am.«

Damit steht sie auf und beginnt eilig, das Waschbecken sporadisch zu scheuern, bevor sie in das riesige Wohnzimmer stürzt und dort mit der flüchtigen Reinigung weitermacht. Dabei weiß sie, dass sie es niemals schaffen wird. Wie üblich – die Vorwürfe sind ja nicht ganz aus der Luft gegriffen. Nur liegt die Ursache wirklich nicht bei ihr. Sophia darf nämlich nicht früher erscheinen, weil Mylady immer bis zum frühen Nachmittag schläft.

Während sie diesmal auf dem Parkett herumrutscht, stellt sie fest, dass sich ihr heimlicher Gott aus der Wohnung gestohlen hat. Wie immer. Sobald seine Frau ihre schlechte Laune demonstriert, ergreift er feige die Flucht und überlässt Sophia dem Feuer speienden, attraktiven und so liebenswerten Drachen.

Er ist Sportler – Radrennfahrer, soweit sie weiß. Ein Profi, der damit jede Menge Geld gemacht hat. Deshalb ist auch sein Körper so göttlich beschaffen; der Mann muss ewig trainieren, um ihn in derartiger Form zu halten.

Mittlerweile beim Blumengießen befindlich, sieht sie vor ihrem geistigen Auge, wie er langsam sein Hemd aufknöpft und darunter jene braune Haut entblößt, die selbstverständlich wie eingeölt schimmert. Die Muskeln sind austrainiert und scheinen sie zu rufen, mit gottähnlicher Stimme, die ihr Blut sofort zum Kochen bringt.

Wenig später – da wischt sie gerade Staub –, überlegt Sophia angestrengt, wie sie jeden Einzelnen von ihnen taufen könnte.

Hugo.

Boss.

Karl.

Lagerfeld.

»Sind Sie denn immer noch nicht fertig?«

Mist!

Reiß dich endlich zusammen, Bitch!

Das wirkt. Wenig später putzt Sophia, als ginge es um ihr Leben.

Rauswurf

Natürlich schafft sie ihre Arbeit nicht.

Als es klingelt, wird ohne viel Federlesen von der Mylady ins heilige Schlafzimmer geschoben. Der Engel mit der ewig schlechten Laune trägt übrigens mittlerweile eine bombastische Hochsteckfrisur, aus der nur einzelne Locken kunstvoll gelöst sind, wirkt aber insgesamt ganz schön fahrig. Sind wohl wichtige Gäste.

Ratlos sieht sie sich in dem mondänen Raum um und sinkt irgendwann auf die verruchte Matratze. Einen Stuhl gibt es nicht.

Von draußen sind Stimmen zu vernehmen, darunter macht sie einige dunkle, zu Männern gehörige aus. Aber auch die jetzt gekonnt Rauchige von Mrs. Smith kann sie identifizieren und die Bekannte und Vergötterte deren Gegenstücks. Der ist pünktlich eingetroffen. Leises Lachen ist zu hören, danach, wie man in tiefer Konversation versunken ins Wohnzimmer geht, und dann die eiligeren Schritte der Kellner, die vor einer halben Stunde angetanzt sind.

Sophia, der erst jetzt wirklich bewusst wird, wo sie sich befindet und vor allem, *worauf!*, beschließt, die Gelegenheit für eine ausgiebige Inspektion zu nutzen.

In Gedanken versunken lässt sie einen Finger über eines der etlichen seidigen Kissen gleiten. Auf welcher Seite er wohl schläft? Ohne ernsthaft darüber nachzudenken, schnuppert sie verhalten an dem linken Bezugstoff. Ja, das ist es!

Sein Duft ist unvergleichlich! Schon stellen sich abermals ihre Nackenhaare auf und ein wohliger Schauder durchrieselt sie. Nach Ablenkung suchend blickt sie zu dem riesigen Panoramafenster, hinter dem sich der wolkenlose Himmel einer Stadt ausbreitet. Es ist Wochen her, dass sie zuletzt ungefilterten Sauerstoff geatmet hat.

Als sich hinter ihr die Tür öffnet, fährt sie wie vom Donner gerührt herum und verfällt umgehend in die nächste Schockstarre.

Er steht vor ihr.

Lebendig.

Aus Fleisch und Blut, sozusagen.

In einem Schlafzimmer mit einem riesigen Himmelbett!

Von spöttischem, überlegenem Lächeln kann momentan keine Rede sein. Eher wirkt er leicht genervt und vor allem trägt er einen Smoking.

Schwarz.

Maßgeschneidert.

Himmlisch!

»Nun kommen Sie schon!«, befiehlt er unwirsch und damit sogar verdammt göttlich.

Sie beißt sich auf die volle Unterlippe, will ihr Wägelchen mit sich ziehen und wird in der nächsten Sekunde höchst barsch gefragt: »Sind Sie wahnsinnig? Wenn meine Frau das sieht, ist die Hölle los!«

»Aber ich muss ...«

»Wann brauchen Sie ihn denn wieder?«, unterbricht er sie entnervt.

Ratlos glotzt sie ihn an.

»Was ist? Sind Sie jetzt auch noch stumm?« Sein geharnischter Ton lässt sie zusammenzucken.

»Ich muss ihn einschließen«, murmelt Sophia, leicht benebelt.

»Mit dem Teil können Sie hier unmöglich raus!«, erklärt er strikt. »Wir haben Gäste!«

»Wenn ich meinen Putzwagen nicht abliefere, bekomme ich einen Heidenärger mit dem Chef! Ich brauche den Job!«, widerspricht sie mit dem Mut der Verzweiflung.

»Fuck!«, knurrt er überhaupt nicht vornehm und rauft sich nebenbei das seidige, so wundervoll frisierte Haar. Seidig ist natürlich nur eine Annahme, sie würde aber sofort vor dem Obersten Gerichtshof schwören, dass es sich genauso anfühlt. Der Mann ist verzweifelt, weil seine Gattin ihn pausenlos unter Druck setzt. Klarer Fall!

»Fuck!«, knurrt er wieder, mustert sie fassungslos. »Was jetzt?«

Unter seinem dominanten Blick ziehen sich Sophias Brüste zusammen, die Spitzen werden hart und ihre Knie weich. Er ist atemberaubend!

»Antwort!«

Oh, wenn er wütend ist, wirkt er noch viel männlicher …

Es geht so schnell, dass die verwirrte Sophia keine Chance hat, zu folgen. Mit zwei Schritten ist bei ihr, packt sie diesmal an beiden Oberarmen und schüttelt sie grob. »Draußen befinden sich wichtige Gäste. Äußerst Wichtige! Alles muss optimal laufen, klar? Und du abgefucktes Weib stehst hier und tust, als wäre soeben dein Hirn baden gegangen!«

Sofort schießen Tränen in ihre Augen. »Es tut mir leid!« Blöderweise kann sie sich selbst jetzt nur auf diesen sinnlichen Mund konzentrieren, während sie ihn lautlos anbettelt: *›Küss* mich ... *oh, bitte, küss mich. Jetzt! Bitte!‹*

»Okay!«

Überrascht zuckt sie zusammen. Scheiße, echt? Wow!

»Wie heißt dein Chef?«

Was hat der damit zu tun?

»Wir reden von Mr. Baker, ja?«, vergewissert er sich, als sie nicht reagiert.

Glücklich schafft sie es auf ein vages Nicken.

»Ja, oder ja?«

Wieder kann sie nur wie irre den Kopf heben und senken, wobei sie ihn unverwandt anstarrt.

»Gut, ich bring dich raus! Du wirst keine Zicken machen, sondern sofort verschwinden. Ich rufe deinen Chef an und kläre das mit deinem ... äh ... Zeug. Verstanden?«

Das ist ihr Untergang, sie weiß es und kann dennoch nicht reagieren.

»Wach?«, meint er nach einer nächsten groben Schütteleinlage an ihren Oberarmen.

»Hä?«

»Ob du wieder unter den Lebenden weilst, verdammt!«, grollt

er mit schmalen Lippen, die im etwas gedämpften Licht des Schlafzimmers sogar ein wenig schimmern.

»Ja!«, nickt sie eifrig.

»Bestens!«

Einen Wimpernschlag später wird sie durch den weiten Flur aus dem Appartement geschleust, als würde gerade der Präsident persönlich im Wohnzimmer bedient werden. Die dunklen Stimmen dringen aus dem Raum zu ihr hinüber, von denen eine einen eindeutig russischen Einschlag hat. Gut erkennbar an dem rollenden ›R‹.

Ein paar vorbeihastende Kellner, die sie keines Blickes würdigen, veranlassen den Gott dazu, noch etwas schneller zu laufen und sich immer wieder über die Schulter zu vergewissern, dass auch ja niemand die Küchenschabe bemerkt, die er gerade aus der Wohnung befördert.

Kurz darauf steht sie in dem mit tiefem, hochflorigem Teppich ausgelegten Hausflur und schaut verwirrt auf die feste Kunststoffbarriere, die sich soeben vor ihr geschlossen hat.

»Wow!« Langsam steigt sie in den Aufzug, der ausschließlich für das Personal vorgesehen ist. Und als sich die Türen vor ihr schließen, wird ihr allmählich bewusst, dass sie gerade ihren Job eingebüßt hat.

Mist!

Auf Deck F der Titanic

Wo Licht ist, ist auch Schatten.

Eines der Gesetze, die keinen Teil dieser Welt aussparen, und somit auch nicht das überaus autarke Universum des Towers.

Wenn man all die unterirdischen Etagen mit ihren Bordells, Bars und Klubs hinter sich gelassen hat und auf die -7 drückt, gelangt man zu der Ebene, in der die Unterschicht ihr Dasein fristet.

Winzige Appartements, bestehend aus einem Raum, einer Nische, die sich Küche schimpft und einem Verschlag, in den mit viel Fantasie und echter Kraft Klo, Waschbecken und Dusche gezwängt wurden.

Hier wohnen die Verlierer dieser Illusionsbauten. Diejenigen, die in den Supermärkten angestellt sind, um den Teuerfraß an die stets Satten und niemals Hungrigen zu verkaufen. Die Menschen, welche die unendlich groß anmutenden, ewig glänzenden Böden des Riesenschlosses sauber halten und die in den hinteren Teilen des Gebäudes arbeiten. Ungesehen, unsichtbar, nicht wirklich da – weil für die Utopie des perfekten Idylls nicht unbedingt passend.

Was genau sich die Erbauer seinerzeit dachten, wird wohl auf ewig ihr Geheimnis bleiben. Allerdings ist davon auszugehen, dass ihnen nicht vorschwebte, die Slums einer jeden Großstadt innerhalb der Ersten Welt im Kleinformat neu aufzulegen. Man hat die Verhältnisse ganz nett geklärt: Obgleich klein, sind die Appartements tatsächlich mit allem Luxus ausgestattet, den man benötigt, um relativ sorgenfrei zu leben. Die fehlenden Straßen werden durch unzählige Flure ersetzt, die sich über mehrere Stockwerke ziehen.

Genau genommen besteht Deck F aus F, G, H und last, but not least I.

In der Mitte dieser stadtähnlichen Labyrinthe liegt das Atrium der jeweiligen Etage. Hier findet man alle Arten von Shops, Pubs, den berühmt, berüchtigten Waschsalon, Bekleidungsgeschäfte, die Pizzeria um die Ecke, auch ein Grieche ist vertreten, selbstverständlich die Sushibar, der Club, und natürlich das Tattoo-Studio, welches rund um die Uhr geöffnet hat.

All das ist der Unterschicht der Turmbevölkerung vorbehalten. Kein Bewohner der offiziellen Ebene würde freiwillig seinen Fuß hier hinabsetzen.

Nun ... *fast* keiner, denn wie im übrigen Teil unserer korrupten Welt existieren auch hier jene Schnittstellen, die für die erforderlichen Verbindungen vonnöten sind. Dealer, die Drogen jeder Art pushen, egal, ob es sich nun um das neueste Gras, das beste Ecstasy, Kokain oder eben Sex handelt.

Auch das organisierte Verbrechen lebt in diesem edlen, so unüberschaubaren Gemäuer, und genau hier – auf Deck F – werden all die Kontakte der untersten zur höchsten Ebene geknüpft und sorgfältig gepflegt. Die Entscheider, die *echten* Paten wohnen oben, dort, wo der Sauerstoffgehalt der ewig gefilterten Luft bedeutend gehaltvoller ist.

Ebene -6 befindet sich seit Jahren in festem Besitz von Vlad Romanov. Einem russischen Emigranten, der vor vielen Jahren sein Heil in Amerika suchte und bereits den Bau dieses Gemäuers fundamental unterstützte. Etliche seiner Feinde aus der realen Unterwelt dienen nunmehr als Stütze des Betons, der dafür sorgt, dass das Grundwasser dort bleibt, wohin es gehört: außerhalb des wundersamen Turms.

Vlad erfüllte sich hier seinen Lebenstraum: seine eigene kleine Stadt, über die er seine schützenden und vor allem immer weit offen gehaltenen Hände legt.

Er sorgt dafür, dass die Komponenten existieren, weiter ausgebaut werden und vor allem, dass nichts davon an die arglose Staatsmacht dringt. Die geringsten und erfolglosesten Handlanger leben ganz unten und bilden wie üblich das Fußvolk in diesem nicht ungewöhnlichen Machtgebilde. Jene fiesen, kleinen, gewissenlosen Gangster, die sich mächtig wähnen und doch nur die Bauern im Spiel der wirklich Machtvollen, Verruchten und Gewissenlosen verkörpern.

Keine zehn Jahre dauerte es, dann waren auch in diesem Bauwerk die Verhältnisse geklärt und somit der Normalzustand hergestellt. Seitdem finden all die kleinen und manchmal größeren Coups gut verborgen unter der Atmosphäre des scheinbaren, bescheidenen Wohlstandes statt. Denn auch hier, im Unterleib des Wolkenkratzers, sind die Fensterputzer in regelmäßigen Abständen beschäftigt, obschon die Fassade nicht bis in diese Tiefen reicht. Auch hier kommen die Reinigungskräfte zum Einsatz. Ja, sie putzen ihre eigene Etage mit gleicher Inbrunst, wie die derer, die sie bezahlen. Niemals kauft ein F-ler im Atrium der oberen Zehntausend ein, und nie würde sich einer der Reichen in den unteren Gefilden sehen lassen. Schon, weil sich das Sortiment denkbar unterscheidet.

Alles ist mit Bedacht separiert, und niemand käme jemals auf die Idee, an dieser Ordnung zu rütteln. Beim flüchtigen Hinschauen in beiden Sphären erscheinen sie durchaus anheimelnd. Sie vermitteln eine Geborgenheit, die man ansonsten nur in jenen Kleinstädten findet, die niemals einen offiziellen Mord verzeichnen. Wenngleich diese dennoch gut getarnt unter der Oberfläche stattfinden. So wie überall dort, wo Menschen auf ihresgleichen treffen.

Ja, es ist schön hier.

Na ja, zumindest, wenn man nicht näher hinschaut.

Sobald sie in *ihrer* Ebene angelangt ist, begibt sich Sophia in ihr Appartement. Die Sohlen der flachen, extrem hässlichen Schuhe hallen auf standardmäßig glattpolierten Fliesen. Wie immer begegnet sie vielen Leuten, die sie alle mehr oder weniger persönlich kennt; auf jeden Fall hat sie mit jedem schon mal irgendein belangloses Wort gewechselt.

Doch heute hat sie keine Zeit und ganz bestimmt keinen Nerv für soziale Kontakte. Mit einem Aufatmen wirft sie wenig später die Tür hinter sich zu, und sitzt dann mit angehaltenem Atem auf ihrer Couch. Vom Beben ihrer Hände bemerkt sie momentan nichts. Denn egal, wie desaströs sich ihre derzeitige Lage darstellt, sie kann nur an *seinen* Blick denken.

Erst in der Rückschau erkennt sie in der fiesen Gesamtheit,

dass sie ihn tatsächlich *angeglotzt* hat.

»Scheiße!« Jetzt hält er sie garantiert für irre!

Unschlüssig schaut vor sich hin.

Ihr Appartement ist schlicht gehalten, doch es gehört ihr – irgendwie –, denn um es anmieten zu können, musste sie seinerzeit einen Kredit aufnehmen, an dem sie noch heute zahlt. Trotzdem, es war Rettung in letzter Sekunde ...

Die Miene verdüstert sich, und ein alter, im Grunde längst gestorbener Schatten umwölkt ihre ohnehin bereits abgrundtiefe Stimmung. Unbemerkt verkrampfen sich die immer noch bebenden Finger ineinander, und bald ist Sophia vollständig in der Erinnerung an ihr Leben *vor* dem Tower gefangen, das keineswegs fröhlich war ...

Bis ein Ruck durch ihren schmalen Körper geht, sie energisch den Kopf schüttelt und seufzend zum Telefon schaut. Noch immer ist keine Nachricht eingegangen.

Baker wird nicht begeistert sein, wenn er erst bemerkt, dass Miss Wagner mal wieder überhaupt nicht ordentlich gearbeitet und darüber hinaus auch noch ihren blöden Wagen nicht abgeliefert hat. Ob sie ihn anrufen sollte, nur um die Lage zu sondieren und – so möglich – ein bisschen auf schön Wetter zu machen?

Nein!, entscheidet sie nach kurzer Besinnung. Besser nicht. Wenn sie ihm beichtet, wird er sie auf der Stelle entlassen. Ihr bleibt nur, einfach dazusitzen und zu hoffen, dass Mr. Smith sie in seiner grenzenlosen Güte rettet und gleichzeitig seine Drachengattin davon abhält, sie zu verpfeifen.

Kaum hat sie diesen speziellen Gedanken bemüht, macht sich Hoffnung in ihr breit und belebt ihre eben noch so schockierten und daher extrem versteinerten Glieder. Nach einem solchen Arbeitstag riecht sie nie sehr gut, weshalb ihr erster Besuch eigentlich immer der Dusche gilt. Heute hat sich das normale Prozedere etwas verzögert, was aber nicht heißt, dass sie das nicht nachholen könnte. Rasch zieht sie sich aus, entblößt dabei dunkle, makellose Haut und rauscht in das kleine, zugebaute Bad. Dort lässt sie ausgiebig das heiße, angenehme Wasser über ihren Körper perlen, wobei sie die Lider geschlossen hält und *sein Abbild* vor sich sieht. Selbst wenn er wütend ist, wirkt er immer noch so ...

Fantastisch!

Ob er weiß, was ein einziger Blick in ihr auslöst, und ob es ihn interessiert? Vielleicht beobachtet er sie ja doch und sie hat es nur nicht bemerkt? Was, wenn er mit dem Drachen-Engel wirklich unglücklich ist und dringend Ablenkung sucht? Möglicherweise träumt er ja von Sophia, wie sie von ihm. So etwas soll vorkommen! Sie wäre nicht die Erste, die als Zimmermädchen begann und als Ehefrau vom göttlichen Adonis endet ...

Die zu Boden fallende Seife reißt Sophia aus ihrem so wundervollen Tagtraum. Seufzend hebt sie das glitschige Stück auf und schäumt sich ein, wobei sie sich vorstellt, *ihr* Mr. Smith würde das übernehmen.

Die nagenden Selbstvorwürfe verziehen sich schnell wieder, denn jeder hat irgendeine Macke, um sich das Leben angenehmer zu zeichnen. Sophia ist eben von ihrem Mr. Smith besessen. Es gibt bestimmt Schlimmeres!

Unter Garantie!

Schließlich stellt sie das Wasser ab, wickelt sie sich in ein großes Badetuch ein und drapiert ein weiteres als Ehrfurcht gebietenden Turban um ihren Kopf, bevor sie auf nackten und feuchten Sohlen zu ihrer Couch schleicht, die gleichzeitig ihr Bett ist.

Kaum liegt sie, tastet sich ihre Hand unter das Kopfkissen und befördert ein unscheinbares, leicht abgegriffenes Buch zutage. Ewigkeiten muss sie sich durch eng beschriebene Seiten blättern, um die nächste leere zu finden, währenddessen hangelt sie unter das Sofa und tastet angestrengt nach ihrem Kugelschreiber. Als Nächstes löst sie den Turban, wirft das dunkle Haar, das wenigstens nicht mehr trieft, in geübter Geste zurück und neigt den Kopf zur Seite. Die ersten Worte fallen ihr immer schwer, schließlich ist sie im Begriff, eine heilige Handlung zu vollführen.

Viel Zeit benötigt sie allerdings nicht für ihre Meditation, bevor ihr Mund ein sanftes Lächeln bildet und sie die Spitze auf das Papier senkt:

Lieber Mr. Smith,

du wirst mich sicher für total dämlich halten, weil ich dir schon wieder schreibe ... Na ja, du kannst es bestimmt verkraften, denn du weißt ja nichts davon, oder?

Heute warst du wütend, vermutlich wegen des Drachen. Aber wir befanden uns zum ersten Mal allein in einem Raum, und für mich, nur für mich, okay?, war es der Himmel. Das klingt für dich bestimmt bescheuert – für mich garantiert auch, sobald ich das hier noch mal lese –, aber momentan ... ist die Erinnerung daran, in meinem verhunzten Leben ein echtes Highlight.

Dein Gesicht – so wunderschön; dein Duft – so verführerisch; deine Gestalt – so außergewöhnlich ...

Das Lächeln wird breiter und sie schließt verträumt die Augen. Dichte Wimpern, ähnlich jenen, die sie so häufig und heimlich bei *ihrem* Mr. Smith bewundert, legen sich auf die dunkle, reine Haut darunter.

Keineswegs ist Sophia durchgeknallt oder kurz davor; sie weiß sogar ganz genau, wie seltsam sie sich benimmt. Einem Teenager nicht unähnlich, wie eine Jungfrau innerhalb ihrer süßen, feuchten Träume …

Sie malt sich Wunschgebilde aus?

Nein, das ist nicht der Fall. Denn dass Mr. Smith sie jemals so anschauen wird, wie sie es sich vorstellt, wünscht, ersehnt, erträumt, liegt so jenseits allem Erreichbaren ...

Es fühlt sich gut an, und sie sieht nicht ein, darauf zu verzichten, nur weil ihr Verhalten auf einen Fremden vielleicht ein bisschen seltsam wirken könnte. Diese unschuldigen Fantasien sind immer noch besser als die Erinnerungen, die sie noch immer viel zu häufig heimsuchen …

Irgendwann schließt sie das Buch und schiebt es sorgsam unter ihr Kopfkissen. Dann löst sie das Handtuch von ihrem inzwischen getrockneten Körper und wirft es achtlos beiseite. Der Stift nimmt das gleiche Schicksal. Sophia legt sich bequem hin, zieht die weiche Decke über ihren Körper, kuschelt sich hinein, glaubt bereits halb, es wären zärtliche Arme, und sieht *ihn* vor sich, kaum dass sie die Lider senkt.

Verdammt, er war heute wirklich nicht begeistert, doch seine unterschwellige Aggression hat ihn irgendwie nur noch sexyer gemacht ...

Unbemerkt schläft sie ein. Ihre Vorarbeit hat sich gelohnt, denn kaum ist sie endgültig in das Reich der Illusionen und Wünsche hinübergedriftet, befindet sie sich in einem großen, unbekannten Raum.

Nackt – ja –, doch es ist ihr keineswegs peinlich. Denn er kommt auf sie zu, die Lippen schmal, und seine Stimme klingt rau und fordernd. »Sophia!«

Erst, als sie sich berühren, bleibt er stehen. Sie spürt seine festen Muskeln durch das Hemd, nimmt den unvergleichlichen Duft wahr, der ihr seit Monaten nicht mehr vollständig aus der Nase zu gehen scheint. Alles in ihr sehnt sich nach ihm, jede Faser ihres Ichs fleht ihn förmlich an, noch ein winziges Stück näherzukommen, und dann, sobald das glücklich vollbracht ist – ganz nah. Ihre Hand zuckt, will sich auf seine Schultern legen, die Fingerspitzen wollen langsam an seinem starken Nacken hochgleiten, hinauf in das garantiert seidige Haar ...

Doch sie beherrscht sich, lässt die Arme an ihren Seiten nutzlos herabhängen, fühlt, wie sich ihre Haut zusammenzieht, ganz besonders an ihren Brüsten, und kann ihn nur anstarren.

Ihr persönliches Wunder ...

Mit zusammengepressten Lippen erwidert er ihren Blick, bevor er über das gleitet, was derzeit von ihrem Körper zu sehen ist. Seine dunklen, noch immer zornigen Augen schimmern beinahe schwarz vor Erregung; die breite, modellierte Brust hebt und senkt sich hektisch.

»Sophia ...« Das von unterdrückter Leidenschaft gesättigte, heisere, fordernde Wispern dringt durch jede Pore ihrer erwartungsvollen Haut. Er neigt den Kopf zur Seite, ein fordernder Arm legt sich um ihre Taille und zieht sie ruckartig an sich, sodass sie seine Erregung genau fühlt.

Sein Kopf kommt näher, der süße Atem streichelt ihre Haut. »Ich warte schon so lange auf dich ...«

Kann man an einem sich unvermutet ankündigenden Orgasmus sterben?

Vermutlich ja, denn derzeit droht sie, tot in seine Arme zu sinken. Ihr Atem geht schnell und ruckartig, dabei berühren die harten Spitzen ihrer Brüste die glatte Oberfläche seines Hemdes. Es schmerzt und ist gleichzeitig so unendlich süß, ein Versprechen auf mehr.

Im nächsten Moment spürt sie seine Lippen auf ihren, seine Zunge drängt sich dazwischen und hat kurz darauf auch die Zähne überwunden. Stöhnend schmiegt sie sich an ihn, hört in der gleichen Sekunde sein eigenes, dunkles, leidenschaftliches Seufzen, und fühlt sich in seine Arme gehoben.

Zielstrebig trägt er sie zu dem bereitstehenden Himmelbett, und ihre nackte Haut berührt kühle, weiche Seide. Als er aber verschwindet, unterdrückt sie ein resigniertes Seufzen. Im Gegensatz zu ihr ist er leider noch nicht nackt. Sein dunkler, verlangender Blick geht ihr durch Mark und Bein, während ihr Traummann sich seiner Sachen entledigt.

Ihr Atem geht schwerer, lautlos sehnt sie sich nach diesen unvergleichlichen Lippen, die sie so schändlich verlassen haben. Die Arme zucken wie im Fieberwahn, wollen sich ihm entgegenrecken, ihre Beine auch, die sich schon jetzt für ihn öffnen. Instinktiv bäumt sie sich auf, längst tasten sich Finger in ihre Richtung, bereit, sie von dem süßen Schmerz selbst zu befreien, doch kaum lässt sie ihre Absicht erkennen, weiten seine Augen sich bedrohlich.

»Untersteh dich!«

Noch einen Moment wartet er, bevor er sich weiter auszieht. Sophia hat den Eindruck, er würde extra langsam agieren. Die Knöpfe werden nacheinander und sehr sorgsam gelöst und darunter eine breite, braun gebrannte Brust offengelegt. Dann folgt die Hose – im Zeitlupentempo natürlich.

Ein schmales, herausforderndes Lächeln ziert seine perfekten Lippen; sein dunkler Blick scheint sie zu sezieren, jeden Teil ihres schlanken Körpers in sich aufzunehmen und visuell zu liebkosen. So intensiv, dass Sophia darunter in Flammen aufzugehen glaubt.

Jetzt ist er bei Zeitlupe angelangt. Ein Schuh fällt, bevor er zu ihr schaut. Erst dann tasten seine Hände erneut an sich hinab, wobei er elegant auf einem Bein steht. Der zweite Schuh und die Socken folgen, dabei wirkt nichts abturnend, nichts gestellt – ist der Mann hobbymäßig Stripper? …

Ihr Herz hämmert so laut, dass es ihm unmöglich entgeht; von Atmen kann keine Rede mehr sein, in Wahrheit keucht Sophia peinlich vor sich hin.

Als er die Hose über den festen, straffen Hintern streift, sieht sie seine Erregung, die sich gegen den Stoff der Boxershorts begehrlich in ihre Richtung drängt. So groß, so mächtig und so Ehrfurcht gebietend.

»Oh!« Ihre Stimme ist rau von der angestauten Lust.

Er neigt den Kopf zur Seite, entfernt dabei wie selbstverständlich auch die Shorts und legt damit seine Härte frei. Ungeschützt, bereit, sie glücklich zu machen, und doch so weit von ihr entfernt. »Was hast du, Baby?«, erkundigt er sich milde.

»Oh ...«, wiederholt Sophia.

Das Lächeln wird breiter, die Augen dunkler, und trotzdem ist jene lodernde Flamme sichtbar, die droht, auf sie überzugehen und sie umgehend in Asche zu verwandeln.

Laszív bewegt er sich auf sie zu, wie ein Raubtier kurz vor dem ultimativen Angriff.

Ihr Gott muss die Lampe ausgeschaltet haben, denn plötzlich nimmt sie die warme, betörende Dunkelheit in die Arme. Passend zu jenem lautlosen Panther, dessen Umrisse über ihr auftauchen. Nur das Glimmen der Augen ist erkennbar, und ihr stockt der Atem, als sein sinnlicher Duft sie einhüllt und warme, wissende Hände ihre lautlos schreiende Haut berühren.

Sofort versteift sie sich, ihr Atem setzt wieder ein, als er sich zielstrebig hinabarbeitet, bis er ihre aufgerichtete, steinharte Knospe findet. Doch er berührt sie nicht lange, denn wenig später umschließen sie fordernde Lippen, und Sophia wirft hingerissen den Kopf zurück.

»OH! MEIN! GOTT!«

Sofort löst er sich von ihr, nimmt ihr Kinn in die Hand, zwingt sie zurück und sein Mund sucht ihren. »Du bist perfekt! Ich will dich. Jetzt!«, haucht er fordernd.

»Und ich erst ...«, *denkt* sie, während er ausgiebig und mit außergewöhnlicher Finesse ihren Mund erforscht und seinen Körper verlangend an ihrem reibt. Sie greift in sein Haar, die andere Hand packt seine muskulöse Schulter. Wieder stöhnt Sophia und verliert sich in seinen zärtlichen Berührungen und dem betörenden Kuss, der ihr die Fähigkeit zum Atmen nimmt.

Ihre Brüste pressen sich an seine, als würden auch sie um Einlass bitten; sie spürt seine harte Erektion begehrlich an ihrer Mitte, die fast ihre Klitoris berührt. Hektisch dirigiert sie ihn zwischen sich, ihre Finger in seinem Haar werden zur Faust, eine seiner Hände hat sich in ihre dichten Locken gestohlen, dunkel seufzt er ein »Ja!« in ihren Mund, bevor der nächste Kuss mit der nächsten Woge Leidenschaft über sie hinwegschwemmt.

Unvermutet werden ihre Hüften gepackt, er dreht sich mit ihr, bis sie auf ihm sitzt, und betrachtet sie mit glühendem Blick, unter dem sie sich zunehmend windet. Dann nimmt er ihr Gesicht zwischen seine Hände, zieht ihren Kopf herunter und küsst sie erneut. »So perfekt ...«, murmelt er dazwischen, »so wahnsinnig schön ...«

Sophia hält die Luft an, als er sie wieder an den Hüften hochhebt und sie bedächtig auf sich platziert. Eilig greift sie zu, fühlt *ihn* damit zum ersten Mal in ihrer Hand, ertastet sehnsüchtig die vielen Venen, die sich um die große – so unvorstellbar verlangende – Härte ziehen und noch größer, kräftiger und machtvoller erscheinen lassen, als sie bereits in Wahrheit ist.

»Yeah«, wispert er, immer absolut Herr der Lage, während sie nicht weiß, was sie zuerst tun soll: keuchen, den Schweiß von der Stirn entfernen, versuchen, ihren Herzschlag unter Kontrolle bringen ... endlich mit ihm vögeln ...

»Sophia!«

Okay, das macht ihr die Entscheidung leichter. Als sie seine Eichel an ihrem Eingang, stöhnt er tief und sinnlich auf, bevor er sich mit einem finalen Stoß in ihr versenkt, der sie sofort zu dem gigantischsten Höhepunkt führt, den sie jemals erlebt hat ...

Wieder unter den Lebenden ...

»OH GOTT!«

Benommen schlägt sie die Lider auf. Die Wangen glühen, der Atem geht hektisch, die Stirn ist verschwitzt und die Lippen trocken. Ihr Unterleib steht in süßen Flammen, zwei Finger massieren das tropfende Fleisch und ein dritter ihren sehnsüchtigen Kitzler.

Es bedarf eines langen, sehr langen Momentes, bevor sie auch nur annähernd mit der Realität klarkommt. Kaum ist sie tatsächlich in dieser gemeinen Wirklichkeit angekommen, überschwemmt sie ein derart starkes Gefühl des Verlassenseins, dass sie heiße Tränen brennen fühlt.

Dieser verdammte Traum war so real!

Nur langsam verebben die Echos des gigantischen Orgasmus, den sie sich leider bloß selbst bereitet hat, und damit auch die Wehmut. Die zarte Stirn, auf der noch der Schweiß des vergangenen Erlebnisses haftet, legt sich in unzählige Falten.

Das geht zu weit!

Normalerweise handelt es sich bei Sophia Wagner um eine ausnehmend desillusionierte Person. Aus diesem Grund ist sie ja überhaupt in diesem toten Gemäuer gestrandet. Weil sie trotz ihrer blöden Träumereien äußerst genau kalkulieren kann und in dringenden Fällen sehr gut weiß, was zu tun ist, um ihren Hintern zu retten. Dennoch gestattet sie sich ab und an diese bisher harmlosen Ausflüge in die Fantasie. Jeder braucht etwas Warmes – auch Sophia.

Was sie sich innerhalb ihrer Schwärmereien ausmalt, ist fern, unerreichbar, und es ist okay, solange sie das nie vergisst. Aber diesmal geht das echt zu weit! Hastig wischt sie sich die Tränen ab und schaut zur Uhr.

Offenbar war sie total erschöpft, denn sie ist am späten Nachmittag weggedöst. Jetzt ist es gerade mal um acht und sie relativ ausgeschlafen.

Was nun?

»Mist!« Heftig reibt sie sich das Gesicht, bevor sie einen scheelen Blick auf ihr Handy wagt.

Eine SMS ist eingegangen, und für beängstigende zwei Schläge setzt ihr Herz aus. »MIST!« Mit bebenden Händen greift sie nach dem kleinen, so unschuldig wirkenden Apparat, um in der nächsten Sekunde zu erfahren, dass sich ihre schlimmsten Vorahnungen bewahrheiten. Die Nachricht stammt von ihrem Chef. »Scheiße!«

Eine volle Minute fixieren sie sich: Sophia und das verdammte Handy, dem schnurzegal ist, welche Hiobsbotschaften es auf seine unschuldigen Besitzer loslässt. Dann endlich gelingt es ihr, die Nachricht auch zu öffnen.

›Morgen um sechs Uhr in meinem Büro!‹

Das ist eine ganze Stunde vor offiziellem Arbeitsbeginn. Was bedeutet das? Ist es gut, schlecht oder ist sie gar gefeuert? Blüht ihr der nächste Lohnabzug – womit die Sachlage übrigens leicht brenzlig werden würde, denn Sophia kommt so schon kaum über die Runden.

Verliert sie ihre Anstellung, sitzt sie sprichwörtlich auf der Straße. Aus der Traum von dem beschützten Leben im Elfenbeinturm. Besonders in ihrer Ebene sind die Guards allgegenwärtig und achten darauf, dass sich alles ja an die Regeln hält. Sophia stört es nicht im Geringsten, obgleich sie sich manchmal des Gefühls, sich in einem dieser düsteren SF-Filme zu befinden, nicht ganz erwehren kann.

Nein, sie vergöttert dieses riesige Bauwerk nicht, genießt aber gleichzeitig dessen Sicherheit. Zum ersten Mal seit vielen Jahren – wenn nicht überhaupt in ihrem Leben – fühlt sie sich ein wenig behütet. Vorher war ihr dies total fremd ...

Flüchtige Impressionen einer aggressiven Miene schleichen

sich in ihre Gedanken, gegen die sie für einen grausamen Moment machtlos ist.

Wie üblich.

»Ich komme hier raus und dann finde ich dich! Glaub nicht, du könntest dich vor mir verstecken! Das wäre verdammt dämlich! Ich an deiner Stelle würde ab sofort immer darauf achten, wer hinter mir läuft!«

Auch nicht beruhigend macht sich diese pochende Ader an der Schläfe aus und die dumpfe, hasserfüllte Stimme. Schütteres, stets unsauber wirkendes Haar, das immer fettig genug ist, damit man es mit den Fingern zurückstreichen kann, ohne dass es sich noch einmal von der Stelle bewegt. Ähnlich, wie Sophia gerade, ist es scheinbar erstarrt. Und dieser angewiderte Blick, unvergleichlich und einzigartig, in Intensität und Nachwirkung. Ein ewiger Fluch, konserviert in ihren Erinnerungen ...

Gänsehaut hat ihren Körper überzogen – diesmal von der unangenehmen Sorte. Auch der Magen wird wieder bevölkert, allerdings nicht von süßen, luftigen Faltern. Stattdessen handelt es sich wohl eher um einen Schwarm Küchenschaben, die sich langsam nach unten verlagern und das Herz gleich mit sich in den Abgrund zerren.

»MIST!«, stöhnt sie abermals.

»Alles totaler Mist!«

Klara

Nach weiteren fünf Minuten, in denen sich ihr Herzschlag und die Atmung normalisieren dürfen, kann Sophia sogar aufstehen. Auf tauben Knien wankt sie zum Kühlschrank und muss feststellen, dass abgesehen von einer älteren Flasche Ketchup und einer fast leeren Tüte Milch, nichts Nahrhaftes vorrätig ist.

»MIST!« Das scheint für den heutigen Tag ihr Standardfluch zu werden.

Es ist früher Abend, sie nach ihrem ungeplanten Nachmittagsschlaf hellwach. Ihr Hunger verstärkt sich mit jeder Sekunde, nebenbei bemerkt ist sie total nackt und total ...

So ungefähr fühlt man sich wohl, nachdem man realen atemberaubenden Sex hatte. Auch wenn dann mit Sicherheit das schale Gefühl nicht vorhanden ist. Sophia ist Katholikin aus Überzeugung und Selbstbefriedigung für sie daher so ziemlich verboten.

»MIST!«, stöhnt sie mal wieder. Der Einzug nach ihrem Ableben in die Hölle ist jetzt wohl nicht mehr aufzuhalten. Äh, gilt vorübergehender Verlust des Bewusstseins vor dem da oben als ausreichende Entschuldigung?

Während sie erneut unter die Dusche steigt – so klebrig kann sie sich unmöglich irgendwo blicken lassen –, grübelt sie darüber nach, ob ihr Seelenheil noch zu retten ist. Sie hat es ohnehin schon strapaziert, weil sie bereits seit fünf Jahren und sechs Monaten keine Jungfrau mehr ist. Und dann wäre da noch ihr Ausrutscher, kurz bevor sie in den Turm kam ...

Mist!

Diesmal seift sie sich verdammt schnell ein und braust sich beinahe sofort wieder ab. Aus Furcht, das ewige Gedusche könnte ihre Haut aufweichen. Irgendwann sah sie das mal in einer Dokumentation und wird seitdem von der Angst verfolgt, sich im warmen Wasser einfach zu zersetzen.

Wenig später wählt sie ein leichtes Kleid, passend für den ewig vorherrschenden Sommer. Die Klimaanlage funktioniert prächtig. Übrigens regiert auch in der echten Welt gerade die warme Jahreszeit. Nun, hier unten bekommt man ihn ohnehin nicht zu Gesicht. Manchmal fühlt sie sich tatsächlich wie im Bauch der Titanic – wenn auch einem luxuriösen.

Kurz darauf verriegelt sie sorgsam ihre Tür. Trotz totaler Polizei – äh, GUARD – Präsenz kommt es immer mal wieder zu Einbrüchen, regelmäßig werden Flyer verteilt, auf denen die ›Gemeinde‹ zur erhöhten Wachsamkeit angehalten wird.

Dann stellt sie sich der künstlichen Stadt, die auf ihre Art extrem anheimelnd wirkt. Wehmütig betrachtet sie den künstlichen Himmel, der mittels Scheinwerfer angestrahlt wird. Das Ganze wirkt so echt, dass man fast darauf hereinfallen könnte.

Allerdings fehlen die wichtigsten Faktoren: zum Beispiel die leichte, nach frisch gemähtem Gras duftende Brise, die am Abend durch die Gassen weht. Oder das Zirpen der Grillen, der Duft von Butterblumen, die Sommerfalter, die sich über einer Wiese tummeln. Vor allem jedoch die realen Sonnenstrahlen, die unvergleichliche Wärme spenden, welche nun mal kein Hightechstrahler nachahmen kann. Egal, wie teuer und ausgetüftelt er ist.

Eilig strebt sie den Lincolnweg entlang (selbst Straßennamen existieren hier) und begibt sich als Erstes zu *›Jonathans Freshcounter‹*.

Es handelt sich um einen ganz normalen Einkaufsmarkt, vergleichbar mit jedem Äquivalent in der großen, weiten ungefilterten Welt.

Dennoch ist alles anders.

Zum einen handelt es sich bei den Verkäufern immer um die gleichen; das Personal wechselt kaum mal, und die Kunden auch nicht. Wenngleich hier unten so einige hundert Leute leben – vielleicht sind es in der Gesamtheit sogar tausend –, kennt man irgendwann zwangsläufig jedes Gesicht und weiß, wem man vertrauen kann, und bei wem man es besser lässt.

Sie nickt Jonathan zu, dem Besitzer des Supermarktes, ein älterer, äußerst attraktiver Herr, der immer lächelt, wenn sie eintritt ... und ihr dabei ungeniert auf die Brüste glotzt.

Helena, seit drei Wochen seine Stellvertreterin (ein Status, mit dem sie aber auch überall hausieren geht), richtet soeben das Obstregal; Gustav, der einzige Verkäufer, der hier einfach nur Verkäufer ist und immer dieses dämliche blaue Schiffchen auf dem Kopf trägt, ist heute für die Wursttheke zuständig. Und Mario – Gewerkschaftsvertreter der kleinen Mitarbeiterrunde, der in seiner Freizeit immer Flugblätter verteilt –, hat sich wie üblich hinter der Kasse postiert. Von wo aus er eine wundervolle Sicht auf Gustav hat, in den er heimlich verliebt ist. Jeder weiß es – außer Gustav, der unglücklicherweise nicht auf Männer steht.

Also, alles wie immer.

Viel benötigt sie nicht, das gibt ihre Brieftasche auch gar nicht her. Nein, reich ist sie nicht, doch zu wenig hat sie auch nicht. Kaum wagt sie, diesen Gedanken zu bewegen, weil es ihr wie eine wahnwitzige Art erscheint, Murphy herauszufordern. Doch genau genommen geht es ihr gut.

Solange sie nicht gefeuert wird, in diesem Fall wäre ihr kleines Idyll, zu dem ihr Leben während der vergangenen Monate mutiert ist, innerhalb weniger Sekunden wie eine Seifenblase verpufft. Baker würde auf der Stelle sein Geld zurückverlangen und sie im gesamten Haus so unmöglich machen, dass sie keine neue Stelle mehr bekommt, womit sie aus der festen Gemeinschaft ausgestoßen werden würde. Hinaus in die harte, unmenschliche reale Welt, in der es tatsächlich einen Himmel gibt. Arbeitslosigkeit wird im Turm nicht geduldet ...

Unwirsch runzelt sie die Stirn und verscheucht mit aller Macht die ungebetenen, so düsteren Vorstellungen, während sie an der Kasse wartet, weil Alfredo vor ihr unbedingt sein Kleingeld loswerden muss. Wenn sie entlassen wird, dann ist sie halt pleite und im Eimer.

Was soll's?

Pünktlich zum Einpacken ihrer Errungenschaften hat sich Jonathan eingefunden, um ihr ungeniert auf die Brüste starren zu können. Blöd, dass sie genau dieses Kleid anziehen musste, dessen Dekolleté ziemlich freizügig ausfällt. Aber wenigstens besitzt er die Güte, sie direkt anzuschauen, als er ihr das Papierbehältnis mit dem bescheidenen Einkauf reicht, wenngleich sein Blick zielsicher auf ihren vollen Lippen strandet. Sophia ist es gewöhnt. Sie selbst würde sich nicht gleich als schön bezeichnen, aber total widerlich ist sie auch nicht. Außerdem ist hier unten das Angebot an Frischfleisch begrenzt. Da steigt man unweigerlich in die Kategorie ›*begehrenswert*‹ auf, sofern man keine Warzen auf der Nase spazieren trägt.

Mit leicht verzerrter Miene nickt sie Jonathan zu, der wieder bei ihren Möpsen gelandet ist – also visuell –, und verlässt den Markt in Miniaturformat.

Vor ihr breitet sich das Atrium aus, das zu dieser späten Stunde in einem warmen Orange gehalten wird. In dessen Mitte residiert ein Springbrunnen, um den etliche runde Tische mit Stühlen vom Eiscafé gruppiert wurden. Antonios´ ›*A Little Pleasure*‹ hat zumeist bis 24 Uhr geöffnet, nicht durchgängig, wie in der realen Welt. Und noch auf andere Art ticken die Uhren hier anders, denn trotz der späten Stunde macht Sophia auf den Stühlen etliche Kinder aus. Ja, auch in diesem Universum gibt es Familien, neben einer Kirche und dem Standesamt, für die weniger Gläubigen, die sich entschließen, den ewigen Bund einzugehen.

Wie wahnsinnig muss man sein, um in diesem sterilen Kasten mit Klimaanlage und täuschend echt nachempfundenen Tages- und Nachtperioden seine Kinder großzuziehen?

Gehen die überhaupt mal raus?

Erforderlich ist es nicht, denn es gibt eine Schule, eine Kita, den Kinderarzt, selbst eine Krippe wurde aufgrund wachsenden Bedarfs vor zwei Monaten eingeweiht. Von Bürgermeister Fresh, der vor einem halben Jahr ohne Gegenstimmen von den Gemeindemitgliedern ins Amt gewählt wurde.

Sogar Autos existieren hier. Kleine, golfkartähnliche Vehikel, die mittels elektrischer Energie lautlos die riesige Halle entlangfahren und dann und wann in eine der Gänge/Straßen abbiegen.

(Höchstgeschwindigkeit sind 10 Meilen die Stunde, Verstöße nicht möglich, weil die Dinger nicht mehr draufhaben).

Es ist eine kleine, perfekte, rosarote, beinahe klebrig kitschige Welt – und ganz nebenbei eine fiese Vorschau auf die Zukunft der großen. Futuristisch und grauenhaft.

Sophia passiert den Eisladen und macht sich auf den Weg in ihr Appartement. Dabei kommt sie am Pub mit dem sinnigen Namen *›Angels‹* vorbei und schaut hinein. Um diese Uhrzeit ist es bereits gut besucht. Sie mag die dunkle, leicht verruchte Atmosphäre, und in Anbetracht der tatsächlich nicht sehr lauschigen Gesamtlage, hat sich ihr Hunger ohnehin gerade gnadenlos verflüchtigt.

Kurz entschlossen wirft sie alle halb ausgegorenen Pläne für den Abend über Bord.

Das »Hallo!«, das bei ihrem Eintreten ertönt, mag sie auch, und die bewundernden Blicke, die sich von nahezu allen männlichen Anwesenden in ihre Richtung begeben, allemal. Einziger Makel: Etliche davon werden von rot umränderten Augen vollführt, und die gefallen ihr nicht.

Gegen alkoholisierte Männer hegt Sophia eine tiefe Abneigung.

In einer Ecke macht sie ihre Freundin Klara aus, die sie bereits entdeckt hat und hektisch winkt.

Mit angeborener Grazie schreitet Sophia durch den gut besetzten Raum und schenkt ihrer Busenfreundin zunächst ein strahlend weißes Lächeln, bevor der obligatorische Kuss links und rechts auf die Wange erfolgt. »Was geht?«

Amüsiert über den breiten Slang, der in den oberen Etagen so gnadenlos verboten ist, kichern beide, bevor Sophia eilig ihre Tüte in der Ecke hinter Klaras Stuhl deponiert und sich zu ihrer Freundin gesellt.

Klara – blond, hübsch, blauäugig und gertenschlank – arbeitet als Empfangsdame beim Boss einer Versicherungsagentur und verdient bei Weitem mehr als Sophia. Genau kennt diese die Summen nicht, doch die Klamotten sind immer exquisit und beim

Friseur wählt Klara garantiert auch einen aus der Oberwelt.

Vor einigen Jahren begann sie hier unten als Verkäuferin in einem Blumengeschäft: ›*FlowerPower*‹ – ja, die Namen sind alle der Kitsch schlechthin. Nun ist sie oben angekommen. Der amerikanische Traum findet sehr wohl auch hier statt. Wann immer Sophia fragt, warum sie noch in dieser Box wohnt, die sich Appartement schimpft, zuckt sie mit den Schultern. »Hier fühle ich mich wohl und kenne jeden. Außerdem kann ich dich unmöglich allein lassen.«

Das ist ihre Überzeugung, Sophia hat nur nie ganz begriffen, wie Klara darauf kommt.

Wenig später haben beide Frauen ein dunkles Bier vor sich stehen, während Sophia zögernd von den Ereignissen des Tages berichtet. Klaras Augen werden immer größer. »Nein!«

»Doch! Meinst du, ich denke mir *so was* aus?«

Entschieden schüttelt Klara den Kopf. »Nein! Jedenfalls diesmal nicht!«

»Danke!«

»Bitte!«, erwidert die Blondine gleichmütig und grinst frech.

Schweigend genießen sie ihren Gerstensaft; im Hintergrund dröhnt Hardrock, das Stimmengewirr dringt nur wie durch eine Wand zu ihnen, kein Wort ist deutlich zu verstehen. Der leichte Dunst einer Zigarre verziert die Luft mit kunstfertigen blauen Kringeln. Henry, einer der Alteingesessen (er lebt seit der Fertigstellung vor elf Jahren hier), ist der Einzige, dem dieses Privileg gestattet wird. Niemand lehnt sich dagegen auf, obwohl im gesamten Bauwerk absolutes Rauchverbot herrscht. Auch wenn Klara, erklärte Vegetarierin und Gegnerin aller Drogen und Genussmittel (abgesehen von Bier, Kaffee und Schokolade) häufig mal angewidert mit der Hand wedelt.

Sophia hingegen mag das Aroma, es erinnert sie an ihren Großvater. Die mit diesen verbundenen Impressionen geben eine glückliche Kindheit wieder, die sie im Grunde nie hatte ...

»Was ist denn nun mit deinem Mr. Smith? Glaubst du, er war sauer?«

Prompt sieht Sophia die schmalen Lippen und die gerunzelte Stirn vor sich und ihr Blick wird unfokussiert. »Yeah ...«

»Aber sexy?«

»Ohhh, yeah ...«

Klara lehnt sich zurück. »Und du bist immer noch irre, yeah!«

Diesmal zieht Sophia eine Grimasse. »Yeah!«

Zweifelnd betrachtet die Blondine ihre Freundin. »Wann hörst du endlich auf, in deiner verrückten Traumwelt zu leben?«

»Wenn der Traumprinz vor mir steht.«

»Der natürlich original so aussieht, wie dein Mr. Smith.«

»Natürlich!«, nickt Sophia mit einem Hauch von Trotz.

»Du wirst total einsam sterben, Baby, wenn du das nicht endlich änderst.«

Für diese düstere Prognose hat Sophia nur ein müdes Schulterzucken übrig. »Und wenn schon ... Einsam bedeutet nicht zwangsläufig *unglücklich*, vertrau mir!«

Ehe Klara diesbezüglich noch mal genauer nachfragen kann, werden die beiden unterbrochen. »Hey Ladys!«

Zeitgleich sehen sie auf und stöhnen in der nächsten Sekunde.

Unaufgefordert setzt sich der grinsende Neuankömmling zu ihnen, öffnet seine Jacke, lehnt sich zufrieden zurück und schaut von einer zur anderen. Hauptberuflich ist Paul Manager und Eigentümer des hiesigen Waschsalons, nebenberuflich Stalker aller attraktiven Mädchen und Frauen. Und wenn man den Gerüchten so Glauben schenken will, hat er jede Menge Dreck am Stecken. Alle Einwohner von Deck F wissen, zu wem man gehen kann, wenn man in Schwierigkeiten und bereit ist, für deren Klärung angemessen zu zahlen. Paul wird es richten.

Darüber hinaus ist Paul Walker – allein der Name ist die Beleidigung schlechthin, darüber sind sich Klara und Sophia einig – total aufdringlich und grottenhässlich.

Mal angefangen damit, dass er mindestens vierzig und damit uralt ist. Sein Geburtsdatum ist eines der größten Rätsel innerhalb des Turms. Höchstwahrscheinlich aus schnöder Eitelkeit macht er ein Geheimnis darum. Aus diesem Grund trägt er auch immer ein Basecap, mit dem er seine Halbglatze kaschiert. Und möglicherweise ist er der einzige Typ, bei dem der Dreitagebart nicht sexy, sondern nur ungepflegt wirkt.

Unter dem karierten Hemd verbirgt er seinen massigen Körper, der, wie Insiderinnen behaupten, sogar durchtrainiert sein soll. Sophia kann das nicht ganz glauben, denn sein Gesicht wirkt feist, und hierbei handelt es sich garantiert nicht um Muskeln, sondern reines, gewöhnliches Fett. Der Bauch, den man ausmachen kann, wenn er mal nicht die Luft anhält, erzählt auch eher von zu viel Essen, als von regelmäßigem Training. Immer trägt er Jeans, die üblicherweise ausgebeult sind. Allerdings nicht an der für die Damenwelt signifikanten Stelle. Man munkelt, er führe die atemberaubendsten Dinge mit sich spazieren, darunter eine Nagelfeile, für den Fall der Fälle – schlimmer als jede Frau.

Über dem furchtbar hässlichen Hemd befindet sich eine abgehalfterte, braune Lederjacke, mit der er garantiert seine nicht vorhandene Coolness untermauern will. Doch daneben besitzt er äußerst eisige blaue Augen, die keinen Zweifel daran lassen, dass er mit allen Wassern gewaschen und verdammt skrupellos ist, wenn erforderlich.

Wie schon erwähnt, steht er auf hübsche, junge Frauen, vorrangig jedoch auf Sophia Wagner. Bereits etliche Male musste sie sich gegen seine unmissverständlichen Annäherungsversuche zur Wehr setzen. Besonders, wenn er getrunken hat, ist er kaum zu bremsen.

Es nervt gewaltig, nur kann sie ihn nicht abblitzen lassen, wie sie es gern täte, denn das wäre taktisch unklug. Sie hat ihm einiges zu verdanken, nicht zuletzt, dass sie überhaupt in diesen Turm kam. Er empfahl sie, und egal, wie abstoßend sie das Ekel findet, sie hat ihm seine Hilfe und damit die Eintrittskarte in den Tower niemals vergessen.

Dieser Mann ist einer aus der Twillight-Zone. So werden hier die Leute genannt, die in beiden Ebenen als Macher verkehren. Er bewohnt in einer der unteren Etagen im oberen Segment ein extrem geiles Appartement – so heißt es zumindest –, und gehört damit allemal zur gut situierten Mittelschicht. Dennoch ist er sehr häufig hier unten anzutreffen. Klar, er betreibt seinen Waschsalon und unterhält auf dieser Ebene auch sein Personalbüro. Aber das *echte* Büro – das Aushängeschild, in das er seine Geschäftspartner einlädt (was immer er auch mit denen bespricht, vielleicht größere Reinigungsaufträge, oder so) –, befindet sich auf der gleichen Etage, wie Klaras nicht kleine Versicherungsagentur.

Eben noch von jeder Menge Abscheu und Ekel heimgesucht und die nächste höfliche Abfuhr bereits auf den Lippen, denkt Sophia plötzlich um.

Paul hat ihr damals geholfen. Weitere Tatsache – zumindest in ihrem Denken: In ungefähr neun Stunden wird Baker die kleine Sophia achtkantig feuern. Weshalb ihr Paul plötzlich in einem ganz anderen Licht erscheint. Dem der Hoffnung.

Ein sanftes Lächeln legt sich auf ihre Lippen, und sie stößt Klara unter dem Tisch an, sodass die umgehend aus ihrer abwehrenden Grimasse ein *halbwegs* annehmbares Grinsen zaubert, das wirkt, als hätte sie gerade in eine unreife Zitrone gebissen.

Strahlend schaut Paul von einer zur anderen. »Und was treibt ihr so?«

»Blumen gießen!«, erklärt Klara lächelnd, ehe Sophia es verhindern kann.

Gackerndes Gelächter ist die Antwort, bei dem sich Sophias Nackenhaare aufstellen. Eins nach dem anderen ..., und zwar ganz langsam. »Du bist ja ′ne Marke!«, kichert er und entblößt derart ebenmäßige Zähne, dass es sich nur um künstliche handeln kann.

Widerlich!

»Yeah«, murmelt die Marke verbissen, doch Paul hat sich längst auf Sophias Brüsten eingepegelt.

»Sexy wie immer, Kleines«, bemerkt er anerkennend.

Dieser Typ will einfach nicht begreifen, dass sie so gar keine Gefühle für ihn hegt. Sie war nie sehr berechnend, beschließt jedoch, es heute Abend einfach mal zu sein. Denn eines ist sicher: Paul Walker hält sie beide für das Traumpaar schlechthin, und sich übrigens für eine total gute Partie. Wann immer er sie trifft, schwärmt er ihr vor, was er ihr alles bieten und wie glücklich er sie machen würde, wenn sie sich nur einen Ruck geben könnte.

Sicher ...

Prompt taucht das Bild von Mr. Smith vor ihrem geistigen Auge auf, und zeitgleich fällt ihr der Traum wieder ein. Lippen, die sich ihr nähern, ein Lächeln, das von Gott gesandt wurde, eine Brust, die unmöglich von dieser Welt stammen kann, seidige Haut, ein herausfordernder Blick, feuchte, halb geöffnete Lippen, ein Bauch, dessen Muskeln aus dem Ratgeber: *›Wie mache ich ein Mädchen garantiert heiß?‹*, stammen und ein Delta, das aus einem stammt, der da lautet: *›Wie mache ich ein Mädchen garantiert wild?‹* Ein ... Oh mein Gott, sie fühlt ihn beinahe in sich.

Schon heben die Schmetterlinge die Köpfe und summen erwartungsvoll eine Serenade, wobei sich einige sofort auf den nächsten Trip weiter südlich begeben. Eilig presst sie die Lippen zusammen, kann jedoch ein unfreiwilliges und verdammt sinnliches Stöhnen nicht zurückhalten.

Wofür sie sich einen zweifelnden Blick von Klara und einen begeisterten von Paul gefallen lassen muss. Der betrachtet sie funkelnd und mit einem wissenden Lächeln, lässt aber wenigstens den gefährlichen und so peinlichen Ausrutscher unkommentiert. Stattdessen sieht er einmal mehr in die kleine Runde: »Was darf ich euch bestellen?«

»Nic...«

Der nächste Fußtritt unter dem Tisch stoppt Klaras Negation noch rechtzeitig. Sophia säuselt: »Noch ein Bier, vielleicht?«, und klimpert mit den langen Wimpern. Ihre Befürchtung, möglicherweise etwas zu dick aufgetragen zu haben, wird umgehend vernichtet, als Pauls Mundwinkel anerkennend zucken. Dann schnaubt er. »Bier! Das ist doch kein Getränk für anspruchsvolle Schönheiten, wie euch!«

Damit schnippt er auch schon Ethan, den heutigen Wirt, heran. Es handelt sich um einen großen, bulligen Typ Mitte zwanzig, mit attraktivem Gesicht, großen, braunen Teddyaugen und Muskeln, die beinahe die kurzen Ärmel seines schwarzen Shirts sprengen. Auf dem Kopf befinden sich dichte, schwarzbraune Haare, die das Bärenaussehen noch verstärken, auch wenn Sophia nicht unbedingt mit ihm aneinandergeraten will. Das haben schon einige Mutige getan – immer aus der männlichen Fraktion –, und Ethan ging stets als haushoher Sieger aus der Auseinandersetzung hervor.

Die Mädchen sind ihm reihenweise verfallen, einschließlich Klara. Die ist für einen Moment von den einschüchternden Blicken abgelenkt, die sie pausenlos in Sophias Richtung schießt, und konzentriert sich nur auf den riesigen Schönling. Aktuell trocknet dieser seine Hände an einem Tuch, was die Muskeln seiner Oberarme spielen lässt, während er sich gemächlich ihrem Tisch nähert. Sein Grinsen für die Frauen fällt breit aus und entblößt jede Menge makelloser, weißer Zähne. Paul wird nur kurz angeschaut und das keineswegs freundlich. »Nachschub?«

»Ja«, erklärt Walker knapp. »Cocktails für die Damen – nach ihrer Wahl!« Womit sich der fragende Ausdruck jetzt auf die ›Damen‹ richtet. »Mai-Tai«, sagt Klara wie aus der Pistole geschossen, obwohl sie immer noch mit diesem glasigen Aussehen geschlagen ist. Sophia, die sich mit Mixgetränken nicht auskennt, nickt nur.

»Also zwei!«, ordert Paul noch etwas knapper. »Mir einen Whisky, aber lass dein gepanschtes Zeug, wo es ist. Ich will einen Edlen!«

Ethans Mundwinkel zucken leicht und er deutet eine Verbeugung an. »Shit!«, murmelt er dabei für alle verständlich. »Da werde ich wohl ganz tief im Schrank kramen müssen.«

Klara scheint derzeit nicht von dieser Welt, denn sie nimmt für keine Sekunde den benebelten Blick von dem Riesen, wohingegen Sophia ihm nicht den kleinsten Augenaufschlag gönnt. Die konzentriert sich nur auf den unansehnlichen Paul. Dabei beißt sie sich unbewusst in die Unterlippe, rümpft die Nase und runzelt die Stirn.

»Und, was geht?«, fragt Paul schließlich.

Prompt verschluckt Klara sich an ihrem Bier. Sophia klopft ihr auf den Rücken und schaut entschuldigend zu Paul, auf dessen Nase sich ein brauner Tropfen eingefunden hat. Ganz klar handelt es sich um Bier, eben noch in Klaras Mund. Sehr beeindruckt wirkt er nicht, denn der Mann schaut in aller Seelenruhe dabei zu, wie ihre beste Freundin krepiert, während Sophia um deren Überleben kämpft, bis Klara die schlagende Hand mit schmerzverzerrtem Gesicht abwehrt.

Kaum sitzt Sophia wieder, erscheint der attraktive Barmann mit den Cocktails und kassiert sofort, was ihm Pauls drohende Miene einbringt. Ziemlich gewagt, urteilen Sophia und Klara unabhängig voneinander. Niemand legt sich mit Paul Walker an, und dessen visuelle Botschaft ist unmissverständlich:

Ethan ist tot.

Allerdings scheint das den soeben schon mal vorsorglich Gestorbenen nicht sonderlich zu stören, denn er erwidert gelassen die fatale Botschaft und schafft es sogar auf ein leicht irritiertes Brauenheben. Klara gluckst, was ihr einen nächsten gut gezielten Tritt von Sophia unter dem Tisch einbringt.

»Danke!« Ihr Strahlen wird nur mit einem knappen Nicken erwidert. In ihrer Verlegenheit nippt Sophia an dem Cocktail, der ihr sofort zu Kopf steigt, weshalb sie sich vornimmt, langsamer zu trinken.

Nachdem sie neuen Mut gesammelt hat, sieht sie auf. »Also ...« Unvorbereitet trifft sie auf Pauls Blick, der studierend und viel zu intensiv auf ihr liegt.

»Was hast du, Baby?«, erkundigt er sich verhalten.

Bevor das Baby jedoch loslegen kann, summt sein Telefon. Irritiert runzelt er die Stirn, schaut flüchtig auf das Display, und sein Finger reckt sich in die Höhe. »Moment, Ladys!« Womit er aufsteht und sich abwendet, ehe er den Anruf entgegennimmt.

Klara nutzt die Gelegenheit, um Sophia einen Vogel zu zeigen, doch die hebt nur die Schultern. Was soll sie tun? Okay, es ist erbärmlich, aber in der Not ...

»Äh, sieht nicht so aus, als hätte dein Lover gute Nachrichten bekommen«, bemerkt Klara lakonisch und deutet zu Paul, der wild am Handy gestikuliert.

»Hör mal, das *ist* nicht mein Lover!«, informiert Sophia sie entrüstet. »Ich habe ...«

Klaras erhobene Brauen bringen sie zum Schweigen. Hat die sich eine Meinung gebildet, ist jedes Wort überflüssig, daher nippt sie lieber an ihrem Mai-Tai ...

Vorsichtig.

Fünf Minuten später erscheint Walker wieder am Tisch. »Tut mir leid, Ladys, ich muss los.« Grinsend wirft er einen Fünfziger auf den Tisch. »Amüsiert euch auf meine Kosten ... und ...« Drohend mustert er Ethan, »... lasst euch von dem Burschen nicht betrügen.«

Sophia schafft es auf ein sanftes Lächeln, aber Klara salutiert zackig. »Aye, aye, Sir!«

Was den beinahe stets lustigen Paul mal wieder zum Lachen bringt. Mit beiden Zeigefingern deutet er auf die Blondine. »Du bist *tatsächlich* `ne Marke!« Damit wirft er Sophia einen Luftkuss zu und verschwindet endlich.

Wehmütig sieht sie ihm nach.

Dahin geht ihre einzige Chance, sich aus dem aktuellen Schlamassel noch mal zu befreien. Doch andererseits ist sie froh. Man munkelt viel über Paul Walker und das Wenigste davon hört sich in ihren Ohren gut an.

Möglicherweise hat das Schicksal sie soeben vor einem dummen Fehler bewahrt.

Ein Mai-Tai zu viel ...

»Ich muss los!«

Wie aus den tiefsten Träumen erwacht, blinzelt Sophia ein paar Mal. »Huh?«

»Ich muss los!«, wiederholt Klara sichtlich entnervt. »Schließlich muss ich morgen früh raus ... du übrigens auch!«

Sophia widmet sich bereits wieder ihrem Cocktail. »Hmmm ...«

»Kommst du nun?«

Nachdenklich betrachtet Sophia den Schein auf dem Tisch, wobei ihr flüchtig der Gedanke kommt, ihn einzustecken und für etwas Sinnvolles zu verwenden. Möglich, dass sie sich morgen über fünfzig Dollar verdammt freuen wird. Doch dann überlegt sie sich, dass Mai-Tais momentan das Sinnvollste überhaupt darstellen, und sieht entschlossen auf. »Geh nur, ich bleib noch ein bisschen!«

Klara, die offenbar öfter mal meint, die Reinkarnation von Sophias Mutter zu sein, hält diesmal erstaunlich still. »Du musst ja wissen, was du tust!« Damit wirft Klara ihr blondes Haar zurück, zieht trotz der draußen garantiert vorherrschenden 21 Grad ihr Jäckchen über und stolziert davon.

Missmutig starrt Sophia ihr nach.

Manchmal geht Klara ihr mit deren Gouvernantengehabe echt auf die Nerven. Ewig bildet sie sich ein, auf ihre Freundin aufpassen zu müssen. Dabei kann sie das selbst!

Wie bestätigend nickt sie sehr resolut, bevor sie Ethan zu sich ruft. Dessen Blick verkündet jede Menge Ablehnung und verdüstert sich nochmals, als sie ihm grinsend den Schein entgegenhält.

»Den hau ich heute auf den Kopf!«

»Und dann?«

»Ich meine, ich setze ihn in Flüssignahrung um.«

»Ahhhh«, meint er nur und visiert ihr Getränk an. »Weiterhin das Zeug?«

»Japp!«

»Baby, das befördert dich aber eher *unter* den Tisch, als dass du irgendwas draufhaust«, warnt er mit einem schmalen Lächeln, das die dunklen Augen nicht erreicht.

»Haha … Ich vertrage mehr, als du ahnst.« Nimmt sie zumindest an, genau weiß sie es nicht – noch nicht. Aber Show ist schließlich alles.

»Wollen wir es hoffen«, meint er und verschwindet endlich.

Noch etwas missmutiger sieht sie ihm nach. Warum hält sie eigentlich jeder für ein kleines, hilfloses Mädchen, das nicht bis drei zählen kann, he?

* * *

Hey ...

Die Preise hier unten sind escht billig ...

Also escht ...

Mit einem zusammengekniffenen Auge versucht Sophia, den Schein auf dem Tisch zu fixieren, scheitert dabei auf ganzer Linie, und sinniert währenddessen darüber nach, dass in einer so unschuldig wirkenden fünfzig Dollar Note verdammt viele Mai-Tais stecken.

Längst ruht ihr Kopf in einer Hand, und sie überlegt, ob der Alkohol vielleicht subventioniert wird, um die Leute ruhig zu halten oder so. Wie in einem gottverdammten Science-Fiction Weltverschwörungsthriller ...

Also, die Lebensmittelpreise werden auf jeden Fall künstlich unten gehalten. Die Kosten aus der *echten* Welt sind ihr nämlich noch gut und vor allem grauenhaft in Erinnerung ...

Dies ist erst ihr dritter Mai-Tai, weshalb vom Fünfziger des freizügigen Paul noch jede Menge übrig ist. Bestens erkennbar an der zweifelnden Miene, mit der dieser Ethan sie zunehmend bedenkt. Er wirkt auch ein bisschen erwartungsvoll, wenn sie nicht alles täuscht. Interessiert sie nur nicht sonderlich, weil Sophia bereits wieder in ihrer eigenen Welt weilt. Schon sieht sie Mr. Smith vor sich, der erscheint stets, kaum dass sie an ihn denkt.

Sie spürt das Prickeln zwischen den Beinen, das sich auch gleich verstärkt, denkt an ihren feuchten Traum und nimmt hastig einen Schluck, um nicht doch noch innerlich zu verglühen. Womit sie ihr drittes Glas übrigens leert. Beinahe zeitgleich winkt sie dem Aufpasser hinter dem Tresen ...

Bartender – hier besteht Bedarf für Nachschub ...

Gott, dieses Gefühl ... es ist immer noch so real. Sie fühlt es an ihren Brüsten, die noch viel zu empfindlich mit dem leichten Stoff ihres Kleides einen zarten Tanz aufführen, sich an ihn drängen und wohl irgendwie Sex wollen. Darüber hinaus spürt sie es am Kribbeln zwischen ihren Beinen, an der jämmerlichen Wehmut und dem unerfüllten Verlangen, das noch immer nicht ganz verschwunden ist.

... na ja, und sie fühlt es an ihrem Durst, der, wenngleich ihr Kopf ein deutliches GENUG signalisiert, nicht verschwinden will. Im Gegenteil, er wird mit jeder Sekunde und jedem neuen Gedanken an ihren privaten Gott größer.

Wo bleibt ihr Drink?

Mühelos fängt sie Ethans Blick, der sie scheinbar von seinem Tresen aus beobachtet hat. Möglicherweise meint er, sie sinke jeden Moment unter den Tisch, oder so.

Idiot!

Immer ätzender schaut sie zu diesem nachgemachten Barmann hinüber, der offenbar nicht den Schiss von Geschäftssinn hat und erstarrt urplötzlich.

Scheiße, was für Gucker!

Das Ausmaß ist ihr bisher noch nie aufgefallen, obwohl Ethan schon seit einigen Wochen hier arbeitet. Diese speziellen Exemplare scheinen sie förmlich zu durchleuchten, ganz tief in sie einzudringen, bis ins Mark und noch weiter. Das Prickeln setzt wieder ein, dabei hat sie es doch vor nicht ganz zwei Minuten erfolgreich abgewürgt! Das Atmen fällt auch ziemlich schwer, in Wahrheit hat sie es zwischenzeitlich total vergessen.

Doch bevor sie sich komplett zur Idiotin machen kann – mal wieder –, reißt sie sich mit aller Macht zusammen, bricht den gefährlichen Kontakt, und fuchtelt wild mit ihrem leeren Glas umher. »Is leer!«

»Ist mir nicht entgangen«, kommt es prompt zurück.

»Und?«

»Was und?« Ehrlich, mal abgesehen von der Frechheit an sich, aber die hat er ja wohl für sich gepachtet, ist die Stimme echt der Hammer! Ein dunkler Bariton, mit samtenem Unterton ... total sexy ... irgendwie.

Die anderen Gäste interessieren ihn scheinbar nicht. Sophia sowieso nicht. Frontal sieht sie ihn an, während er unverblümt ihren Blick erwidert, keiner der beiden steigt aus. Informationen werden ausgetauscht, die sie bisher nicht in Betracht gezogen hat; Fragen geklärt, deren Aufkommen ihr glatt entgangen ist; Sehnsüchte werden nicht nur geboren, sondern in allen Facetten ausgebaut, bis sich längst wieder die Schmetterlinge in ihrem Bauch eingenistet haben und sie nichts anderes will, als zu ihm zu gehen.

Okay, und einen neuen Mai-Tai.

»Bekomme ich noch einen?«, erkundigt sie sich, nachdem auch der aktuelle Drink in ihrem Magen versenkt wurde. Ihre Stimme hört sich anders an, viel dunkler.

»Meinst du, das tut dir gut?« Er steht vor ihrem Tisch und spricht immer samtener, leiser, verführerischer. Verdammt, der Klang besitzt einen direkten Zugang zu ihren Nervenbahnen. Sein T-Shirt hat einen tief sitzenden runden Ausschnitt, was eine wunderbare Aussicht auf einen muskulösen, so mächtigen, starken Nacken gewährt. Okay, dass der Typ nicht schwach ist, sieht man sofort, nämlich an den sehnigen, breiten Oberarmen, und die sind ihr gleich aufgefallen ...

Ein scharfer Blitz ihren misshandelten und total unterversorgten Unterleib durchfährt. »MIST!«

»Was ist los?«

Plötzlich schämt sie sich wegen der blöden – so peinlichen – Wahrheit und schaut tunlichst hinab.

Kurz darauf liegt ein sanfter Finger unter ihrem Kinn, der sie zwingt, ihn anzusehen. Wieder wird sie von diesen dunklen, warmen Augen fixiert, die ihr überhaupt nicht, passen, denn sie senden Botschaften, die sie nicht lesen will und noch schlimmer: Die Nachrichten kommen an! Und wie!

»Ich hatte dir gesagt, dass du das Zeug nicht verträgst.«

»Was?« Sein Blick ist so ablenkend. Okay, nicht vergleichbar mit dem einzig wahren Gott, aber ... nicht übel, ganz und gar nicht übel. Schließlich windet sie ihr Gesicht aus seiner Hand und sich damit aus seinem Bannblick. »Darum ging´s nicht, sondern um was ganz anderes!«, faucht sie viel zu giftig.

»So?«, erkundigt er sich interessiert. »Was war denn dann das Thema?«

Röte schießt ihr in die Wangen. Gerade hat sie nämlich im Geiste beobachtet, wie sein Shirt zu Boden geht und noch grausamer: das, was sich darunter befindet. Eine ausgeprägte, verdammt wohlgeformte Brust unter einem flachen Sixpack-Bauch, der in einem atemberaubenden Delta mündet, das in der engen, gürtellosen Hose verschwindet. Wenn er auch nur annähernd so aussieht, wie sie ihn sich in ihren Träumen vorstellt, dann ...

Apropos Träume.

»Sophia? Geht´s dir ehrlich gut?«

Benommen starrt Ethan an. Inzwischen sitzt er vor ihr, mustert sie wirklich besorgt, und wirklich warm und wirklich sexy.

»Woher kennst du meinen Namen?« Als sie seine ungläubige Miene sieht, winkt sie ab. »Schon klar.«

Es liegt weniger an ihrer Person, als vielmehr an der Anonymität, die auf Ebene F faktisch nicht stattfindet.

Nach einem tiefen Seufzer hebt sie entschlossen das Kinn. »Also, mir geht´s prima, ich bin echt nicht betrunken, jedenfalls nicht so sehr, dass ich drohe, demnächst auf diesen edlen, edlen Boden zu kotzen, ich will nur was trinken, ansonsten ist alles bestens. Der Mist ist sogar bezahlt. Krieg ich jetzt noch einen oder bist du hier der Statist und ich habe den wahren Barkeeper nur immer verpasst?«

Wie er wohl in Boxershorts aussieht? Wenn das, was sich da unter der dunklen Jeans abzeichnet, hält, was es verspricht, dann ...

Ratlos schüttelt er den Kopf und geht. »Frauen ...«
Na ja, was soll sie sagen?

Ein Mai-Tai später ...

Genau genommen ist er nicht nur einfach hübsch, sondern gnadenlos sexy ... Die Art von Typ, die man auf Catwalks sieht oder unerreichbar in irgendwelchen Spielfilmen ...

Längst hat sie wieder den immer schwerer werdenden Kopf in eine Hand gestützt, der Strohhalm befindet sich dauerhaft zwischen den vollen Lippen, und sie saugt sporadisch daran, während sie Ethan – the sexyiest man alive – beobachtet, der seinerseits beinahe unentwegt zu ihr hinübersieht.

In diesem Zustand sind ihre Sinne bis aufs Äußerste geschärft – Sophia entgeht nichts von dem, worauf es ankommt. Ihr Gehör hingegen ist von herabgesetzter Einsatzfähigkeit, und um ihre Feinmotorik ist es auch schlecht bestellt. Doch es fühlt sich himmlisch in dieser Seifenblase an, in der sie offenbar total auf das Fixieren dieses X-Men mit dem Röntgenblick justiert ist. Die Musik, die sie nur noch am Rande wahrnimmt, war ihr zuvor ohnehin zu rockig.

Auch er trägt Dreitagebart, nur wirkt der bei ihm nicht, als wäre es extra sorgfältig zurechtgestutzt worden, sondern als hätte er keine Zeit zum Rasieren gefunden. Allein dieser dunkle, stoppelige Schatten, macht sie auf eine bisher unbekannte Weise an. Mit einer Ausnahme.

Fast ist es, als würde er überhaupt nicht in diesen Laden gehören, ach Blödsinn, auf die gesamte Ebene! Denn im Allgemeinen läuft hier jeder ein bisschen gebückt, Ethan hingegen schreitet stets aufrecht und verfällt nie in jene Hektik, die nur Untergebenen zu eigen ist; i*mmer in Bewegung sein, niemals rasten, stets zeigen, dass man sein Geld wert ist.*

Von dem vollen, dunklen, widerspenstigen Haar fällt immer wieder eine Strähne in die dunkle, makellose Stirn, sodass er sie zurückstreichen muss. Aber er kommt nie auf die Idee, vielleicht mit Gel nachzuhelfen. Beim fünften Mal hätte Sophia gern das Zurückstreichen übernommen und beim siebten zucken ihre

Finger bereits begehrlich. Sie will unbedingt erfahren, wie sich dieser Mann anfühlt, obwohl er sie im Grunde überhaupt nicht interessiert, ja – nicht mal annähernd ihrem Typ entspricht.

Er ist auch ein Negativ! – schießt es ihr durch den Kopf, während sie fasziniert beobachtet, wie er den Tresen abwischt, dann einen Whisky – ohne Eis – einschenkt und ihn dem Gast mit einem knappen, keineswegs unterwürfigen Nicken hinstellt. Genau wie Sophia zum Drachenengel ist Ethan das Pendant zu Mr. Smith. Hier unten in der Hölle ... möglicherweise gibt es in diesem Tower zu jedem einen Doppelgänger in der entgegengesetzten Etage ...

Klingt irre, ist es höchstwahrscheinlich auch, aber wäre doch echt witzig, oder?

Finger, die hektisch vor ihr schnippen und ein »Sophia!« holen sie in die Wirklichkeit zurück.

Der Strohhalm ploppt aus ihrem Mund, während er sich auf den ihr gegenüberstehenden Stuhl schwingt und sich weit über den Tisch zu ihr vorlehnt. Ähnlich wie sie zuvor, stützt er dabei das Kinn in eine Hand und betrachtet sie ausgiebig. Wo sich die Gelegenheit schon mal bietet, tut Sophia es ihm nach. Er hat Sommersprossen – nicht sehr viele, und auch nur auf der Nase. Es wirkt niedlich, natürlich, so ungestelzt. Gern würde sie seine Haut berühren, nur um zu testen, ob man diese seltsamen Pigmentveränderungen unter den Fingerspitzen fühlt.

»Ich will jetzt schließen.«

»Huh?«

Sein Lachen klingt herzhaft. »Wir schließen jetzt, Baby. Es ist nach Mitternacht. Außerdem hast du sowieso mehr als genug. Willst du nicht endlich heimgehen?«

»Ich bin nicht dein Baby!«

Er sieht ihr tief in die Augen, und es dauert sehr, sehr lange, bevor er wieder etwas von sich gibt – gehaucht natürlich: »Nein, bist du nicht.«

»Eben!« Unvermutet wird ihre Miene flehend. »Bekomme ich noch einen zum Abschied?« Dabei hebt sie den Daumen ihrer linken Hand, mit der rechten muss sie ja ihren müden Kopf stützen.

Die wundervolle Stirn legt sich in Falten, und er mustert sie noch etwas genauer. »Sonst trinkst du nicht annähernd so viel. Was ist passiert?«

»Muss immer was geschehen, um mal was zu trinken?«

»Bei einem Mädchen, das Alkohol sonst nicht mag, schon, schätze ich.«

Instinktiv beugt sie sich noch etwas weiter zu ihm vor. »Woher weißt du das?«

»Das ist mein Job, Baby!«, erklärt er ihr eine Spur zu ernst. »Ein Wirt muss stets in der Lage sein, seine Gäste zu durchschauen, innerhalb des *Bruchteils* einer Sekunde verstehen, wie sie ticken und sich darauf einstellen. Nur so macht er Umsatz und kann überleben.«

»Hmmm«, nickt sie. »Weil jeder Bartender nichts anderes als ein gottverdammter Spion und Detektiv ist, schon klar!«

Für einen winzigen Moment weiten sich seine Augen und er grinst, bevor er sich noch etwas weiter zu ihr hinüberbeugt und ihrer Nase einen sanften, so vertrauten Stüber verpasst. Die Berührung jagt wie ein Blitz durch ihren Körper und wird erst von den Zehenspitzen gestoppt.

Mühsam hält sie die einsetzende Schnappatmung zurück. Was ist sie doch für eine untervögelte Bitch!

»Wie wäre es mit einem Deal?«, schlägt er rau vor. »Du bekommst deinen letzten Drink und erzählst mir beim Vernichten, was passiert ist. Was sagst du dazu?«

Abwägend mustert sie sein attraktives und derzeit gespanntes Gesicht, die Strähne ist übrigens auch wieder da und zu allem Unheil derzeit auch noch so nah.

Genau genommen ist dies das erste Besäufnis ihres Lebens. Nicht mal damals, als ihre Mom ...

Bevor sich *dieser* Müll wieder einschleichen kann, streicht in einem Akt der Verzweiflung das Haar aus seiner Stirn. Er hält still, unter der so zärtlichen Geste schließen sich sogar flüchtig seine Lider.

»Okay!«, haucht sie hingerissen, was sein perfektes Lächeln provoziert.

Wenig später steht der versprochene Cocktail vor Sophia, und Ethan sitzt ihr gegenüber. Dafür, dass der Typ bereits Feierabend hat, scheint er über extrem viel Zeit zu verfügen. Keine Freundin? Schwer vorstellbar!

»Wie lange lebst du schon im Tower?«, erkundigt er sich, als sie so gar nichts sagt.

»Hmmm?«

Mit den Armen vollführt er eine ausladende Bewegung. »Hier, in diesem riesigen Betongrab. Wann war deine Beerdigung?«

»Oh ...« *Gefühlte acht Ewigkeiten, mindestens.* »Seit fast einem Jahr.«

Wieder hat er das Kinn in eine Hand gestützt und lehnt sich über den Tisch. »Was hast du vorher getrieben?«

Auch ihr Kopf ruht in der Behelfsstütze. »Was wird das hier? Ein Verhör?«

»Ich frag nur so.«

»Ja, und klingst dabei wie ein verdammter Detektiv. Und egal, was du glaubst, als Barmann alles können zu müssen, mich nervt es!«

»Sorry, das bringt der Beruf so mit sich. Ich kann einfach nicht damit aufhören. Also ... was hast du so gemacht?«

Ist der irre? Taub? Blöd? Oder alles zusammen? Selbst ihm muss doch aufgegangen sein, dass er für seinen Scheiß Small Talk das falsche Thema gewählt hat! »Das geht dich nichts an! Ich habe bei meinen Eltern gewohnt, wie jeder andere auch! Nun zufrieden?«

»Klar. Was regst du dich so auf? Es war doch nur eine Frage!«

»Aber ich MAG SIE NICHT!«

»Ist mir nicht entgangen.« Immer noch total relaxed.

Angestrengt saugt Sophia an ihrem Strohhalm und beäugt ihn hin und wieder misstrauisch.

»Beruhigt?«, erkundigt er sich mit der üblichen Samtstimme.

»Häh?«

»Reg dich ab!«, lacht er. Verdammt, wenn er lacht, ist er auch hübsch ... Nein, revidiert sie sich insgeheim und widerstrebend. Er ist *schön*. Verdammt, der Typ ist wirklich, wirklich schön.

»Also«, haucht er weiter. »Was ist der Anlass deines Besäufnisses?«

»Geht dich nichts an!«

»Wir hatten einen Deal, Baby!«

»Ach ja, das ja auch noch«, seufzt sie.

Ethan lehnt sich zurück und betrachtet sie kritisch. »Du bist ziemlich abgefüllt, oder?«

»Leck mich!«

»Gern!«

»Idiot!«

»Auch das.«

Inzwischen nervt er sie ein bisschen. »Was soll der Scheiß eigentlich?«

Urplötzlich lehnt er sich vor, nimmt wieder ihr Kinn in seine Hand, sehr zärtlich, aber bestimmt, und sieht ihr tief in die Augen ...

Sie hätte nicht so viel trinken dürfen. Definitiv. Denn dann besäße er nicht so einen verdammt schlechten Einfluss auf sie. Und der *ist* schlecht ...

... und sie ist untervögelt ...

... und das sieht er unter Garantie ...

... und er macht sich mit Sicherheit heimlich über sie lustig ...

»Du bist süß, Sophia. Ich will nicht, dass du dich auf diesen fetten Wichser einlässt. Er ist nicht gut für dich.«

Schon ist der Zauber verflogen. Heftig windet sie sich aus seinem Griff und weicht zurück. »Wie kommst du darauf, dass ich so was vorhabe?«

»Menschenkenntnis?«

»Ha!«, schnaubt sie. »Du irrst dich, so was mache ich nicht!«

»Das meinst du jetzt, morgen kann es anders aussehen.«

»Das meine ich *immer*!«

»Sagst du.«

»Was geht es dich eigentlich an, mit wem ich es treibe, oder nicht?« Peinlichkeiten sind ausgeflogen, derzeit regiert die nackte Wut.

»Nichts«, bestätigt er. »Aber ich denke nicht unbedingt nur an

Sex. Egal, was den Kerl betrifft, er ist nicht gut. Weder für dich noch für andere. Ich will dich vor einem fatalen Fehler bewahren, das ist alles.«

»Ach!«, nickt Sophia fröhlich. »Lass mich raten: Paul ist der totale Loser im Bett und du der wahre Bringer?«

»Darum geht es doch gar nicht«, wehrt er ab, noch immer so widerlich ernst. »Walker ist ... er ist nicht sauber.«

»Also, ich hab ja schon vieles über ihn gehört, auch das eine oder andere nicht so Tolle, aber, dass es bei ihm an der Körperhygiene mangelt, wusste ich noch nicht. Gerochen hab ich übrigens auch nichts«, informiert sie ihn.

»Du weißt genau, wovon ich rede, stell dich um Himmels willen nicht so dämlich an!«

»Und du weißt genau, dass es dich nichts angeht! Weder, was ich treibe noch er!«, zischt sie zurück. Für einen atemlosen Moment scheint es, als würde Ethan endlich auf ihr Kriegsangebot eingehen und sie ihn damit erfolgreich von seinem Verhör abgelenkt haben. Aber zu früh gefreut. Denn unvermutet seufzt er und nimmt – noch etwas unvorhersehbarer – ihre Hand. Sie will sie wegziehen, doch er ist schneller und packt härter zu.

Scheiß Reflexe!

»Bitte, sieh dich vor. Er ist kein vertrauenswürdiger Typ. Niemand in seiner Nähe. Ich will nur nicht, dass du unter die Räder kommst, denn es wäre schade um dich.« Nachdem er flüchtig ihr Dekolleté fixiert hat, fügt er mit einem schmalen Grinsen hinzu. »Echt schade.«

Jetzt gelingt es ihr erfolgreich, ihm die Hand zu entreißen. Vielleicht liegt es auch nur daran, weil er es endlich zulässt. »Das weiß ich!«

»Tust du das?«, erkundigt er sich leise. »Das sah vorhin aber völlig anders aus.«

»Du solltest dich mehr um deine Kundschaft kümmern und nicht darum, was deine Gäste an ihren Tischen so treiben.«

Darauf erwidert er nichts, doch Sophia, die noch nie ein Mensch des Streites war, lenkt zähneknirschend ein. »Ich werde mich vorsehen, okay?«

»Ja, das ist es«, lächelt er und steht auf. »Ich bringe noch den Rest in Ordnung, trinke du in Ruhe aus!«

Während Sophia ihren Drink leert, spart sie sich jeden Blick zur Uhr. Die Wahrheit würde zu verheerend ausfallen. Es dauert nicht lange, bis sich in diesem Glas nur noch Luft befindet. Doch als sie aufsteht, nicht mal schnell, nur überhaupt, kippt sie gnadenlos zur Seite. Nichts könnte den Sturz noch vereiteln, abgesehen von Ethan natürlich. Der ist mal wieder wie von Zauberhand zur Stelle. Keine Sekunde später kommt sie an einer breiten, warmen und gut duftenden Brust zum Ruhen und schließt für einen langen Moment ergeben die Augen.

Wow ...

»War wohl doch ein bisschen zu viel, oder?«

»Hmmm ...« Zu leugnen wäre dämlich, denn sie kann sich kaum auf den Beinen halten. Schlimmer wird es, als sie mit seiner Unterstützung gehen will. Ständig knicken ihre Knie weg und sie wagt nicht, die Lider zu öffnen, weil sich die Welt davor innerhalb eines heftigen Sturms befindet. Alles wankt unkoordiniert vor sich hin.

Sein leicht entnervtes Stöhnen registriert sie nur am Rande, und dann fühlt sie, wie sie in starke, so männliche, duftende Arme gehoben wird. »Weil nie auf mich gehört wird«, brummt er dabei wenig amüsiert. Instinktiv schlingt sie die Arme um seinen muskulösen Hals, bettet den Kopf an seine Schulter, hält die Augen wegen des Weltuntergangs davor geschlossen und denkt nichts mehr.

Sophia bemerkt nicht, dass Ethan die Tür des Pubs sorgfältig verschließt (vergittert wird hier nichts) und sie dann wortlos zu ihrem Appartement trägt, von dem er ganz genau weiß, wo es sich befindet ...

Böses Erwachen ...

Nur sehr langsam stellt sich am kommenden Morgen bei Sophia das Bewusstsein ein.

Als Erstes bemerkt sie, dass sie einen Kater hat, und greift sich stöhnend an die schmerzende Stirn. Irgendwas stimmt darüber hinaus nicht, nur will ihr partout nicht einfallen, was das sein soll.

Also zurück zum Kater ... dem Anfang des Verderbens. Warum hat sie den noch mal?

Ächzend und unter unmenschlichen Qualen durchforstet sie ihr Gehirn. Da war gestern etwas mit der Arbeit. Etwas Unangenehmes, daher schiebt sie es gleich wieder von sich. Aber in dessen Folge ist sie mit Klara im Pub gelandet. Auf ein Bier. Dann kam Paul und aus dem Bier wurden Cocktails ...

Mai-Tais ...

Sofort hebt sich ihr Magen – Mist! Ethan hat es ihr prophezeit, hätte sie doch nur auf ihn gehört ...

ETHAN!

Unvermittelt reißt sie die Augen auf, fühlt zeitgleich das Gewicht auf ihren Beinen, das dort definitiv nicht hingehört, und senkt die Lider. Zu viele Informationen auf einmal können in ihrem Zustand tödlich sein – davon ist sie überzeugt. Nebenher nimmt sie einen überwältigenden Duft wahr, der ganz bestimmt nicht ihr gehört; mal abgesehen von der Wärme, die sich direkt an ihr ausbreitet. Tatsächlich handelt es sich hierbei um glühende *Hitze*. Gebildet von einem riesigen Brustkorb, der sich hebt und senkt. Gut zu bemerken, weil nämlich ihre flache Hand darauf liegt. Sofort zieht sie diese zurück, als hätte sie sich tatsächlich verbrannt.

Das auf ihren Beinen sind auch ebenfalls untere, menschliche Glieder. Und was sich da so schwer auf ihrem Oberkörper ausmacht, ist ein Arm.

Verdammt!

Ein sie *umarmender* Arm!

Jetzt stellt sie sich doch visuell der Realität und wird umgehend mit bösen – *wirklich bösen* – Kopfschmerzen bestraft. Außerdem sieht sie direkt auf eine nackte, braun gebrannte, ausgeprägte Brust, die mit Sicherheit zu einem Mann gehört. Ebenso wie der Duft.

Nach einem weiteren Blick auf die nackte Haut – so viel Frau kann selbst der schlimmste Kater nicht vernichten –, schaut sie hoch und findet ein schlafendes, echt nicht hässliches Gesicht.

Ihr nächster, immer fassungsloserer, optischer Ausflug gilt sich selbst, und zwar an sich hinab – in Zeitlupe, sie ist schließlich nicht wahnsinnig. Zu viele Informationen und so.

Nackt!

Oh mein Gott!

NACKT!

Und sie erinnert sich an nichts!

NICHTS!

Okay, immer mit der Ruhe!, befiehlt sie sich energisch. Stimmt der erste Eindruck denn überhaupt? Die Decke lüften geht nicht, wegen des absolut nicht hässlichen, aber nicht hierher gehörenden Umarmers, weshalb sie vorsichtig ihren Hintern hin und her bewegt.

Nein, ihren winzigen Slip trägt sie noch.

Was für eine Scheiße!

Dass dies nur der Beginn des gesamten Desasters ist, geht ihr erst in der folgenden Sekunde auf. Möglicherweise sind es wohl dreißig – sechzig – so in etwa, ihr Gehirn arbeitet derzeit leicht verzögert. Dann gibt es jedoch kein Entrinnen mehr.

Baker!

Job!

Der TERMIN!

Ohhhhh Scheiße!

Hastig und bestimmt nicht vorsichtig schiebt sie die schweren Beine von sich, was er mit einem dumpfen Brummen begleitet.

Als sie aus dem Bett springt, wird er endgültig wach, setzt sich mit einem tiefen Stöhnen auf, legt die Decke locker um seine Hüften, und beobachtet eine Weile ratlos, während sie durch das Zimmer rast.

»Was hast du?«, erkundigt er sich mit vom Schlaf angerauter Stimme und reibt sich die Augen.

»Was ich habe?« Planlos stürzt Sophia im Raum umher. »WAS ICH HABE?«

»Yeah.« Unbekümmert massiert er sich die Brust und neigt den Kopf zur Seite. Seine Lippen verziehen sich zu einem schiefen Lächeln und zu allem Überfluss steht ihm das dunkle, dichte Haar nach allen Seiten ab.

Der Typ sieht aus wie *Wolverine.*

X-Men!

Na ja, *ihr* Mr. Smith würde sich so niemals seiner Bettgenossin präsentieren, aber das nur am Rande. »Ich habe einen Termin, verdammt!« Am Ende wird ihr Keuchen etwas schrill, weil der Kater wieder zuschlägt.

»Wann denn?«

»Um sechs!«

In aller Gemütsruhe sieht er auf seine Uhr. »Den hast du um gute zwei Stunden verpasst.«

»WAS?« Trotz des ohrenbetäubenden Schreis, der fast ihr Gehirn nach außen befördert, bleibt der Typ wie immer relaxt und mustert sie noch etwas eingehender.

»Was ist denn nun los?«

Gott, wie sie diese Frage hasst. Vor allem, weil die Antwort darauf doch immer die gleiche ist. »WAS LOS IST?«, auch das kommt schrill. »Ich habe verschlafen, DAS ist los!«

Damit fegt sie wieder durch das Zimmer, reißt ihr Kleid an sich, stöhnt im nächsten Moment, weil ihr aufgeht, dass sie das Teil wohl kaum zur Arbeit anziehen kann, und stöhnt gleich noch ein wenig lauter, als sie endlich doch begreift, dass sie die ganze Zeit oben ohne vor dem Kerl durch den Raum tobt. Mit wippenden Brüsten, deren Spitzen zu allem Überfluss auch noch schön aufgerichtet sind.

Doch selbst damit kann sie sich nicht beschäftigen, auch nicht mit seinem süffisanten Blick, der sie nicht loslässt. Stattdessen hetzt sie zu ihrem Schrank und zerrt ein frisch gewaschenes *und* gebügeltes Exemplar der verhassten Uniformen heraus.

Und überhaupt! Sie sieht auf. »Was tust du eigentlich hier?«

Milde überrascht deutet er mit dem Daumen auf sich – die Wangen schimmern noch dunkler als gestern, doch sie kann eine leicht rosige Färbung ausmachen. Vom Schlaf. »Ich?«

»Nein, der Weihnachtsmann! Was soll der Scheiß?«

Nebenbei sucht sie sich einen passenden BH: langweilig, weiß, ohne Spitze. Wobei sie sich nur allzu bewusst ist, dass sie beobachtet wird.

Baker wird sie feuern. Ach scheiße, nicht feuern, er wird sie *killen*, in Wahrheit ist sie längst tot. Ein Zombie, der nur vergessen hat, endlich umzufallen. MIST!

»Du warst derart voll, dass ich dich gestern Abend nicht allein lassen konnte«, wird ihr vom seelenruhigen Beobachter mitgeteilt.

»Aha, und deshalb musstest du mir das Kleid ausziehen, oder was?« Nur flüchtig sieht sie auf, während sie sich hastig die Bluse überstreift. Das Teil besitzt verdammt viele Knöpfe und jeder Einzelne hat sich heute gegen sie verschworen.

VERDAMMT!

»Ich konnte ja nicht ahnen, dass du nichts drunter trägst.« Als sie ihn einen ironischen Blick zuwirft, wird sein Grinsen dreckig. »Okay, das war gelogen. Aber ich konnte dich ja wohl kaum in deinen Klamotten pennen lassen, und du warst irgendwie so gar nicht ansprechbar.«

»Nein, natürlich nicht«, grummelt sie und schließt aufatmend den letzten Knopf. Doch als sie in ihren Rock schlüpfen will, kippt sie zur Seite – mit ihrem Gleichgewichtssinn ist auch noch nicht wieder alles in Ordnung. Glücklicherweise kann sie sich fangen, *bevor* sie vor diesem Kerl zu Boden geht.

Sein dunkles, überaus amüsiertes und verdammt sexy Gelächter ist ihr trotzdem sicher, was sie nur noch mehr auf die Palme bringt. Duschen ist auch nicht mehr drin, und sie hat gestern die ganze Zeit in dem Zigarrenmief des alten Knackers gesessen.

Verdammt!

Als Nächstes will sie ihre Strümpfe überziehen. Hierbei handelt es sich um nicht Transparente, Hässliche, die möglicherweise vor ungefähr zweihundert Jahren mal in Mode waren. Sie sind Bestandteil der Uniform und sie hasst sie genauso sehr, wie alles andere daran.

Ihr Versuch, sich damit zu verunstalten, misslingt, weil sie die Storchnummer momentan nicht zustande bringt. Es fällt ihr ja schon schwer, auf *zwei* Beinen zu stehen, wie soll sie das auf einem schaffen?

Stöhnend setzt sie sich zu ihm aufs Bettsofa. »Rutsch mal!«

»Dein kleiner süßer Arsch hat genug Platz«, widerspricht er lässig und rührt sich nicht.

Auf diese Frechheit kann sie leider auch nicht eingehen – keine Zeit. Doch während Sophia die Geschmacksvernichter überstülpt, spürt sie seine warme, ziemlich große Hand auf ihrem Rücken.

»Es tut mir leid. Ich habe dich total überfahren. Aber mir war nicht wohl dabei, dich allein zu lassen. Du lagst fast im Koma. Dass du einen Termin hast, konnte ich nicht wissen. Und ehrlich: Der ist verpasst. Warum rufst du nicht an und verschiebst ihn? So schlimm wird es schon nicht werden. Ich meine, jeder verspätet sich mal.«

Dieser verständnisvolle, besorgte, ja, *gütige* Ton treibt sie mehr zur Raserei, als alles andere. Es ist nämlich ein Fake! Der Typ gehört nicht zu ihr, sie nicht zu ihm, das hier war ein verdammter Unfall und fertig! Nicht weniger schlimm: Der Unfall hat nicht mal stattgefunden!

»Du hast keine Ahnung!«, faucht sie in sein warmes, besorgtes und so unvergleichlich attraktives Gesicht. »Ich hab keine Zeit, dir das zu erklären. Schön für dich, wenn du es nicht selbst weißt!«

Damit ist ihr zweiter Strumpf an der Reihe, wobei sie beinahe wieder umkippt, und das, obwohl sie sitzt. Ihr ist kotzübel, und nebenbei bringt sie der verdammte Kater um.

Niemals ... niemals wieder Mai T... Nein, sie will den Namen nicht mal *denken*. Das könnte bereits zu viel sein.

Schließlich steht sie auf. »Herzlichen Glückwunsch, ich freue mich echt für dein komplikationsloses Leben! Ich bin im Eimer, aber was interessiert es dich? Nichts!« Als sie das amüsierte Zucken um seinen Mundwinkel bemerkt, zwingt sie sich zur Ruhe. »Du gehst dann einfach, ja?«

»Ja«, nickt er ernst.

»Zieh die Tür richtig zu!«, mahnt sie und schlüpft in den ersten Schuh.

»Ja.«

»Und ...« Nebenbei widmet sie sich dem zweiten Schuh und verliert diesmal nicht das Gleichgewicht, was sie als ersten echten Erfolg an diesem Tag verbucht. »Danke.«

Damit packt sie ihre Handtasche, schaufelt das Handy hinein, ohne einen Blick darauf zu wagen, und stürzt zur Tür.

Bevor sie jedoch verschwinden kann, ist er mit einem Satz aus dem Bett und versperrt ihr den Weg.

Gott sei Dank trägt er Boxershorts. Erst jetzt ist sie sicher, dass sie wirklich keinen Sex hatten. In ihrem Zustand hätte der Typ in der vergangenen Nacht sonst was mit ihr anstellen können. Womöglich hätte sie niemals davon erfahren.

Er ist groß, erkennt sie, als sie verdattert zu ihm aufsieht. Und auch in verschlafenem Zustand ist er unvorstellbar ...

Hübsch.

Sogar *verboten* hübsch.

Nebenbei fungiert sein Körper mal wieder als Backofen, denn er ist ihr jetzt so nah, dass die Wärme auf sie übergeht. Der Wunsch, sich in seine Arme zu werfen, von denen sie weiß, dass sie stark und tröstend sind, und die Welt einfach auszuschließen, überwältigt sie mit einem Mal. Wie gern würde sie bleiben, mit ihm sprechen, dieses seltsame Erlebnis irgendwie angemessen ausklingen lassen ...

Die Zeit drängt, sie ist eigentlich tot, ihr Leben vernichtet, und dennoch kann sie nur vor ihm stehen und ihn blöde anstarren.

Behutsam hebt er mit einem Finger ihr Kinn – das ist scheinbar sein Markenzeichen –, und ihr Blick trifft auf seinen dunklen, ernsten, warmen ... verschlafenen. »Pass auf dich auf, kleine Sophia«, wispert er viel zu eindringlich.

»Was?«

Doch sein Finger verschließt ihre Lippen. »Ich habe den Eindruck, dass du manchmal etwas ... *leichtsinnig* bist, und ich ... will tatsächlich nicht, dass dir irgendwas geschieht. Ich habe die Situation heute Nacht nicht ausgenutzt, sondern hatte bloß Sorge, dass dir vielleicht übel wird und du es nicht einmal bemerkst. Glaubst du mir das?«

So samten geäußert, sie *kann* nur nicken, und aufpassen, dass ihre Knie nicht doch noch unvermutet wegknicken.

»Dann pass auf dich auf, diesmal kann ich dich nicht begleiten und beschützen.« Als sie entnervt die Augen verdreht, verändert sich sein Tonfall. »Ich habe eben ein Herz für ziemlich einsame und verwirrte kleine Mädchen. Das ist mein Fluch, schätze ich.«

Ehe sie ihn deshalb anfahren kann, hat er sich zu ihr hinabgebeugt, wobei er eine beträchtliche Distanz überwinden muss, und haucht einen sanften, brüderlichen – MIST! – Kuss auf ihre Lippen.

»Tu es einfach ... für mich«, flüstert er, bevor er sich aufrichtet.

Sie kann nichts sagen, atmen ist momentan auch schwierig, ihr Herz dröhnt peinlich vor sich hin und alles Blut ist aus ihrem Kopf gewichen ...

Genau in diesem himmlischen Moment, der nach einem ECHTEN Kuss schreit – und wie! – öffnet er die Tür und schiebt sie entschieden in den Flur hinaus.

»Keine Panik, ich werde alles verriegeln und verrammeln«, verspricht er noch, bevor er ihr grinsend die Tür vor der Nase zuwirft.

BOAH!

Jabba, the Hutt

Erst im Fahrstuhl, gemeinsam mit den üblichen ca. zwanzig anderen Mitreisenden in den Himmel, geht ihr auf, dass sie sich nicht mal die Haare gekämmt hat.

Mist!

Okay, offensichtlich hat dieses Wort an Aktualität nichts eingebüßt. Und nur mal nebenbei bemerkt hat sie soeben einen Wildfremden in ihrem Appartement zurückgelassen. Womit schon mal geklärt wäre, dass sie heute Abend ausgeraubt sein wird.

Keine Möbel mehr – nein!

Stereoanlage – alt, aber dennoch verehrt – futsch!

Sofa – futsch!

Alles futsch!

Außerdem – sie wirft einen scheelen Blick auf ihre Uhr, der obligatorische Herzinfarkt fällt schon gar nicht mehr ins Gewicht – ist sie inzwischen weit über zwei Stunden zu spät – was wiederum heißt, sie ist so was von gefeuert! Das nennt man wohl: Murphy hat zum Rundumschlag ausgeholt.

Mit zittrigen Knien steigt sie viel zu kurz darauf aus der Kabine und versinkt wie üblich beinahe in dem hochflorigen Teppich – reine Schikane ihrer Ansicht nach. Dann wankt sie zum Büro ihres Chefs, wobei die Mai-Tais, deren genaue Anzahl ihr schleierhaft ist, ständig versuchen, oben wieder rauszukommen. Die Vorstellung von ihrem Mageninhalt auf dem Royalbodenbelag ist auch nicht sehr ermutigend und verstärkt ihre unschönen Vorahnungen noch einmal.

Sigrid – so heißt die uralte und ständig mies gelaunte Assistentin des ehrenwerten Bosses, und die ist überhaupt nicht hübsch, sondern eine Fregatte vor dem Herrn – verzieht begeistert die widerliche Visage, sobald Sophia eingetreten ist. »Aha! Da ist sie ja!« Schon kreiert das Faltenface einen bühnenreifen Flunsch und tippt behäbig eine Taste ihres vorsintflutlichen Rufmelders.

»Sir, Miss Wagner ist jetzt endlich ...« Letzteres betont die Sumpfkuh noch zusätzlich, »... eingetroffen.«

»Soll reinkommen!«, bellt es sofort aus dem Lautsprecher.

Der Typ ist ja sonst schon schlecht drauf, aber heute hat er wohl seinen Zenit erreicht.

Mit einem knappen Nicken, hinter dem jede Menge Genugtuung zu erkennen ist, wird Sophia in die Höhle des Löwen gewiesen, und ihr Magen sackt vorsichtshalber schon mal ein paar Zentimeter nach unten.

* * *

Wie üblich residiert er hinter seinem Schreibtisch.

Schon, als sie ihn das erste Mal gesehen hat, assoziierte sie ihn sofort mit *Jabba, the Hutt.*

Faktisch besteht der Mann nur aus Fett, das sich in dichten und unzähligen Wülsten um seinen Körper sammelt. Aus seinem Hemd, an dessen Achseln sich stets tellergroße Schweißflecke abzeichnen, muss man problemlos ein Zelt bauen können.

Oder einen Heißluftballon.

Kaum, dass er in den Stuhl passt; sein Gesicht ist standardmäßig rot, auf der großen, fleischigen Nase ragt wie üblich die riesige Warze, und seine schütteren, strähnigen Locken residieren ungekämmt wie eh und je auf dem riesigen Schädel.

Dieses Scheusal pflegt seine Hässlichkeit und ist stolz darauf, denn er tut nichts, um wenigstens annähernd attraktiver zu erscheinen. Alles an ihm ist negativ und abstoßend – bis hin zu dem falschen Grinsen, mit dem er Sophia bedenkt, als sie eintritt und leise die Tür hinter sich schließt.

Er hat einen Hörer am riesigen Ohr, telefoniert mit irgendeiner *Luise* und beachtet den Neuankömmling nicht weiter. Wie ein Häufchen Elend steht sie da, mit Händen, die sich zwanghaft ineinander schlingen wollen, weshalb sie sich an ihrer Tasche festkrallt. Die Knie schlackern derweil vor sich hin – Beben kann man das Desaster nicht mehr nennen. Wie in Trance starrt sie den hässlichen Mann an, und wie üblich in ausweglosen Situationen fällt ihr zuverlässig Mr. Smith ein.

Blond, wunderschön ... göttlich ... einzigartig.

Doch bevor das Anhimmeln sie vollständig aus der grauenvollen Realität in ihre heiß geliebte Traumwelt entführen kann, schiebt sich das Bild eines braun gebrannten Riesen in weißem Bettzeug dazwischen.

Ihrem weißen Bettzeug.

Zunächst sieht sie eine muskulöse Brust, glatte Haut, ein lakonisches Lächeln unter warmen Augen. Dann kommt mehr: zum Beispiel der gar nicht üble Anblick in den Boxershorts. Der Kuss, wenn auch total kurz, war wie ein heißes Versprechen auf mehr. Sie stellt sich vor, wie es ist, von ihm berührt zu werden. Dann fällt ihr ein, dass er das bereits ausgiebig getan hat und Sophia versucht verbissen, sich das Gefühl in Erinnerung zu rufen.

Längst ist ihre Mundhöhle ausgedörrt, das Herz hämmert schmerzhaft gegen ihre Rippen, allerdings kann sie sich momentan nicht ganz entscheiden, weshalb das so ist. Die Bilder dieser Männer in ihrem Kopf, welche *beide* (getrennt voneinander, sie steht nicht auf Dreier), mit ihr die atemberaubendsten Dinge anstellen, oder die Realität, die sich auch jetzt, trotz massiver Anstrengungen gnadenlos durchsetzt.

Momentan wird er nämlich ihr Appartement ausrauben ...

Und sie wird ihn nie wiedersehen ...

Und sie ist immer noch tot ...

Und sie wird gleich so was von zur Schnecke gemacht werden ... eine tote, schon klar ...

Und sie wird niemals mehr ihren Mr. Smith anhimmeln dürfen ...

Mist!

In diesem Moment rastet der Hörer auf der Gabel des Apparates ein, ja, der Typ besitzt noch ein Telefon mit Hörer, und Jabba lehnt sich langsam zurück. Keine Show, schnell geht bei der Körperfülle garantiert nichts. Trotz der zuverlässigen Klimaanlage ist seine breite, an einen Neandertaler erinnernde, Stirn mit Schweißperlen übersät. Sein Atem geht schwerfällig, als hätte er gerade dreihundert Stufen bewältigt, und der widerliche Geruch, den er permanent ausdünstet, hat längst den nicht unbedingt kleinen Raum endgültig okkupiert.

»Um sechs war ausgemacht!«, knurrt er.

Unangenehm berührt tappt Sophia von einem Fuß auf den anderen, ihre Hände umklammern den Henkel der altmodischen Tasche – passend zu den verdammten Schuhen –, damit sie nicht doch noch mit dem entwürdigenden Ineinanderkneten beginnen können.

»Es tut mir leid, Sir, ich habe verschlafen.«

»Sehr schön ...«, nickt er und nimmt sich ausgiebig Zeit, sie zu betrachten. Von oben bis unten und wieder zurück. Nach einer Weile glaubt Sophia, unter dem widerlichen Blick zu zerfließen. Ist der ein Abkömmling von dieser bösen Fee ...? Wenn ja, dann wundert sie gar nichts mehr, denn mittlerweile schwitzt sie auch. Der Vernichtungsprozess ist also längst eingeleitet. Schade um den Teppich.

Als er sich dann vorlehnt, geschieht das so schnell, dass sie einen Satz zurückmacht. *»Und das wagst du, mir ins Gesicht zu sagen?«*

Die Visage ist hochrot, an der Schläfe klopft hektisch der Puls, und Sophia ist wie erstarrt. Leichenblässe hat sich auch endlich eingestellt, sie kann ihn nur mit offenem Mund anglotzen.

»ANTWORT!«

Wieder fährt sie zusammen, die Augen brennen. »Ja, Sir!«

»WAS? Sprich im Satz, du dämliches Weib!«

Klasse, ihr fallen nicht mal einzelne Worte ein.

Wo?

Wie?

Was?

Worte?

Zusammenhängend?

Häh?

Bratpfanne?

Kontinuierlich öffnet und schließt sich ihr Mund, ohne dass ihn irgendetwas halbwegs Verwertbares verlässt.

Eine Weile beobachtet er das Schauspiel, bevor er fast verzweifelt stöhnt. »Heilige Scheiße, warum müssen die Leute nur so verdammt dämlich sein? Feige Arschlöcher, die mich fertigmachen wollen, ohne den Schiss von Stolz oder Rückgrat! DAS ist mein Leben!«

Unmerklich hebt sich ihr Kinn. Also, sie war bestimmt schon vieles – auf einiges davon ist sie nicht stolz. Aber der Feigheit hat sie sich noch nie schuldig gemacht. Sonst wäre sie jetzt nicht hier.

»Also, du hast gestern den Wagen bei den Millers zurückgelassen, das ist richtig?«

Damit sind die Smiths gemeint, dunkel erinnert sie sich, den Namen schon mal gehört zu haben. »Yeah, Sir.«

Kaum hat das Wort ihren Mund verlassen, vollführt ihr Magen den nächsten Salto abwärts, während die feisten Züge so was wie versteinern. Richtig geht das nicht, dazu schwabbelt an Jabba zu viel. »Kein ›Yeah‹ in meinen Räumen! Das ist genau das Gedöns aus den Reihen des Prekariats, das ich mehr als alles andere verabscheue!«

»Es tut mir leid, Sir! Ich wollte sagen ... Es gab einen Empfang, von dem ich nichts wusste. Ich kam zu spät, um noch alles zu schaffen, bevor die Gäste erschienen. Die trafen auch noch ziemlich pünktlich ein, glaub ich, auf jeden Fall waren sie plötzlich da. Und da konnte ich nicht mehr mit dem Wagen ... Also, das war unmöglich. Und Mr. Sm... äh ... Mr. Miller hat sich erbeten, ihn für mich später hinabzubringen. Es war nicht meine Absicht, Ärger zu machen, Sir.«

Sie erzählt nur Müll.

Mist Kater!

Mist Mai-Tai!

Mist überhaupt!

»Genau darauf läuft es am Ende immer hinaus, nicht wahr?«, nickt er lauernd. »Deine verdammte Unpünktlichkeit. Hättest du *einmal* deinen Job anständig versehen, wäre all das nicht geschehen.«

Sie könnte was sagen, tut es nur nicht, denn hier oben ist eines Gesetz: Sophia ist schuld.

Der Typ studiert einen erstaunlich dicken Hefter, der wohl ihre Personalakte darstellt. Warum ist die denn so dick? Als sie sich vorbeugt, um hineinzuspähen, trifft sie seine eisige Miene.

»So ...«, meint Jabba gedehnt und blättert gemächlich durch die zahlreichen Seiten. »Was haben wir denn hier? Bereits dreimal zu spät gekommen? Demnach ist das bei dir notorisch?«

»WAS?«, entfährt es ihr, bevor sie angestrengt in ihrem Hirn gräbt. Ja, da war dieser Zahnarztbesuch vor einem halben Jahr. Sie musste länger bleiben, weil die Blutung nicht aufhörte und das wurde in der Firma leider nicht als Entschuldigungsgrund gewertet. Und dann, gleich an ihrem ersten Tag, musste sie sich zunächst die Uniformen abholen. Was dazu führte, dass sie sich um zehn Minuten verspätete. Mit dem dritten Mal ist wohl heute gemeint ...

Das ist so ein gottverdammter Mist!

»Nebenbei häufen sich in letzter Zeit die Beschwerden über dich.«

Ihre Augen werden groß. WTF?

»Allgemein wird dir bescheinigt, dass du nicht reinlich genug bist ...«

WTF?

»Beanstandungen mehren sich. Nicht der geforderte Einsatz, von Kooperation ganz zu schweigen ...«

Das war der Drache! Und WIE das dieser verdammte Drache war!

Wetten? Dieses Drecksstück konnte sie von Anfang an nicht ausstehen!

»... unkooperativ wurde mir mehrfach gemeldet, allerdings immer sehr adrett, wenn auch unnahbar ...«, liest der Fettwanst weiter.

HA!

Für *diese* Meldung ist der alte Knacker mit der Mumie als Frau verantwortlich. Auch darauf würde sie ihren Hintern verwetten.

»Oh, und was haben wir hier Hübsches?«

Damit extrahiert Jabba ein Blatt aus der Akte und liest es laut vor. Die Lippen schimmern bläulich, demnach hat der Typ ein Herzproblem. Was an sich witzig ist, denn allgemein geht man davon aus, dass der gar keines besitzt! Wie er soeben mal wieder unter Beweis stellt.

»... ein Darlehen von dreitausend Dollar zu einem Zinssatz von sechs Prozent gewährt ...« Langsam blickt er auf, um seine wülstigen Lippen spielt ein spöttisches Lächeln. »Du kannst dir sicher denken, dass ich dich nicht weiterhin beschäftigen kann ...«

Die Knöchel ihrer Hände treten unter der braunen Haut weiß hervor, und das Herz folgt dem Magen in den bodenlosen Abgrund.

Sophia hört sich sprechen, ohne auch nur die Intention zu haben, steht daneben und lauscht sich mit offenem Mund und ehrlicher Spannung. »Mr. Baker, wirklich, ich schwöre, ich werde mich bessern! Das tut mir alles so unendlich leid. Ich ... ich habe mich nicht richtig bemüht, das gebe ich ja zu, aber ich versichere Ihnen, dass so etwas niemals – *niemals* – wieder vorkommt! Sie können mich beim Wort nehmen! Es wird nie wieder eine Beschwerde geben. *Nie wieder!*«

»Habe ich bereits an die dreitausend Mal gehört, nur von anderen Versagern. Immer dasselbe ...«, winkt er gelangweilt ab und greift sich wieder die Akte, die sie ihm am liebsten entreißen und sich in den Mund stopfen würde.

Vernichtung der Beweise.

»Aber einen unserer besten Klienten damit zu beauftragen, den Putzwagen durch die Gänge zu schieben ... Das hatte ich bisher noch nie ...«, fährt er kopfschüttelnd fort. Sie schwört, im Schein der Sonne die verdammten Staubflusen zu sehen, die sich aus dem schmuddeligen Haar erheben.

»Ja, aber ich konnte nicht ...«

»Ich will den Müll nicht hören!«, braust er auf. »Und lass endlich das verdammte Geflenne, das ist ja widerlich!«

Oh, dass sie heult, ist ihr bisher entgangen. Hastig wischt sie sich die verräterischen Tränen von den Wangen und faselt unentwegt weiter. »Ich schwöre, ich bemühe mich. So was wird nie wieder vorkommen, nie wieder!«

Flüchtig überlegt sie, tatsächlich auf die Knie zu sinken und ihn anzubetteln. Sie könnte ihm auch einen blasen – wäre nicht das erste Mal –, verdammt, sie könnte sogar mit ihm schlafen! Okay, bei der Vorstellung droht der Mai-Tai wieder mal, oben rauszukommen, doch sie war selten so verzweifelt und daher zu sprichwörtlich allem bereit.

Dies ist wie die schaurigste Seifenoper, wie Theater, als würde sie fernsehen – geht ihr nebenbei auf, was sie trotzdem nicht davon abhält, noch eins draufzulegen.

»Bitte, ich brauche den Job!« Es kommt gebrochen – ultimativer Showdown in ungefähr 70 Prozent aller gängigen Serien. Und es ist ihr scheißegal.

»Logisch brauchst du den, so wie jeder andere aus deiner Riege auch. Hast du eine Ahnung, wie lange ich benötige, um dafür zu sorgen, dass du in hohem Bogen aus dem Gebäude fliegst?«

Oh, ja, hat sie. Und wie! »Jeder hat eine zweite Chance verdient«, beschwört sie ihn. »Ich verspreche, mir nichts mehr zuschulden kommen zu lassen. Ehrlich! Ich mache ab sofort eine Stunde länger. Unbezahlt! Das klingt jetzt vielleicht ein bisschen blöd, aber die Leute waren wirklich immer zufrieden mit mir ... sie haben ...«

Sophia stockt, denn er starrt sie an, als wäre *sie* hier der Alien. Seine Augen verengen sich und das Fixieren geht weiter. Dabei neigt er sogar den Kopf zur Seite, schüttelt ihn, legt ihn auf die andere Seite und murmelt etwas kaum Verständliches vor sich hin, von dem sie nur: »Warum immer ich ...«, oder so, wahrnimmt. Schließlich mustert er sie mit unverhohlener Neugierde. »Warum glaubst du, hast du damals den Job bekommen, Missie?«

Blöde Frage! Weil sie da war?

Als sie nur vage mit den Schultern zuckt, lacht er auf. »Was für eine Scheiße!« Dann erhebt er sich, umrundet schnaufend den riesigen Tisch und kommt erst direkt vor der versteinerten Sophia zum Stehen. Die hält die Luft an, als seine stinkenden Ausdünstungen sie wie eine ekelhafte Smogwolke einhüllen.

Er ist groß und schaut auf sie hinab, als wolle er sie fressen. Sorgfältig studiert er ihr Gesicht, bleibt an den Lippen hängen, betrachtet dann eingehend ihre Brüste und lässt selbst die Beine nicht unbedacht, auch wenn er dafür noch mal einen Schritt zurückgehen muss, bevor er sich ihr wieder nähert.

Angestrengt atmet Sophia durch den Mund und fährt sich mit der Zunge nervös über die Unterlippe.

»Meinst du, du arbeitest wegen deiner überwältigenden Referenzen für mich?«, wispert er so leise, dass sie ihn trotz der unerträglichen Nähe kaum versteht. »Wenn ja, dann bist du noch beschränkter, als ich angenommen habe. Es sind deine Titten, dein Mund und deine Beine, vom Arsch ganz zu schweigen. Unsere Kunden wollen nicht nur eine saubere Wohnung, sie fordern was fürs Auge. Putzkräfte stellen kann jeder; wir liefern den visuellen Leckerbissen gleich dazu, jetzt kapiert? Wenn die Leute ein bisschen mehr wollen, dann gibst du ihnen mehr, auch das kapiert? Ist alles im Preis inbegriffen.«

Alles Blut hat ihre Lippen verlassen. »Ich soll mit ihnen ...«

Sein Grinsen ist nicht von schlechten Eltern. »Du sollst *nett* zu ihnen sein. Das ist alles! Für *deinen* Intellekt übersetzt, wenn sie dir an den Arsch fassen wollen, dann lässt du sie. Davon ist noch keiner gestorben, also hab dich nicht so zickig, verdammt!«

Damit begibt er sich wieder hinter seinen Schreibtisch. »Nun, Miss Wacker ...« Der Typ kennt nicht mal ihren Namen! »Nach reiflicher Überlegung bin ich bereit, dir eine letzte Chance zu geben, obwohl das ein riesiger Fehler sein dürfte.«

Das Zauberwort! All seine beängstigenden Aussagen sind vergessen; ihr Blick klebt förmlich an seinen Lippen.

»Mein Darlehen will ich natürlich so schnell wie möglich zurück. Das Risiko, das ich dich am Ende trotz deiner Beteuerungen feuern muss, ist zu hoch, denn in diesem Fall würde ich auf meinen Kosten sitzen bleiben.« Mitleidlos betrachtet er sie. »Wir werden die verbliebene Summe so lange mit deinem Lohn verrechnen, bis alles getilgt ist. Ich bin kein Unmensch und lasse dir ...« Er runzelt die Stirn, überschlägt kurz, »zweihundert.« Bevor sie etwas einwerfen kann, kommt er ihr zuvor. »Deine Bank hilft dir sicher über diese kritische Zeit hinweg.« Er blickt auf seine Uhr, deren Armband sichtlich in das Fleisch seines Handgelenkes schneidet. »Worauf wartest du noch? Oder willst du deinen heiligen Schwur schon am ersten Tag deiner Bewährung brechen?«

Es dauert dennoch eine Weile, bevor Sophia ihre Gliedmaßen lokalisieren kann. Dann wendet sie sich ab und stakt auf tauben Beinen aus dem Raum. In ihren Ohren herrscht nur ein Rauschen.

Morgen ist Lohntag und abgesehen von ein paar läppischen Dollars bekommt sie nichts. Sie wird ihre Miete nicht zahlen können. Alles vorbei ...

* * *

Hannes Baker wartet, bis sich die Tür hinter dem Mädchen geschlossen hat, bevor er zum Telefon greift.

Diesmal handelt es sich um ein äußerst modernes Handy, das er unter mehreren dieser Sorte, die alle eingeschaltet sind, aus einem seiner Schubfächer fischt.

Wenig später grinst er in den Apparat. »Ich denke, sie ist so weit. So was Dämliches habe ich noch nicht erlebt. Touché, alter Freund, du hattest wie üblich recht.«

Er lauscht, lacht laut auf und nickt. »Yeah, sie ist am Ende. Den Rest wirst du übernehmen. Stell sie den Jungs vor, die sollen entscheiden. Sie haben immer Verwendung ... Wir sollten sie testen, wenn du meinst, dass sie so weit ist … ich streue die Information, einer wird sich finden … Ja, ja, das denke ich auch! Was? Oh komm, du hast sie ja nicht aus einem katholischen Waisenhaus geholt! Sie wird sich schon zurechtfinden. Die Lightversion hat sie schon mal geschluckt. Du bereitest sie vor, schmierst ihr ein bisschen Honig um die süßen Bäckchen ... ja ja, ich weiß, dass du das weißt, bin ja schon still. Melde dich, sobald alles klar ist. Bye!«

Kaum hat er das Gespräch beendet, zündet er sich eine dicke Zigarre an – eindeutig illegaler Cuba-Import – und lehnt sich zufrieden zurück.

Am Ende ist es immer die Dummheit der Leute, aus dem man Kapitel schlagen kann. Und aus diesem Mädchen ist sogar verdammt viel Geld zu holen. Je nachdem, wofür Vlad sie will, doch das soll nicht mehr sein Problem sein. Das ist es nie ... und das ist gut so ...

Vom Gewinner zum Verlierer in drei, zwei, eins ...

Heute putzt Sophia wie blind und taub, und zwar in Höchstgeschwindigkeit.

Kaum schaut sie nach links oder rechts, bemerkt weder die flatterige, uralte Hand auf ihrem Hintern, noch den Drachen, der sie wie üblich ankeift. Sie versteht nicht mal die Worte, die das blonde, bemerkenswert attraktive Untier ausspeit.

Auch für Mr. Smith hat sie keinen Blick übrig, obwohl sie sich – trotz totaler Schockstarre – fragt, weshalb *der* eigentlich nicht ungehemmt an ihr umhertatscht? Ist ja wohl alles im Preis inbegriffen.

Witzig, dass sie nicht weiß, wie sie reagieren würde. Würde es sie freuen? Würde sie sich benutzt fühlen? Würde sie sich vielleicht sogar was darauf einbilden? Möglicherweise wäre die Vorstellung, es sei ernst gemeint, in ihrer grenzenlosen Dämlichkeit, die seit heute amtlich ist, sogar ein Genuss.

Das ist irre!

Ihr ist zum Heulen zumute, sie ist total am Ende, eigentlich bereits tot und sinniert abgedreht darüber nach, warum der Typ sie nicht wie die anderen stalkt und angrapscht. Neben ihrem sinnlosen Gegrübel ist ihr so übel, dass sie permanent glaubt, loskotzen zu müssen. Hunger ist keiner vorhanden, obwohl sie seit über vierundzwanzig Stunden nichts mehr gegessen hat. In ihrem Magen leben Küchenschaben, die eine Party mit den Resten des Mai... na ja, des Zeugs halt, geben. Jedes Gramm zusätzlich wäre eines zu viel.

Nach Dienstschluss – der selbstverständlich erst drei Stunden später erreicht ist, schließlich muss sie die verlorene Arbeitszeit aufholen, rauscht sie in die Washingtongasse, in der sie *noch* wohnt, und stellt zu ihrer Verblüffung fest, dass sie gar keine Chipkarte hat.

Es benötigt einige Konzentrationsminuten, bevor ihr aufgeht, dass sie ihr Zeug gestern Abend im Pub vergessen hat. Widerwillig kehrt sie um und schleicht ins *Angels*, wo sie allerdings nur Hazel vorfindet, die heute Nachmittag bedient und ihr das Gesuchte mit einem schiefen Grinsen aushändigt. Wie vermutet ist auch die Karte dabei, was bedeutet, der Kerl ist gestern Nacht eiskalt bei ihr eingebrochen, obwohl sie nicht mal weiß, wie er das angestellt haben soll, ohne die geringsten Spuren zu hinterlassen. Ihre Laune bessert das keineswegs.

Wenig später stellt sie verblüfft fest, dass ihr Appartement zwischenzeitlich *nicht* restlos ausgeräumt wurde. Im Gegenteil: Es wirkt aufgeräumt, selbst das Bett hat er noch gemacht, bevor er ging. Wer auch immer er ist. Bei dem Wirrwarr und den immensen Katastrophen kann sie momentan nicht darüber nachdenken, dass ein fremder Mann bei ihr übernachtet hat. Sogar ein Netter, so wie es aussieht ...

... und ein Aufdringlicher, mit eindeutiger Tendenz, zum extremen Nervfaktor zu werden. Ihre Wut wegen des Einbruchs erhält neuen Auftrieb, als sie tatsächlich einen Zettel auf dem Tisch findet.

Dort steht in nicht mal ungelenker Handschrift:

Pass auf dich auf!
E.

»Zu spät!«, knurrt sie und wirft sich schwungvoll auf ihr Bett, womit sie die in exakte Falten gelegte Decke wundervoll zerwurschtelt.

Die Dusche lässt sie wohl besser bleiben, denn sie weiß schon jetzt, dass sie die verdammte Wasserrechnung nicht bezahlen kann. Strom auch nicht, Müllentsorgung, Post, die verfluchte Tageszeitung, in die sie nie einen Blick wirft und sie trotzdem niemals abbestellt, weil nun mal jeder den

The Tower Cronicle

... zu beziehen hat, ob er will oder nicht. Das Abo schließt man mit Unterzeichnung des Mietvertrages gleich mit ab.

Kurz entschlossen fetzt sie ihr Tagebuch unter dem Kissen hervor. Und als sie mit bebenden Händen darüber streicht, geht ihr auf, dass dieser Kriminelle es beim Bettenmachen garantiert gefunden haben wird. Und wetten, dass er darin gelesen hat?

Zu ihrem wachsenden Groll gesellt sich Verlegenheit. Was muss er von ihr halten? Ein dummes Kind, das einem wildfremden Mann seine kleinen Geheimnisse anvertraut?

»Scheiße!«, murmelt sie.

Yeah, Mist ist ausgeflogen, Scheiße hat übernommen.

Ach übrigens, Jabba, du Arschloch:

»Yeah, yeah, yeah und Doppel-yeah!« Zu allem Überfluss steckt sie auch noch ihre Zunge in Richtung Obergeschoss aus, besiegelt damit ihren Kleine-Mädchen-Status und blättert deshalb mit hochrotem Kopf in dem Buch umher. Dabei agiert sie so beschwingt, dass etliche der Seiten zu reißen drohen, bevor sie die nächste leere findet.

Dort schreibt sie ein großes

SCHEISSE!!!!!!!!!!!!!!!

... hinein, setzt ein:

YEAH!!!!!!!!!!!!!!

... darunter und klappt das Heft mit lautem Knall wieder zu.

Offenbar kann selbst sie sich momentan nicht in ihre Träume flüchten, nichts vermag das derzeit. Manchmal ist selbst für Sophia die grausame Realität zu übermächtig.

Nach einer Weile geht ihr auf, dass bisher gar nichts verloren ist, denn noch ist sie kein Mietschuldner und somit obdachlos. In diesem Universum läuft das nicht wie im Rest der Welt. Gerät man mit seiner Miete nur für einen Tag in Verzug, gilt man als unzuverlässig und wird sofort gekündigt. Und da es nur einen Vermieter gibt, hat man nicht die geringste Chance auf einen Ersatz. Übrigens, die Aufenthaltsgenehmigung verliert man damit auch postwendend.

Yeah – YEAH! Du Sackgesicht! – so etwas gibt es hier auch, keine Arbeit, keine Wohnung und damit kein Bleiberecht.

Schlimmer, als jeder EU-Staat ...

Fein, zweihundert Dollar lässt er ihr. Sie will überhaupt nicht genauer darüber nachdenken.

Nebenbei bemerkt ist es verboten, ihr nur so wenig von ihrem Geld zu geben. Nur mal so. Aber wie bereits angemerkt gelten im Turm nun mal andere Gesetze. Abgesehen von Mario und seinem Gewerkschaftswahn, ist hier keiner so irre zu glauben, in diesem Gemäuer käme so etwas wie allgemeines Arbeitsrecht zum Zuge. Und Mario, der sich auf die Fahnen geschrieben hat, etwas Derartiges zu etablieren, hört ohnehin keiner zu.

Um das Desaster noch einmal klar festzuhalten: Sie ist der Verlierer auf gesamter Linie ...

Was, wenn sie einfach abhaut?

Ein Gedanke, der sie kurzfristig beflügelt, bis sie sich vor Augen führt, dass sie sich dann zwangsläufig dieser brutalen Welt draußen stellen muss, und dem Schicksal, das ihr dort blüht. Dabei ist sie dem doch vor ein paar Monaten gerade noch mal entronnen! Hier muss sie sich neuerdings antatschen lassen, ja! Aber das erreicht nicht einmal annähernd die gleichen Sphären wie damals, als sie akut im Begriff war, zu einer waschechten Nutte zu werden. Einschließlich Zuhälter!

Eines lässt sich nicht mehr von der Hand weisen: Sie *braucht* Hilfe!

Das Herz donnert in ihrer Brust, scheint mit jedem Schlag etwas lauter und frenetischer zu arbeiten, während sie fieberhaft überlegt, wen sie um diese Unterstützung bitten könnte.

Das Problem ist nämlich, dass sie im Grunde niemanden hat. Tatsächliche Tatsache: Sophia Wacker – Ha! – ist so ziemlich allein auf der Welt.

Yeah ...

Ist sie.

Bestätigend nickt sie, bevor sie plötzlich, wie frisch erwacht, die Augen aufreißt.

Nein, verdammt, ist sie nicht! *Ist sie nicht!*

Mit bebenden Händen greift sie zum Handy, blättert eilig in

den Nummern, wischt dabei entschieden die sich bereits jetzt einschleichenden Gewissensbisse beiseite und drückt schließlich die Wahlwiederholung.

Es klingelt, klingelt erneut, und das tut dies auch ein drittes Mal, bevor sich die elende Mailbox meldet.

Mist!

Hektisch versucht sie es erneut, und jetzt wird nach dem zweiten Klingeln abgehoben.

»Ja!« Das kommt verdammt zickig.

»Hey, hier ist Sophia.«

»Dachte ich mir.« Das wiederum kommt bemerkenswert kühl.

»Hör mal ...« Sie zögert, die nächsten Worte zu formen, fällt ihr nicht unbedingt leicht. »Ich bräuchte deine Hilfe.«

»Aha!«

»Warum betonst du das so komisch?«

»Hab ich gar nicht, ich bin nur nicht besonders verwundert, weißt du? Lass mich raten, du hast dir gestern die Kante wegen deines Mr. Dreams gegeben, der dich nicht mal mit seinem feudalen Arsch ansehen würde, hast für akzeptablen Ersatz gesorgt, heute früh legendär verpennt, und jetzt sitzt du so ziemlich auf der Straße?«

Das kommt der Wahrheit so verdammt nah, dass Sophia erst mal schlucken muss. Dann räuspert sie sich. »Das wegen gestern tut mir leid. Ich ...«

»Das muss es nicht. Ist schließlich dein Leben. Aber du kannst wenigstens nicht behaupten, ich hätte dich nicht gewarnt.«

»Nein ...«, presst Sophia hervor.

»Und du kannst auch nicht so tun, als wäre das Endergebnis nicht irgendwie absehbar gewesen ...«

Inzwischen verdreht Sophia die Augen.

»Aber jetzt – wo das Kind in den Brunnen gefallen ist, wo kommst du angeschissen? Bei der lieben Klara, klar! Die soll dir mal ganz schnell aus der Klemme helfen. Am besten mit einem Job, den sie sich aus dem Ärmel schüttelt ...«

»Ich bin überhaupt nicht gefeuert!«, geht Sophia dazwischen. »Jabba will nur sofort seinen Scheißkredit zurück.«

»Ach so ist das!«, jubelt es am anderen Ende trocken. *»Dann ist es ja nicht so schlimm.«*

Für eine lange Weile herrscht Schweigen, in der Sophia langsam bis zehn zählt. Dann ertönt die Stimme wieder, und diesmal klingt sie sehr, sehr kalt. *»Ich hab's satt, immer zusehen zu dürfen, wie du dich in die Scheiße reitest, ohne, dass du ein einziges Mal auf mich hörst, ich dir dann aber fröhlich heraushelfen muss!«*

»Aber ...«

»Gestern war dir der tolle Paul wichtiger, unter anderem, und ich Luft. Mal davon abgesehen, dass ich dir ja offenbar ohnehin einen Schiss wert bin. Aber heute, wo du in der Scheiße sitzt, bin ich wieder aktuell. Warum heulst du ihm nicht zur Abwechslung die Ohren voll? Ganz ehrlich, dem tun die paar Kröten nicht weh. Mir schon. Und falls du es aus meinen blumigen Worten noch nicht herausgehört hast: Du kannst mich!«

Damit – unfassbar! – legt sie tatsächlich auf.

Wie benommen starrt Sophia den Apparat an. Das Ganze ist so undenkbar, so wenig Klara, dass sie zunächst an eine spontane Persönlichkeitswandlung glaubt. Besessenheit wäre auch eine Option. Klar, sie hat Sophia mal am Monatsende mit einem Fünfziger ausgeholfen, wenn es wirklich knapp wurde, aber sie rennt bestimmt nicht ständig bettelnd zu ihr.

Je länger sie darüber nachdenkt, desto mehr schwindet die Verblüffung und Trotz macht sich stattdessen breit.

Gut! Also soll sie zu Paul gehen, ja? Paul, der ja sooo schlecht ist, wie alle behaupten? Der aber scheinbar der Einzige ist, der ihr gestern helfen wollte.

Paul Walker!

Genau der. Die Idee klingt nicht nur unpassend, sie fühlt sich auch definitiv so an, aber faktisch wird sie von Klara ja dazu gezwungen, oder? Außerdem will – *kann* – sie nicht hinaus in die Welt. Sie ist einfach zu ... na ja, *schutzlos*, auch wenn es ihr sehr schwerfällt, das zuzugeben. Und offenbar gibt es nur den einen Ausweg, alle anderen haben sie ja verlassen.

Es benötigt noch einer weiteren Denkminute, dann erhebt Sophia sich und geht doch duschen. Danach schminkt sie sich sorgfältig und wählt ein Kleid, dessen Ausschnitt ebenso tief ausfällt, wie der am Abend zuvor.

Okay ... tiefer ... räumt sie nach einem flüchtigen Blick an sich hinab ein. Um dem Ganzen noch die Krone aufzusetzen, schiebt sie ihre Brüste sogar ein wenig heraus. Auf den BH hat sie ohnehin verzichtet.

Nachdem sie sich das lange Haar glänzend gebürstet hat, schaut sie mit gespitzten Lippen in den Spiegel und säuselt: »Und, wie fühlen wir uns so?«

Die Antwort erfolgt prompt und klingt nicht im Mindesten süß. »*Scheiße!*«

Yeah!

Schließlich verlässt Sophia ihr geliebtes Refugium und geht zum Angriff über, um ihr Leben zu retten, das sie, trotz aller Negativaspekte, dennoch über alles liebt.

* * *

Einmal in den weiten, großen, der realen Welt verblüffend ähnlichen, jedoch eindeutig künstlichen Hallen, begibt sie sich schnurstracks zum *Angels*.

Zunächst ist der Anblick völlig normal: Die Luft wird von Henry wie üblich verpestet, gut besucht ist das Lokal ohnehin stets, Ethan steht hinter der Bar ...

Ethan steht hinter der Bar und blickt ihr lächelnd entgegen.

Mit großen Schritten geht sie zu ihm und platziert ihre Faust hörbar auf dem Tresen. »Du bist ein mieser Bastard, der nicht nur mein Appartement geknackt hat, sondern auch noch so gemein war, in meinem Tagebuch zu schnüffeln. Du kannst mich! Bleib mir in Zukunft vom Leib!«

Ohne ihn noch eines Blickes zu würdigen, strebt sie ihren Tisch in der hintersten Ecke an. Wieder regiert der Trotz, als sie sich wenig später mutig ein Bier bestellt, wenngleich sich allein beim *Aussprechen* ihr Magen hebt.

Noch krasser wird es, als Ethan es ihr bringt.

Wortlos.

Ohne Lächeln.

Bevor sie in die Verlegenheit geraten kann, sich *nicht* zu bedanken, hat er bereits kehrtgemacht und ist gegangen. Allerdings kommt er nicht sehr weit, denn nach drei Schritten bleibt er abrupt stehen, wendet sich in atemberaubender Geschwindigkeit um, und kommt mit blitzendem Augen und schmalem Mund zurück. Er stoppt nicht etwa vor dem Tisch, sondern stützt sich in dessen Mitte auf beide Hände und beugt sich zu allem Überfluss auch noch zu ihr hinüber. Sie kann gerade noch so zurückweichen, sonst hätten sie sich unter Garantie an den Nasenspitzen getroffen.

»Erstens«, knurrt er. »Ich hatte keinen Schimmer, wo deine beschissene Karte war, aber ich fand, du müsstest dringend nach Hause. Vor dem Pub schläft es sich nicht nur unbequem, du wärst auch zwangsläufig von den Guards in die Ausnüchterungszelle gebracht worden. Sorry, wenn ich dir damit zu nahe getreten bin!«

Ihre Augen verengen sich ein wenig, doch bevor sie nachfragen kann, wie, bitteschön, er denn diese verdammte Tür aufbekommen hat, geht es auch schon weiter. »Zweitens. Ich habe was Besseres zu tun, als in deinen verdammten Klamotten zu wühlen. Glaub es oder lass es!«

»Ha!«, schnaubt sie, was ihn irgendwie nur noch wütender werden lässt. Und in dieser Stimmung hat er was.

Sexy ...

So hart ...

Energisch ...

Hmmmm ...

... auf der Nase befinden sich übrigens genau sieben Sommersprossen.

Sieben Stück!

Und seine Haut ist so tiefengebräunt, das bekommt kein Solarium hin. Es handelt sich auch nicht um die genetisch Erworbene, so wie bei Sophia, deren Mommy Südländerin war. Hierbei ist es die gute alte, von der *echten* Sonne geschaffene Tönung. Seine faltenlose Stirn glänzt ein bisschen, wie überall innerhalb des Towers ist es sommerlich warm ...

... heute ist der Bart verschwunden, nur ein dunkler Schatten erinnert daran, dass sich dort bis vor wenigen Stunden noch festes Haar befand.

Dass es so war, weiß sie, weil sie es berührt hat. Wann genau? Sie kann sich nicht erinnern ...

»... und drittens ... halte ich es für eine verdammt dämliche Idee, dass du schon wieder trinkst! Falls es dir nicht aufgefallen ist, du bist gestern gerade so einer Alkoholvergiftung entgangen.«

»Bist du mein Vater, oder was?«, murmelt sie, längst wieder in seinem Bannblick gefangen.

»Mit Sicherheit nicht«, erwidert er kühl. »Dann säßest du nicht hier.«

»HAHA!«, schnaubt sie wieder, und er lehnt sich noch etwas weiter zu ihr hinab, so nah, dass sie für einen irren Moment glaubt, er wolle sie küssen. »Und last, but not least, viertens: Du siehst wundervoll aus. Glaub es oder lass es! Cheers!«

Damit geht er.

Für einen langen, sehr langen Augenblick kann sie ihm nur nachschauen. Doch dann schüttelt sie wie benommen den Kopf und nimmt sich vor, heute nicht zu oft in seine Richtung zu sehen.

Als Nächstes kommt nicht etwa der gesuchte und dennoch nicht ersehnte Paul, um dem Grauen des Wartens ein Ende zu bereiten. Nein, zu Sophias unermesslichem Verdruss, schneit Klara herein.

Sobald sie ihre Freundin erblickt, verzieht sie angewidert das Gesicht, rauscht zu ihr und beugt sich vor, die Hände stützt sie übrigens auf die Tischplatte. Das scheint die Positur des Tages zu sein.

WTF?

»Es war ja klar, dass ich dich hier so aufgedonnert finden würde. Hättest du nicht einmal deine Tussifinger von ihm lassen können?«

»Hä?« Sophia zeigt ihr einen Vogel. »Du hast doch selbst gesagt, dass ich zu ihm gehen, und nicht immer bei dir angeschissen kommen soll. Außerdem, wenn du dich umsiehst, er ist gar nicht da, also was willst du von mir?«

Klaras Verwirrung währt leider nur flüchtig, dann lacht sie verächtlich. »Das sieht dir ähnlich! Netter Versuch, aber du weißt schon, dass es die Spatzen von den nicht vorhandenen Dächern pfeifen, dass du letzte Nacht mit *Ethan* in der Kiste warst?«

»Oh!« Sophias Wangen färben sich rot. Aber es *war* doch nicht so, und verdammt, was geht es Klara eigentlich an? Prompt fallen ihr deren Blicke vom gestrigen Abend ein, als sie noch nicht ganz betrunken gewesen war, und ihr wird plötzlich so einiges klar. »Es ist nicht so, wie es aussieht ...«

»Ach nein?«

Genau in diesem Moment kommt das Objekt des Streites des Weges, knallt eine weitere Flasche Bier auf den Tisch, die nicht mal bestellt wurde, und verschwindet wieder.

Ratlos starrt Klara ihm nach. »Was hat er denn?«

»Frag ihn doch selbst!«

Dafür bekommt Sophia einen scheelen Seitenblick, doch schließlich setzt sich ihre Freundin und mustert sie interessiert. »Also, was war gestern Abend los? Abgesehen von deinem spontanen Besäufnis?«

Doch Sophia tut einen Teufel, und berichtet in allen Einzelheiten. Sie liebt ihre Freundin, aber dass die sie aus Eifersucht in der sprichwörtlichen Scheiße hängen lässt, hat sie nicht vergessen, und ... sie sieht überhaupt nicht ein, aufgrund von Blicken auf diesen widerlichen Barmann verzichten zu müssen. Also in der Theorie ... sofern sie etwas von ihm wissen wollen würde, was nicht den Tatsachen entspricht.

Hier geht es ums Prinzip: Blicke allein können einfach nicht genügen, um den Tabu-Kodex auszulösen. Das geht zu weit!

Als so gar keine Informationen preisgegeben werden, kehrt schnell Klaras schlechte Laune zurück. Und so sitzen die beiden Frauen schweigend nebeneinander und starren stumpfsinnig vor sich hin, wobei sich jede verdammt viel Mühe gibt, *nicht* versehentlich zum Tresen zu blicken.

Zu allem Überfluss schmeckt Sophia das Bier absolut nicht. Jedes Mal, wenn sie daran nippt, hebt sich ihr Magen. Immer wieder blickt sie zur Tür und schlürft dabei zwanghaft an dem widerlichen Getränk, obwohl sie eine neue Bestellung unbedingt herauszögern will.

»Also behauptest du, zwischen euch sei nichts vorgefallen?« Klara, die Stinksaure, ruft sich doch wieder ins Gedächtnis.

»Wie kommst du darauf? Wir haben die ganze Nacht wie die Karnickel durchgevögelt. Kaum, dass wir mal Luft geholt haben. Und aufhören mussten wir nur, weil uns die Gummis ausgingen, oder was meinst du, weshalb ich verpennt habe?«

Dafür bekommt sie nur eine abfällige Grimasse, die wieder mal wirkt, als hätte ihre Freundin in eine Limette gebissen. Nicht Sophias Problem.

Abermals breitet sich die nicht unbedingt harmonische Stille zwischen den beiden aus, und daher ist es eine echte Erleichterung, als Paul tatsächlich nach einer Viertelstunde erscheint. Interessanterweise sieht er sich suchend um, und strahlt, sobald er die Frauen erblickt, über das ganze, dreitagebartlastige, runde Gesicht.

»Da bist du ja!«

»Da bin ich«, nickt Sophia und Klara stöhnt im Hintergrund, was Paul entgeht, weil der viel zu sehr damit beschäftigt ist, Sophia zu bescheinigen, wie hübsch sie ist. Dann beäugt er ihr Bier und seufzt angewidert. »Wie oft soll ich dir noch sagen, dass dieses Proletengesöff nichts für eine Schönheit wie dich ist, Baby?«

Ethan nähert sich mit versteinerter Miene und blitzenden Augen, die nicht den Hauch von Wärme beinhalten.

»Cocktails für die Ladys, Whisky für mich!«, wird er zackig informiert.

Abwehrend reißt Klara die Hände hoch. »Für mich nichts, danke, ich bin noch von gestern bestens bedient.« Dabei bedenkt sie Ethan mit einem zuckersüßen Lächeln, was Sophia einen äußerst schmerzhaften Stich in der Herzgegend versetzt. Denn der

Typ erwidert es.

Arschloch!

Gleichmütig zuckt Paul mit den Schultern. »Dann eben nicht.« Und zu dem verräterischen Ethan »Also, einen Cocktail weniger!« bevor er sich wieder seinem neuesten Baby widmet. »Und, wie war dein Tag?«

Glücklicherweise zieht Ethan Leine, denn Sophia droht total unklug und vor allem unverständlicherweise, die Fassung zu verlieren und dem die Bierflasche über den Kopf zu ziehen.

Sie kann nichts dafür, dass er nur ein beschissener Barmann ist! Die verdienen ungefähr genauso viel wie sie, er hätte ihr nicht helfen können – *niemals!*

Selbst wenn er gewollt hätte, wovon sie derzeit nicht unbedingt ausgeht.

Aber dass er deshalb gleich Klara anbaggert, worauf die auch noch so ungeniert einsteigt, ist ein verdammt starkes Stück!

ECHT!

Eilig konzentriert sie sich auf ihre Rettung. »Nicht so gut, um genau zu sein. Aber ich will dich nicht mit meinen Problemen belasten.«

Sofort nimmt er ihre Hand. »Was ist passiert, Honey?«

Bevor sie antworten kann, kehrt dieser verhaltenstechnisch unterentwickelte Bartyp zurück und serviert schwungvoll die Getränke. Diesmal wieder mit zusammengepressten Lippen.

Welcher höllische Teufel sie auch immer reitet, in Sophia setzt sich endgültig die boshafte Seite durch. Ihr Lächeln für Paul wird noch süßer, und sie lässt mal wieder aufreizend die Wimpern flattern.

Vertrauensselig beugt sich Walker über den Tisch, sein Hemd ist heute braun kariert, der Bart, wie üblich exakt drei Tage alt und hässlich, und der Blick aufgeregt bis besorgt.

»Also, was ist los?«

Aufgesetzt seufzt sie. »Na ja, ich hatte Ärger ...«

»Wo?«

»Bei meiner Arbeit.«

»Okay ... welche Art von Ärger?«

»Großen«, erwidert sie und schaut ihm treuherzig in die Augen.

Sein schallendes Gelächter währt nicht lange. »In Ordnung, etwas genauer, bitte!« Der Hauch von dem Geschäftsmann, der er in Wahrheit wohl ist, wird sichtbar, und damit das, was offensichtlich seinen Erfolg ausmacht. Denn von dümmlichem Anhimmeln und widerlicher Begeisterung kann keine Rede sein. Stattdessen wirkt er höchst konzentriert und gleichzeitig nüchtern. Was dazu führt, dass all das Grauen, welches Sophia in den letzten dreißig Minuten so gekonnt in den Hintergrund gedrängt hat, wieder hochkommt. Es überwältigt sie so stark, dass sie selbst mit dem Mai-Tai keine Probleme mehr hat, obwohl sie noch vor wenigen Minuten geschworen hätte, keinen Schluck davon konsumieren zu können. Wegen der Küchenschaben in ihrem Magen. Das Gesöff bleibt, wo es ist, während sie endlich den erforderlichen Mut aufbringt, die Story zu erzählen. In Auszügen, selbstverständlich. Sowohl Ethan bleibt unerwähnt als auch die Antatschgeschichte. Zu peinlich, zu unglaubwürdig und viel, viel zu intim, als dass sie diesem Mann davon erzählen könnte.

Ohne dazwischenzugehen, Fragen zu stellen oder vielleicht sogar gelangweilt das Gesicht zu verziehen, lauscht er ihr. Als sie endet, sind die Gläser leer und er winkt wieder nach dem verkappten Wolverine.

Währenddessen gibt Klara keinen Ton von sich, und Sophia beachtet sie erst gar nicht. Der X-Men wird ebenfalls ignoriert, als der kurz darauf mit den neuen Gläsern angeschlendert kommt, und Paul ihm unaufgefordert einen Geldschein entgegenhält. »Der Rest gehört Ihnen.«

Dafür kassiert er von Ethan eine Verbeugung mit breitem Grinsen, das nur als Beleidigung aufgefasst werden kann, bevor der Barmann wieder hinter seinen Tresen abzieht.

Irritiert schaut Paul ihm nach, widmet sich dann jedoch wieder Sophia. »Dein Chef will vermutlich wegen des Kredites nur auf Nummer sichergehen. Derartige Risiken sind niemals die starke Seite eines erfolgreichen Geschäftsmannes. Aber er wird dich wegen einer derartigen Lappalie keineswegs feuern.«

Sie zieht ihr Glas zu sich heran und nimmt einen großen Schluck, bevor sie es auf ein schmales Lächeln bringt. »Nein, hat er ja auch nicht. Trotzdem bin ich im Eimer.«

»Und wenn er es doch tut, dann fängst du eben bei mir an!« Also, Paul strahlt schon wieder. »Für so was wie dich habe ich immer eine Stelle frei.«

»Er hat mich ja nicht entlassen, sondern nur meinen Lohn so ziemlich gestrichen. Für mindestens drei Monate. Von den zweihundert Dollar, die er mir lässt, kann ich nicht mal die Miete zahlen. Da hätte er mich auch gleich feuern können, denn damit bin ich so ziemlich ... na ja, im Eimer eben.« Ihr Blick wird bittend. »Könntest du mir aus der Patsche helfen?«

Wieder wird der Geschäftsmann ausgepackt, denn er wiegt unentschieden den Kopf hin und her. »Das könnte ich natürlich, die Summe ist nicht sonderlich hoch. Wie sieht es mit den Rückzahlungsmodalitäten aus? Weißt du, ich vermische höchst ungern Freundschaft und Geschäftliches.«

Sophia auch, zumal von Freundschaft keine Rede sein kann, in Wahrheit kennt sie den Mann überhaupt nicht. »Ich würde es dir mit dreihundert Dollar monatlich zurückzahlen!«

»Das klingt nicht schlecht«, erwidert er prompt. »Und für dich mache ich gern eine Ausnahme, ich kann dich nicht unglücklich sehen, Kleines. Sobald der Vertrag aufgesetzt wurde, bekommst du das Geld, ist das in Ordnung?«

»Wie lange würde das dauern?«

»Nun ... zwei/drei Tage?«

Heftig schüttelt sie den Kopf. »Dann ist es zu spät. Morgen ist die Miete fällig und die anderen Rechnungen auch. Du weißt, dass Verzögerungen nicht geduldet werden.«

»Oh! Warum hast du dir nichts für schlechte Zeiten zurückgelegt?«

Klara in ihrer Ecke prustet unvermutet los, wofür sie sich von Sophia einen derben Tritt unter dem Tisch einfängt. Doch Paul beachtet sie überhaupt nicht, er hat nur Augen für Sophia. Die geht zur Kleines-Mädchen-in-großer-Not-Masche über.

»Ich habe überhaupt nicht dran gedacht«, gesteht sie angemessen in sich gekehrt.

»Ich verstehe … Dann merke dir etwas für die Zukunft, mein Kind: oberstes Gesetz im Leben: Lege *immer* zwanzig Prozent deines Einkommens zur Seite, dann kann dir in schlechten Zeiten zunächst nichts passieren.«

»Ja.«

Erneut legt sich seine Hand auf ihre. »Nun gut, der Schaden ist bereits entstanden, du wirst es eben beim nächsten Mal beherzigen. Natürlich helfe ich dir in dieser Notsituation auch etwas unkonventionell. Das versteht sich doch von selbst.« Damit lehnt er sich vor und schaut ihr tief in die Augen. Jetzt ist er ihr so nah, dass sie sein herbes Aftershave riechen kann.

Ein angenehmer Duft, wie sie überrascht feststellt. »Ich bin immer für dich da, Baby.«

Damit zieht er sein Handy aus der Tasche und deutet auf ihr Glas. »Trink!«

Der Mutant in der Not

Es wird ein langer Abend.

Nachdem Paul mit Wer-weiß-wem gesprochen und dann Sophia versichert hat, dass ihr das Geld morgen zur Verfügung stehen wird, ist er wieder ganz sein begeistertes Ich.

Es geht ans Einlösen ihrer Schuld. Denn das dafür ein bisschen Zuwendung auf der Agenda steht, ist sogar Sophia klar.

Klara bleibt störrisch sitzen, trinkt ihr Bier, das Wolverine neben den Cocktails wortlos und sichtlich schlecht gelaunt serviert, und bombardiert Sophia mit boshaften Blicken. Der ist das egal, schon, weil die Blondine ihr ja überhaupt den Tipp gegeben hat, oder?

Die Mai-Tais schmecken übrigens ausgezeichnet und entfalten heute ihre Wirkung sogar noch schneller, als am gestrigen Abend. Auch die Küchenschaben haben sich verzogen. Partylaune ist angesagt, die Atmosphäre im Raum wird immer feuchtfröhlicher, die laute Musik dröhnt, und lässt ihre Beine ungewollt im Takt mitwippen. Immer neue Gäste strömen herein, bald ist Ethan so beschäftigt, dass er eine Hilfskraft ordern muss.

Mitten hinein in die ungezwungene Stimmung, ertönt plötzlich Klara: »Ich geh jetzt!«

Verwirrt schaut Sophia auf und trifft diesmal auf den frostigen Ausdruck ihrer Freundin. Schade, dabei ist deren Gesicht sonst so hübsch!

»Es ist nach elf, ich muss morgen früh raus!«

»Ach ehrlich?«, staunt Sophia.

»Tu nicht so blöd!«

»Ich? Wie kommst du denn darauf? Ich befolge nur echt gute Ratschläge von echt guten Freunden!«

Paul hat sich zurückgelehnt und beobachtet das unwürdige Schauspiel mit schmalem Lächeln.

»Ja, ich weiß, dass du arbeiten musst«, schiebt Sophia eilig und hoffentlich versöhnlich nach. »Geh ruhig schon!«

Klara beugt sich über den Tisch. »Dann stellt sich mir nur noch die bescheidene Frage, wie wichtig dir dein Job wirklich ist.«

»Sehr wichtig.« Sie blinzelt nicht mal, obwohl sie zwangläufig das Bild eines schwergewichtigen, betrunkenen Mannes vor sich sieht, dessen Visage rot ist (so rot wie Klaras) und dessen Puls an der Schläfe pocht (so hektisch, wie Klaras momentan).

Für Sophia der Overkill. Bevor sie endgültig die Nerven verlieren kann, wird es jedoch ersetzt – endlich! Blondes Haar, braun gebrannte Haut, blitzende Augen und schmale Lippen – eindeutig geliebt. Und er hat sie *nicht* begrapscht. Nein, ihr Mr. Smith tut so was eben *nicht*.

»Treffen wir uns morgen?«, hört sie sich fragen.

»Keine Ahnung, ob ich Zeit habe, eher nicht«, bemerkt Klara gelangweilt. »Bin derzeit stark beschäftigt.« Und zu Ethan, der gerade vorbeihastet. »Was bin ich dir schuldig?«

»Das übernehme ich!«, wirft Paul ein.

»Natürlich!«, zischt Klara angewidert. »Du musst ja wissen, was du tust!« Letzteres galt Sophia, und dann zieht sie mit wehendem Haar und in die Luft gerecktem Kinn von dannen.

* * *

Zurück bleiben der wieder vollends begeisterte Paul und die angetrunkene Sophia. Die hat vor lauter Dankbarkeit total vergessen, dass sie bisher immer auf Abstand zu ihm geblieben ist.

Wieso? Ehrlich, sie weiß es nicht mehr. Denn jetzt, in ihrer Stimmung, in der sie die Welt umarmen könnte, geht ihr auf, dass Paul überhaupt nicht hässlich ist.

Offenbar hat sie ›älter‹ unabsichtlich mit ›unansehnlich‹ assoziiert, und das trifft auf diesen Mann nicht zu. Nett ist er übrigens auch, unterhaltsam und keineswegs dumm. Nun, wo sie endlich allein sind, setzt er sich direkt neben Sophia. Der angenehme Duft seines Aftershaves steigt ihr wieder in die Nase, als er seinen Kopf auf den aufgestützten Arm lehnt und zu ihr heranrückt.

Lange mustert er sie, bevor er ein sanftes, beinahe geheimnisvolles Lächeln bildet. »Hat dir schon mal jemand gesagt, dass du tatsächlich außergewöhnlich schön bist?«

Sophia kann nicht anders und prustet lauthals los.

»Lach nicht!«, befiehlt er samten. »Du wirst diese Wahrheit endlich akzeptieren müssen. Ich schaue dir schon seit Langem aus der Ferne zu ...«

»Ist mir bekannt«, murmelt sie.

Scheiß Hormone! Endorphine fluten ihren Schädel, in Verbindung mit dem Fuselzeug ist das eine gefährliche Angelegenheit. Von hässlich kann keine Rede sein, mittlerweile ist er sogar verdammt attraktiv.

Und sexy. Oh mein Gott, *und wie!*

Seine Nase ist gerade, die Lippen ungewöhnlich voll für einen Mann. Und genau genommen zeugt Alter auch von Erfahrung. Kein jugendlicher Stümper, von dem nur eine Enttäuschung zu erwarten ist. Der Typ weiß im Bett garantiert, was er tut!

Fremde Impressionen blitzen in ihrem Kopf auf. Von ihm und sich, auf seidigen Laken und in enger, leidenschaftlicher Umarmung verschlungen. Wie er sie streichelt, verdammt, sie sieht direkt vor sich, wie er ihre ausgehungerten Brüste verwöhnt ...

Küssend, knabbernd, fordernd ...

Dann tastet er sich langsam und sehr bedächtig weiter hinab; sie hört ihn heiser wispern, sieht seine lustverhangenen Augen und sich stöhnend, keuchend, windend, *kommend ...*

Ohne davon zu wissen, fährt Sophia sich mit der Zunge über die plötzlich rissigen, trockenen Lippen; ihre Mundhöhle ist so ausgedörrt, als hätte sie seit Wochen nichts getrunken. Wie in Trance schiebt sie den Strohhalm zwischen die Lippen und saugt genüsslich ... was Paul zu einem dunklen Aufkeuchen treibt. Sein Lächeln wird schmal und noch etwas mystischer. »Ja, Baby, genau so. Lass dich einfach gehen, das ist so sexy, so heiß, so überwältigend! Ich wusste es, verdammt!«

Was wusste er?

Ein störender Gedanke, der allerdings kurzlebig ist. Zu lange liegt ihr letzter *wahrer* Sex zurück; feuchte Fantasien können vieles, doch garantiert nicht die überwältigende Realität ersetzen.

Außerdem tut es so unheimlich gut, begehrt und umsorgt zu werden. Dieser Mann will sie, er hilft ihr, womit er sie auch behütet, und das kann doch nur gut sein, oder?

Doch als sich seine Hand auf ihr nacktes Bein legt, zuckt sie überrascht zusammen. Der Nebel in ihrem Hirn lichtet sich kurz, dann setzt erwartungsgemäß die Gänsehaut ein, das Verlangen macht sich breit, sie spürt, wie feucht sie wird, hört ihr abgehacktes peinliches Keuchen und kann sich nur noch auf diese Lippen vor sich konzentrieren und auf die liebkosende Hand auf ihrer Haut.

»Trink, Baby«, ermuntert er sie heiser.

Verdammt ...

»Darf ich mal?«

Wie aus tiefer Trance erwacht Sophia, als sich dieser Neandertalertresenbastard rüde zwischen sie drängt, um die frischen Getränke zu servieren. Dabei muss er sich extra zum hinteren Ende des Tisches zwängen. Verwirrt sieht sie auf und wird kurz darauf mit sehr dunklen, zornigen, warmen und vor allem besorgten Augen konfrontiert. Das Intermezzo dauert nur eine Millisekunde, in der ihre Blicke jedoch wie gebannt ineinander versinken ...

Was tust du hier, zum Teufel?, erkundigt er sich wortlos, und ihr gelingt einfach nicht der wütende Ausdruck, den er verdient. Nicht, während er sich wieder um den Tisch begibt, sich diesmal zu ihr hinüberbeugt, seine Lippen so verboten nahekommen, die leeren Gläser greift, ihr noch einmal tief in die Pupille schaut und plötzlich grinst. »Danke, das war´s schon!«

Damit geht er.

Es dauert sehr, sehr lange, bevor sie wieder etwas bewusst wahrnimmt. Wie zum Beispiel, dass sie Ethan peinlich nachglotzt oder dass sie nicht allein und vor allem, dass ihr Begleiter sauer ist.

»Was für ein abgefuckter Wichser! Widerlicher, unterbelichteter Versager. Den werde ich so lange an den Eiern durch den Saal zerren, bis er das Ave Maria im Sopran jault ...«

So geht es in einem fort, und in Sophias Hirn setzt ein *Plingen* ein, das sich bei jedem neuen – so verbotenen – Schimpfwort in Erinnerung ruft. Daran ist zu merken, dass Paul wirklich nicht in den unteren Riegen spielt. Niemand auf dieser Ebene würde ungestraft so häufig in der Öffentlichkeit gegen die Regeln verstoßen.

Ihr Hirn lichtet sich ein wenig weiter, als ihr bewusst wird, *was* der Mann da im Einzelnen von sich gibt und wem seine Flüche gelten. Sie rückt ein wenig von ihm ab, denn so hat sie ihn noch nie gesehen, und es gefällt ihr nicht!

Plötzlich verstummt Paul, sieht sie für einen Moment ratlos an und lacht dann schallend los. »Nimm´s mir nicht übel«, meint er und tätschelt gönnerhaft ihren Arm. »Ich habe einen langen, anstrengenden Tag hinter mir und dieser Idiot kam mit seinem proletenhaften Benehmen zur falschen Zeit.« Damit sieht er sich um, wartet, bis Ethans Hilfskraft an den Tisch tritt, und bestellt zwei neue Getränke, obwohl die aktuellen noch unberührt vor ihnen stehen.

Heimlich schielt Sophia auf ihre Uhr. Es ist bereits weit nach 11 Uhr abends. Sie *muss* morgen pünktlich sein, ansonsten ist sie wirklich gefeuert. Doch ihr so ungezügelter Begleiter denkt nicht daran, zu gehen.

Als sie von einem Toilettenbesuch zurückkehrt, präsentiert er ihr ein einfaches, zwanglos formuliertes Schriftstück. »Sorry, meinetwegen könnten wir das auch ganz lassen, ich vertraue dir, Baby. Aber meine Partner würden mich killen.«

Angestrengt liest sie die wenigen, simpel formulierten Sätze und versucht, deren Sinngehalt auch gleich zu erfassen, was nicht ganz so leicht ist. Denn neben dem Umstand, dass sie verdammt betrunken ist, ist sie auch verflucht müde.

Nach zehn Minuten ist es amtlich:

Es gibt keine gemeinen Fußangeln, Paul ist ihr Retter in der Not und ein etwas mühseliger Arbeitstag aufgrund von Übermüdung ist als Dank wohl nicht zu viel verlangt ...

Genau genommen ist es sogar das Mindeste, erkennt sie nach

einer weiteren halben Stunde, in der sie das nächste Glas leert und Echos ihrer Weltumarmungsstimmung zurückkehren. Paul bestellt das nächste Getränk, bevor sie ihr aktuelles auch nur annähernd ausgetrunken hat. Und Sophia, die zwar dämlich, aber nicht selten dämlich ist, beschließt auf der Hut zu sein.

Irgendwann, eine genaue Uhrzeit lässt sich nicht ermitteln, weil sie die kleinen Ziffern auf ihrer noch kleineren Uhr nicht mehr erkennen kann, erscheint ein zugeknöpfter Ethan, der ihnen mitteilt, dass das *Angels* für den heutigen Abend schließen will.

Diesmal hat er nicht den geringsten Blick für Sophia übrig.

Paul wartet, bis der Bartender verschwunden ist. »Trink aus, Baby!«

Den letzten Mai-Tai muss sie herunterwürgen, und tut es eher aus Höflichkeit, als dass ihr das Zeug auch nur annähernd schmeckt. Ihre Gedanken gelten dem Bett. Alle anderen an feuchte, heiße Träume, die man eventuell mit älteren, hilfreichen, netten und manchmal fluchenden Herren improvisieren könnte, sind längst verflogen.

Als endlich die Gläser gelehrt sind, erhebt sich Paul und greift eilig zu. Denn Sophia, die es ihm gleichgetan hat, muss erkennen, dass mal wieder gigantisches Unwetter herrscht. Erst jetzt geht ihr auf, dass alle anderen Gäste verschwunden sind. Ethan steht an der Bar und poliert einige Gläser – die er angestrengt fixiert –, und irgendwo in den Tiefen der hinteren Räume, ist verhaltenes Geschirrklappern zu vernehmen.

»Komm, Baby«, bemerkt Paul leise und zieht sie an sich, bevor er sie behutsam hinausbegleitet.

Vor dem *Angels* empfängt sie Nacht. Man versucht, die natürlichen zeitlichen Abläufe zu imitieren, weshalb die Beleuchtung ab zwanzig Uhr zunehmend gedimmt wird. Im Winter setzt die Dämmerung bedeutend früher ein. Vielleicht tun sie das, um Psychosen zu vermeiden.

Über diesen Gedanken muss Sophia kichern, obwohl sie nicht unbedingt weiß, wieso. Vor ihr dreht sich alles, ihr ist mit einem Mal speiübel und sie will ...

… eigentlich nichts, stellt sie überrascht fest. Außer, sofort in sich zusammenzusacken. Selbst der Weg zu ihrem Bett erscheint ihr plötzlich viel zu weit.

So vorsichtig, wie er sie aus der Bar geführt hat, geleitet Paul sie die nachempfundene Allee entlang, die von lebenden Laubbäumen in Kübeln gebildet wird. Bis er unvermutet stoppt und sie anschaut. Sein Gesicht ist wieder von dieser lebhaften Leidenschaft gezeichnet. Genau so unvorhersehbar zieht er sie mit einem Ruck an sich, seine Lippen sind ihren mit einem Mal sehr nah – und ihre Übelkeit verdoppelt sich zeitgleich.

»Du bist eine wunderschöne Frau«, versichert er ihr heiser. »Und du sollst wissen, dass ich nicht jedem helfe. Nicht mal jedem Zweiten.«

In ihrem Kopf dreht sich alles, und sie hört seine Stimme wie durch etliche Lagen dicker Watte.

»Schließ deine hübschen Augen!«

Gute Idee, Sophia gehorcht sofort und spürt kurz darauf seinen Mund, der ihren leicht am oberen Winkel berührt, bevor er ihn mit seidiger Zunge liebkost.

Eher aus Reflex teilen sich ihre Lippen und gewähren ihm Einlass. Sein Arm um ihren Körper verstärkt den Druck, bevor er sie mit einem Stöhnen vollständig an sich presst, sodass sie den harten Gegenstand in seiner Hose an ihrem Unterleib spürt.

Keine Nagelfeile – definitiv.

Die Wirkung bleibt nicht aus, denn sofort stellt sich dieses verdammte Ziepen, dieses süß schmerzende Lechzen ein. Nebenbei steigt ihr wieder sein Aftershave in die Nase, das den bekannten Effekt noch verstärkt. Sie reibt sich an ihm, ist sich nicht zu schade, ihn ihre Sehnsucht spüren zu lassen, weiß, dass sie im Grunde für seine Freundlichkeit bezahlt, ist sich gleichfalls bewusst, dass er dies soeben einfordert und meint, mit dem Geld auch den Sex mit ihr erkauft zu haben. Längst ist sie über den Punkt hinweg, der noch Zweifel wach werden lassen könnte. Mädchen, wie sie, enden immer irgendwann genau an dieser Stelle.

So war es seit jeher, schon dort, wo sie aufwuchs. Spätestens mit zwölf zeigen sich die ersten verräterischen Anzeichen in Form von übermäßigem Make-up, viel zu kurzen Röcken und zu tief dekolletierten Oberteilen. Sie drohen zu straucheln und tun es in den allermeisten Fällen auch. Entweder, sie halten sich dann an jemanden, der sie beschützen kann, oder sie enden kläglich.

Der Alkohol ist Sophias freundlicher Verbündeter, denn er stärkt jene Instinkte, die ihr unermüdlich erzählen, wie lange sie mit keinem Mann mehr zusammen war, und dass es am Ende doch egal ist, wer es ihr besorgt, *wenn es nur endlich einer tut, verdammt!* Während die anderen, diese Dinge, die sich Stolz nennen, Selbsterhaltungstrieb, Würde, ja, selbst der Glaube an die Liebe, an *echte* Gefühle, höflich in den Hintergrund treten. Ihr vom Cocktail und Verlangen gleichermaßen umnebeltes Gehirn erleichtert es ihr, sich gehen zu lassen, bis ihr Widerstand, ohnehin schon nicht sehr groß, fast vollständig erlahmt ist.

Sophia ist müde und will nicht mehr fliehen. Auch das harte Leben allein ist ihr mehr als über, der Versuch, es irgendwie zu meistern, ging wohl so ziemlich in die Binsen.

Er ist ihr so nah, seine Präsenz so übermächtig, sein Begehren so unleugbar und vor allem *wahr.* Ihre Hände liegen in seinem Nacken, und erst jetzt geht ihr auf, dass er ein eher kleiner Mann ist; sie fühlt seine Härte, die noch größer und verlangender erscheint, als vor einigen Minuten. Der Kuss wird leidenschaftlicher, entrückender; er gibt ein raues Stöhnen von sich, hat längst ihre Brust gefunden, die er durch den Stoff des Kleides sanft knetet, während sich die andere Hand unter ihren Rock gestohlen hat und begehrlich unter den Saum ihres Höschens schlüpft.

»Oh ja!«, stöhnt sie in seinen Mund, spreizt die Schenkel sogar ein wenig, um ihm den Weg zu ebnen. Als er sie endlich berührt, dort, wo sie auszulaufen droht, dem Zentrum ihrer Sehnsucht, seufzen beide diesmal zeitgleich.

Schon blitzen die üblichen Bilder in ihrem Kopf auf: sie in enger Umarmung in diesem riesigen Satinbett. Oh jaaaaa … Sie seufzt es in seinen Mund, schmeckt seine Zunge, die noch tiefer in sie eindringt, atmet hektisch seinen Duft ein ... und runzelt ganz plötzlich die Stirn.

Irgendetwas Grundlegendes stimmt nicht, passt nicht und zerstört damit die gesamte Stimmung. Denn derjenige, der sie in ihrer Fantasie streichelt und ihre Brüste liebkost, der sie flammend anschaut und »Ich liebe dich, Kleines«, wispert, ist nicht jener Mann, der ihr gerade Zunge und Finger gleichermaßen in den Körper schiebt, nur an verschiedenen Stellen.

Nein, es ist dieser verfluchte Ethan, der sie jetzt schon bis in ihre Träume belästigt, und wie!

Die Übelkeit, so wundervoll überwunden geglaubt, kehrt innerhalb von einer Nanosekunde zurück, Sophia kann gar nicht so schnell ihre Hände auf die männliche Brust pressen, wie sich ihr Mageninhalt bereits zu verselbstständigen droht.

Ganz klar, um ihn zu schützen, nur dass Paul nicht geschützt werden will! Immer verzweifelter wehrt sie sich, der Kuss ist längst Geschichte, das Erbrochene mittlerweile in ihrem Mund angelangt, und anstatt verbaler Proteste bekommt sie nur ein leidiges: »HMMMMM!« zustande.

Blöderweise erkennt Paul die Zeichen der Zeit nicht, sondern zieht sie wieder an sich, seine Lippen suchen erneut ihren so kontaminierten Mund, und zu allem Überfluss wispert er auch noch ein raues: »Nun hab dich nicht so!«

Der Whiskyatem steigt ihr wieder in die Nase und verstärkt den Würgereiz nur noch. In dem akuten Kampf gefangen, das Desaster irgendwie zurückzuhalten, bricht ihr der kalte Schweiß aus, und sie bekommt akute Atemnot.

Warum merkt er denn nicht, was los ist? Sie droht ihrem gesamten Mageninhalt von sich zu geben, und der Typ will sie allen Ernstes im Atrium ficken!

Bevor es tatsächlich schiefgehen kann, verschwindet Paul urplötzlich von ihr. Mit ihm die packenden, so starken Hände und der Mund, der ihrem so gefährlich nah war.

Längst hat sie die Lider geschlossen, vernimmt nur seinen wütenden Protestschrei und ein Poltern, das in dem weiten Raum laut widerhallt.

»Was soll das, du dämlicher Wichser? Zieh Lei...«

Ein Klatschen ertönt, dann wieder das Poltern (mit Echo). Als sie endlich wagt, die Augen zu öffnen, erblickt sie Wolverine, der sich zwischen sie gedrängt und Paul am Kragen von dessen Lederjacke hat. Der Größenunterschied ist gewaltig und das Kräfteverhältnis wohl leicht unausgewogen, denn er beutelt den älteren Mann wie einen unartigen Welpen hin und her. »Sie will nicht, kapiert?«

»Loslassen!«, knurrt Walker, was ohne Wirkung bleibt.

Sophia zittert am gesamten Körper, schwankt unvermutet und kämpft mit aller ihr zur Verfügung stehenden Macht den verdammten Brechreiz zurück. Mit frischer Luft und ohne die widerliche Nähe Pauls, ist sie sogar erfolgreich. Dann packt sie Ethan am T-Shirt. »Bitte nicht!«, stößt sie keuchend hervor. Doch sie wird nicht beachtet. Die Blicke der beiden Männer sind in einem stummen Gefecht versunken. Gefühlte Minuten herrscht Schweigen, das nur vom Keuchen der Anwesenden unterbrochen wird. Noch immer hält sie den Stoff des Shirts, nicht in der Hoffnung, ihn damit aufhalten zu können, sondern weil sie allein nicht stehen kann.

Endlich durchbricht Ethans dumpfes Grollen die Stille. »Warum begreift ihr Typen nie, wenn es nein heißt?«

Fehler!, will sie schreien. Genau genommen hat sie nie Nein gesagt, außerdem ist Paul doch ihr Retter, verdammt!

»Nimm deine widerlichen Proletenpfoten von mir, oder ich schwöre dir bei Gott, du wirst den Tag verfluchen, an dem deine Hure von Mutter dich ausgekotzt hat!«, knurrt Paul, ohne mit der Wimper zu zucken. Hastig kneift Sophia die Augen zusammen, doch als die erwartete Prügelei ausbleibt, linst sie unter dem linken Lid hindurch.

»Meine Mutter lass aus dem Spiel«, retourniert Ethan seelenruhig. »Wenn du nicht willst, dass wir deine mal genauer unter die Lupe nehmen. Und jetzt hör zu, Buddy ...« Er zieht ihn noch etwas mehr zu sich heran. »Wenn ich dich loslasse, verschwindest du. Oder ...« Wieder beutelt er ihn hin und her, »ich rufe die Guards und verklickere ihnen, dass hier beinahe eine Vergewaltigung abgegangen wäre ...«

Höhnisch schnaubt Paul auf, doch der Bartender mit den gigantischen Oberarmen, lässt sich nicht beirren. »Deine abgefuckten Kontakte sind mir scheißegal. Die Aufnahmen sprechen ihre eigene Sprache ...«

Wie auf Kommando schielen alle drei zu der nächsten Cam, die hier in regelmäßigen Abständen angebracht sind.

Big Brother is watching you.

»Möglich, dass du aus der Nummer irgendwie herauskommst«, fährt Ethan etwas leiser fort, und Sophia muss sich anstrengen, damit ihr nichts entgeht. »Aber sie werden Aufsehen erregen, die Leute werden Fragen stellen, vielleicht sogar nachhaken und genauer hinschauen. Sind wir ehrlich, das willst du nicht, oder?«

In Pauls Gesicht arbeitet es sichtlich, bis er ein knappes Nicken von sich gibt. Sofort wird er losgelassen, und Ethan tritt zurück, ohne das Mädchen zu beachten, das sich immer noch in seinem Shirt festgekrallt hat. Notgedrungen wankt sie mit ihm, während er die Arme verschränkt. Auf seinem Bizeps führen zwei der vielen sichtbaren Muskeln einen adretten Walzer auf.

»Geh!«

Paul sieht zu Sophia. »Ich melde mich morgen bei dir.« Und an Ethan gewandt: »Wir sprechen uns noch!«

Dann macht er tatsächlich kehrt und verschwindet.

* * *

»Scheiße!«, murmelt sie und wischt sich hastig die desertierten Tränen von den Wangen.

Sobald Paul nicht mehr auszumachen ist, fährt Sophia schwankend zu Ethan herum. Sie benötigt etliche Sekunden, um sich zu fangen – sein T-Shirt ist ihr dabei von großer Hilfe – bevor sie ihn loslässt. Doch ehe sie etwas sagen kann, baut er sich in voller Größe vor ihr auf.

»Was. Sollte. Der. Scheiß?« Sein dumpfes Grollen hallt durch das menschenleere Atrium.

»Was denn?«

»Ich hatte dir gesagt, dass er nicht sauber ist. Der Typ hat jede

Menge Dreck am Stecken, und du gehst mit ihm? Du lässt dich mit ihm ein? Lässt dich von ihm küssen, und begrapschen?«

Nachdem sie das ausgiebig überdacht hat, zuckt sie mit den Schultern. »Ja.«

»Fuck, du bist so dämlich!«

»Was willst du damit sagen?«

»Du bist dämlich!«, wiederholt er milde, und neben der Angst davor, was dieser Vorfall für Konsequenzen haben könnte, neben der Übelkeit, der drohenden Ohnmacht, die übrigens immer wahrscheinlicher wird; neben der Wehmut, dass sie allein ist, neben *allem*, keimt endlich auch wieder Sophias Wut auf. Besonders, weil dieser wirklich schöne Mutant sie auf eine gewisse Art gerettet hat, weil er zur Stelle war, als sie jemanden brauchte, weil er tatsächlich den Eindruck erweckt, als könne er ihr helfen und es in Wahrheit weder kann noch will.

»Was geht dich der Scheiß eigentlich an?«, brüllt sie in um diese Uhrzeit unzulässiger Lautstärke.

Sein Gesicht verschließt sich. »Nichts.«

»Eben!«, nickt sie. »Dann lass mich doch endlich in Ruhe!«

Damit macht sie mit Schwung kehrt, schlittert ein wenig, fängt sich aber noch einmal und will losstürzen.

Es bleibt beim wollen. Denn diese gigantische Bewegung war zu viel. Kein Orkan, kein Sturm, faktisch ist diesmal die Welt komplett aus den Angeln gehoben und wird von einem gelangweilten Alien im Kreis umhergeschleudert.

Alles, was sie noch zustande bringt, ist ein »Oh!« Ihre Knie knicken ein und sie hört sein dumpfes »FUCK!«, bevor Sophia nichts mehr weiß.

Filmriss

Der Wecker ihres Handys reißt Sophia aus inhaltsloser Dunkelheit.

In ihrem Mund herrscht ein widerlich schaler Geschmack, und das Schlucken fällt ihr schwer, nebenbei ist sie davon überzeugt, soeben elendig zu verdursten.

Wasser!

Es fehlt nicht viel, und sie hätte es erschöpft vor sich hingemurmelt.

Etliche Minuten vergehen, bis sie so weit ist, ihre Augen zu öffnen. Aus einem Grund, den sie zunächst nicht begreift, sieht sie zuerst an sich hinab und dann hektisch zur Seite.

Doch neben ihr logiert kein männlicher Backofen, der friedlich vor sich hingrunzt. Auch wenn sie gestern Abend wohl vergessen hat, ihr Schlafshirt überzuziehen. Ihr Kleid liegt ordentlich auf dem Tisch, was sie einigermaßen verwirrt, denn bei Sophia fallen die Klamotten üblicherweise dort, wo sie das Zeug auszieht und bleiben so erst mal liegen. Das Aufräumen erfolgt später und immer in einer Spontanaktion.

Wie ist sie überhaupt gestern ins Bett gelangt? Sie hat nicht den blassesten Schimmer, und außerdem wird sie immer noch von diesem verdammten Kater heimgesucht. Wann lässt der denn mal nach? Stirnrunzelnd und mit geschlossenen Lidern grübelt sie. Gestern ... Was genau war da noch mal?

Natürlich lassen die Erinnerungen nicht ewig auf sich warten. Es bedarf auch nur einiger Minuten, bevor sie zumindest rudimentär Einblick erhält, wenn sich das Meiste auch niemals lichten wird. Sophia hat nämlich einen waschechten Filmriss.

Klara ...

Ethan ...

Paul ...
Wolverine ...
X-Men ...
Mai ... T...

Sie muss die genaue Bezeichnung nicht mal bis zu Ende denken. Kaum erscheint die Vision von einem gefüllten Glas in ihrem Kopf, setzt der Brechreiz ein. Sophia schafft es gerade so zur Toilette, wobei sie schwankend beinahe das Waschbecken mitnimmt und sich einen fiesen blauen Fleck an ihrem Oberschenkel einhandelt.

Zwei gefühlte Unendlichkeiten kniet sie vor der Porzellanschüssel, würgt immer wieder, glaubt zwischenzeitlich ernsthaft zu sterben und kämpft sich schließlich auf die Beine, um in den Spiegel und damit dem nächsten Grauen entgegenzuschauen.

Sie sieht aus wie eine Leiche! Das Make-up ist nur noch eine verschmierte Erinnerung. Eyeliner hat sich unter ihre Augen gegraben, unter denen zu allem Überfluss auch noch natürliche dichte violette Schatten liegen. Die Lippen sind bleich, das Haar eine Katastrophe … Und sie weiß noch immer nicht, was gestern eigentlich vorgefallen ist ...

Ewigkeiten steht sie da, auf das Waschbecken gestützt, und denkt wahrscheinlich zum ersten Mal in ihrem verdammten Leben überhaupt nichts. Bis sie das Erinnerungsklingeln des Weckers aus der Trance reißt.

MIST!

Ihr bleibt noch eine Viertelstunde, bis sie losmuss!

Und eines weiß sie trotz totalem Filmriss: *Sie darf nicht zu spät kommen!*

In Windeseile putzt sie sich die Zähne, die Dusche muss leider ausfallen, Make-up findet auch keine Verwendung, stattdessen rubbelt sie sich nur mit Erfrischungstüchern über das Gesicht, bevor sie in ihre verhasste Uniform springt. Diesmal kippt sie wirklich beim Strumpfanziehen um, was ihr den nächsten blauen Fleck einbringt, aktuell unter dem Knie. Für ein paar Sekunden hüpft sie unter Schmerzenslauten durch den Raum, ehe ihr auffällt, dass sie diesen Stunt in ihrer Verfassung auch nicht zustande bringen dürfte, und sie wieder zu Boden geht.

»VERDAMMT!«, brüllt sie und das alles mit diesem verflixten Kater, der sekündlich droht, sie umzubringen!

Wenig später stürzt Sophia die trotz der frühen Stunde bereits belebte Gasse und wenig später das Atrium entlang. Niemand erübrigt einen Blick für die junge, ungeschminkte und sichtlich verwirrte Frau, die den glatten Terrazzoboden entlangschlittert. Die Köpfe sind gesenkt, die Schritte schlurfend, ein Heer von Sklaven, das sich zu seinem jeweiligen Einsatzort begibt.

Hinein in den wie üblich überfüllten Aufzug, in dem jeder anders riecht, aber keiner besonders gut, und das bereits am Morgen. Kein Deodorant und kein Parfüm der Welt schaffen es, den Mief von totaler Aussichtslosigkeit und Resignation zuverlässig zu übertünchen.

Als sie in den Raum gelangt, in dem ihr geliebter Putzwagen auf sie wartet, und ihn mit neuen Handtüchern, Seifen und all dem Schnickschnack bestückt, den sie immer so verteilt (ja, auch Schokolade für die Kopfkissen, in Wahrheit ist dies ein gottverdammtes Hotel!) summt ihr Handy.

Eine Textnachricht ist eingetroffen.

›In zwei Minuten in meinem Büro!‹

Jabba!

Scheiße!

Nach erfolgtem Herzstillstand, der sich glücklicherweise nicht als permanent herausstellt, macht Sophia kehrt, bleibt jedoch im letzten Moment stehen, rennt noch mal zurück und stülpt sich dieses dämliche Häubchen auf den Kopf, mit dem sie immer wie die Pornoausgabe einer Krankenschwester aussieht.

Dann stürzt sie mal wieder zu ihrem heiß geliebten Aufzug.

Vorteil: Abwärts fährt kaum jemand um diese Uhrzeit. Nur zwei Techniker befinden sich in der Kabine, die sie lüstern betrachten und breit grinsen.

Das Outfit wirkt zuverlässig.

Witzig nur, dass ihr erst jetzt aufgeht, *weshalb* die allesamt jungen und hübschen Mädchen, die für *The Hutt* arbeiten (auch das fällt ihr erst in dieser Sekunde auf) diesen Scheiß überhaupt tragen sollen. Das Klicken hat ja ziemlich lange gedauert, und am Ende funktionierte es nur mit etwas Unterstützung.

Wiedermal geht es mit dem Wechseln der Ebenen viel zu schnell vonstatten. Zwanzig gefühlte Herzschläge später versinkt sie in dem dicken Teppich. Jabbas Assistentin begrüßt sie wie eh und je mit herablassender Grimasse, und dann befindet Sophia sich bereits in dem ewigen Mief des fetten Aliens.

Der wirkt unfassbarerweise noch schlechter drauf, als gestern. »Du bist zu spät!«

Verwirrt schaut sie auf die Uhr. Es ist 7:10, was soll der ... Dann besinnt sie sich und nuschelt ein »Sorry.«

Darauf geht er nicht ein. »Gestern hat mich Mrs. Miller kontaktiert ... Du bist viel zu früh zum Reinigen erschienen. Erklärung!«

Sophia gibt ihr Bestes. »Das mit der Mrs. Miller ist so eine Sache. Ich soll immer erst sehr spät kommen, und das mache ich auch!«, versichert sie ihm, hört ihren breiten Proletenslang und könnte sich dafür ohrfeigen. Eilig nimmt sie sich zusammen und fährt in feinster Artikulation fort. »Ich bemühe mich, den Wünschen der Dame gerecht zu werden, aber das ist nicht immer einfach, Sir, weil sie permanent wechseln und oftmals vergessen wird, mich über die Änderung in Kenntnis zu setzen.«

Blöderweise kommt ihr mal wieder ihre verdammte Fantasie in die Quere, die ihr das Bild eines blonden attraktiven Mannes sendet, der sie böse anfunkelt und dabei so unglaublich sexy wirkt. Verdammt, warum ist er denn so sexy? Doch wie auf Bestellung, schiebt sich postwendend das eines *braunhaarigen* Typen dazwischen, der überhaupt nicht amüsiert wirkt.

Verflucht, reiß dich zusammen, Bitch!

»Und was geht mich das an?«

»Sir?«, erkundigt sie sich verwirrt.

Er legt die Arme auf den Tisch, während der Schweiß an seinen Schläfen hinabrinnt. »Mir ist scheißegal, wie du das regelst, Hauptsache, ich werde von Beschwerdeanrufen verschont. Hatten wir nicht gestern vereinbart, dass ich keine mehr zu hören bekomme, Missie?«

»Ja, natürlich, aber ...«

»Dann erkläre mir den Scheiß!«

Und genau das kann sie nicht, ohne nicht wenigstens annähernd in Worte zu fassen, dass der Drache nun mal ein Drache und nicht ganz zurechnungsfähig ist. Das Rauschen in ihren Ohren nimmt zu, der Kater macht sich mal wieder bemerkbar, und sie sehnt sich plötzlich nach etwas Nahrhaftem. Wann hat sie zuletzt etwas gegessen?

»Gestern ließ ich mich aus Gründen, die mir noch immer nicht ganz klar sind, darauf ein, dich *nicht* umgehend zu feuern, wie ich es eigentlich wollte und du es verdient hast, darin sind wir uns doch einig, oder? Ich gab dir eine Chance, und wovon werde ich heute beim Eintreten überrascht?«

»Von der Beschwerde, Sir?«, mutmaßt sie mutig.

»FALSCH!« Die fleischige Faust landet auf dem Tisch, und Sophia zuckt zusammen. Durch die Bewegung wabern die stinkenden Schwaden zu ihr hinüber. Noch sind nicht alle Mai-T..., das Scheißzeug eben, im Klo verschwunden, denn da geht noch was ... es wandert gerade ihre Speiseröhre hinauf.

»Miss Clearance«, das ist seine hässliche Assistentin, »teilte mir mit, dass dein Kredit in einer Rate getilgt wurde.«

»WAS?« Ihre Augen sind groß. »Das ging ja schnell!«

Jabba erstarrt, seine blutunterlaufenen Glupscher bohren sich in ihren kleinen Körper, und Sophia fürchtet mal wieder um ihr Leben. Diesmal wird sie an X-Rays zugrunde gehen.

Übel riechenden.

Als er wieder spricht, klingt er bemerkenswert sanft. »Was habe ich dir gestern gesagt, Missie?«

»Dass ich mir Mühe geben soll?«

Unwirsch wedelt er mit einer Hand, was sich auf die Geruchsverhältnisse auch nicht positiv ausmacht. »Ich hatte dir gesagt, du sollst zu deiner Bank gehen und die anbetteln.«

WTF?

»JETZT GLOTZ NICHT SO DÄMLICH!«, brüllt Jabba unvermittelt los. »Habe ich dir das gesagt oder nicht?«

»Ja, Sir?«

Ihre Knie zittern mal wieder und diesmal nicht wegen des Katers.

»Hast du getan, was man dir sagte?«

»Ja ... nein, Sir.«

»Fein. Und was hat die kleine Schlampe stattdessen beschlossen, zu unternehmen?«

Angestrengt denkt sie nach und plötzlich dämmert ihr, was der Typ will. »Ich bat Mr. Walker um Hilfe?«

»Ha!« Diesmal landet die flache Hand auf dem armen Tisch, in der an der Seite stehenden Vitrine klirren die Pokale.

Was sind das eigentlich für Preise? Verliehen in der Disziplin: *Wie scheiße ich am besten meine Angestellten zusammen?* Oder eher: *Firma mit den glücklichsten Kunden* (weil die ja das Personal antatschen dürfen)?

»Hier spielt die Musik!«, donnert es.

Sofort sieht sie ihn wieder an und versucht, die Küchenschaben zu ignorieren, die sich pünktlich in ihrem Bauch eingenistet haben.

Lange Zeit starrt er sie an, Sophia kann nicht anders, sie flüchtet sich in eine ihrer manchmal so rettenden Fantasien. Vielleicht ist er Magneto ... nein, dazu ist der Typ zu hässlich. Also, welche Fähigkei...

»Du dummes, penetrantes Miststück rennst zu einem meiner besten privaten Freunde und lukrativsten Geschäftspartner, um ihn *anzubetteln.*«

Oh, das erklärt einiges. Und na ja, so *könnte* man es ausdrücken, sie hätte es als höfliche Bitte interpre...

»Du wagst es, ihn damit zu behelligen und mich unmöglich zu machen?«

»Aber ich ...«

»HALT DEIN VERDAMMTES MAUL!« Ein drohender

Finger hat sich auf sie gerichtet und jetzt laufen die Tränen wirklich. Gott sei Dank hat sie sich nicht geschminkt.

»Der Mann hat mich heute Morgen angerufen!«

Scheiße!

»Er bat darum, dass ich dich ein bisschen schone.« Letzteres begleitet er mit einem Schnauben, bei dem tatsächlich etwas Rotz aus der riesigen Nase entweicht. »Das war deine letzte Frechheit. Deine Allerletzte. Du glaubst, du wärst aus dem Schneider wegen der paar Kröten, aber da liegst du falsch. Ein Anruf, eine Beschwerde, und du bist raus. Was dann geschieht, weißt du, und da kann dir dann auch Paul nicht mehr helfen. Mich würde sowieso interessieren, was er mit dir kleinem Flittchen will.«

Als sie zusammenzuckt, grinst er dreckig. »Meinst du, ich weiß nicht, was du getrieben hast, bevor ich dich in meiner grenzenlosen Güte hier aufgenommen habe?«

WAS?

Schallend lacht er los. »Niemand erhält Zutritt zu diesem Gebäude, ohne, dass er nicht zuvor eingehend durchleuchtet wurde. Keine Vorstrafen ist oberste Bedingung. Bei dir war es haarscharf!« Mit Daumen und Zeigefinger, die sich fast berühren, unterstreicht er diese Bemerkung. »Ex-Nutten sind nicht gerade gern gesehen, weißt du?«

Anstatt etwas zu erwidern, kann sie ihn nur anstarren. Denn in Wahrheit war sie nicht ... noch nicht ... also nicht wirklich ... nicht in ECHT!

»Ich dachte mir, warum nicht dem Mädchen die Gelegenheit einräumen, es beim zweiten Versuch besser zu machen? Und so dankst du es mir? Ich gab dir das Geld, um dein verdammtes Appartement überhaupt beziehen zu können; ich gab dir ein Heim, einen Job, eine Zukunft. Ich steckte all mein Vertrauen in dich, und was bekomme ich zurück?« Theatralisch breitet er die Krakenarme aus, und entblößt damit die riesigen Schweißflecke in den Achselhöhlen. »Einen wohlplatzierten Tritt in den Arsch.«

Klingt genial, oder? Am liebsten möchte sie ihm ihren Stinkefinger demonstrieren, denn er tut gerade so, als hätte er ihr das Paradies auf Erden beschert. Ein Himmel, der daraus besteht, für unbefriedigte uralte Fregatten am Boden entlangzurutschen und sich von greisen, notgeilen Millionären an den Hintern fassen zu lassen.

Zutiefst zutreffende rebellische Gedanken, die sie jedoch niemals äußern würde.

»Formal gesehen hast du zunächst deinen kleinen Nuttenarsch reingewaschen«, fährt er fort (in Sophias Kopf *plingt* es mal wieder unentwegt). »Hast den alten Hannes ausgetrickst ...« Grinsend entblößt er gelbe Hauer, die sie zu der Überzeugung bringen, dass der Typ weniger ein X-Men oder Alien als vielmehr irgendein fieses Monster ist. »Ab sofort stehst du unter ständiger Beobachtung. Jede deiner Bewegungen wird dokumentiert. Ich werde wissen, wann du arbeitest, wann du frisst und wann du aufs Scheißhaus gehst. Du glaubst mir nicht?« Das Grinsen wird breiter. »Honey, du hast keine Ahnung, mit wem du dich angelegt hast. Ein falscher Schritt, und du fliegst so weit und so hoch, dass man den Aufprall noch in Ägypten hören kann. Und jetzt verschwinde endlich! Dein verdammter Job wartet!«

Das lässt Sophia sich nicht zweimal sagen.

* * *

Kaum ist sie weg, ist Bakers schauerliche Grimasse Geschichte, und er schüttelt den Kopf.

Immer dieses verdammte Kindertheater! Er hat keine Ahnung, was das soll, spielt aber aus Langeweile trotzdem mit, und das erfolgreich.

Sehr erfolgreich.

Eine Woche gibt er ihr noch – Maximum.

Dann ist sie endgültig weichgeklopft.

Der Stalker

Lieber Mr. Smith,

mein Ausflug mit dir in dein kostbares Schlafzimmer hat mich beinahe meinen Job gekostet. Nicht, dass ich dich dafür verantwortlich mache, ich hätte ja schneller sein können.

Haha!

Blöder Witz, denn das hätte ich nicht, und das weißt du genau. Aber wollen wir wenigstens so tun, als hätte ich die Schuld, obwohl es in Wahrheit deine unbefriedigte (warum eigentlich?) Fregatte von Ehefrau war. Wenn die nicht ständig neben den Schuhen stehen würde, wäre all das überhaupt nicht passiert. Wusste die nicht, dass ihr die Obergurus früher zum Essen erwartet? Na ja, unter uns, so wie die immer wirkt, weiß sie nicht sonderlich viel. Nichts für ungut, aber Schönheit ist nicht alles.

... ist sie deshalb unbefriedigt? Weil du eher auf die intellektuellen Werte stehst? Dann lass dir eines gesagt sein, man kann beides haben.

Oh ja ...

Ach und übrigens, dein Hausdrache hat mich bei meinem Boss angeschwärzt, und der hat mich jetzt auf dem Kieker. So richtig!

Wusstest du, dass im Arbeitsvertrag enthalten ist, dass ich mich antatschen lassen muss?

Außerdem bin ich haarscharf an einer wüsten Alkoholvergiftung wegen zu vieler Mai-Tais vorbeigeschlittert.

UND!

Ich hatte den ersten Filmriss meines Lebens ...

UND

Ich habe jetzt meinen Boss am Hintern, der mich ständig kontrolliert. Heute Mittag ist er aufgetaucht und hat mir demonstriert, wie man die Spüle bei Mr. Kasjanov RICHTIG säubert –

der blöde Penner! DEM hat der Alte übrigens nicht an den Hintern gegriffen, frag mich warum?

Haha!

Wenn Jabba nicht auftaucht, erscheint seine hässliche Assistentin, die ist noch widerlicher! Und ganz nebenbei habe ich einen waschechten Stalker. Also, nach der Arbeit, dabei ja gleich mehrere.

Paul Walker!

Yeah, yeah, yeah.

Genau jener welcher.

Was auch immer unter Cocktaileinfluss vorgefallen ist, er meint wohl jetzt, ich sei sein Mädchen, oder so. Nun ja, er hat mir das Geld geliehen, da kann es natürlich sein, dass er das als allgemein verbindlich betrachtet. Ihr Männer meint ja immer, euch die Frauen kaufen zu können. Jedenfalls die aus meinem Teil der Welt.

Als ich heute Feierabend machte, stand er vor der Tür der Abstellkammer und nahm mich in Empfang.

Gestern auch.

Und am Tag zuvor ebenfalls ...

Mr. Smith, er ist IMMER da!

Jeden Tag begleitet er mich im Aufzug hinunter, er hat mein Appartement inspiziert (neuerdings kann ich erst nachts duschen, weil ich nur dann allein bin). Und ständig zerrt er mich in den Pub, manchmal ins Kino ... neulich hatten wir Krieg der Welten – die Aliens haben es mir angetan. Wär doch nicht schlecht, wenn ein paar der nervigsten Typen hier einfach so verschwinden würden, oder? Der Rest kann meinethalben bleiben.

Neuerdings bin ich hier unten die Aussätzige. Niemand redet mehr mit mir, ich mime sozusagen LUFT! Und wenn überhaupt, dann bekomme ich ziemlich gemeine Blicke.

Weißt du, wie scheiße sich das anfühlt? Besonders, weil er mich TROTZDEM immer ins Angels schleift ... und dort ist ... Na ja, die Leute halt, die ich kenne. Ich bin jetzt offiziell Walkers neue Nutte – ehrlich, so werde ich heimlich genannt –, und ich schwöre dir, es dauert nicht mehr lange, bis sie mir das auch ins

Gesicht speien werden.

Mr. Smith, du weißt doch sonst immer alles – schätze ich jedenfalls.

Was soll ich tun?

SAG MIR!

WAS SOLL ICH TUN?

Ich weiß nicht mehr weiter ...

Aber nun zu dir ... (ich will lernen, nicht mehr alles so extrem schwarz zu sehen, und es gibt ja Lichtblicke, wenn auch nur noch sehr wenige.)

Heute warst du wieder besonders hübsch. Ich mag es, wenn ich glaube, dass du mich ansiehst, auch wenn es nicht der Wahrheit entspricht. Mir gefällt dein Haar, deine Lippen und deine Wangenknochen, die verdammt hoch sind. Hat dir das schon mal jemand gesagt?

Ich denke, dass du mit dem Drachen unglücklich bist, und das tut mir sehr, sehr leid. Manchmal, wenn du dich unbeobachtet fühlst, wirkst du so verloren und in dich gekehrt, dass mir die Tränen kommen. Denn ein Mann wie du hat doch so viel Besseres verdient!

Wenn du mich doch nur bemerken würdest! Es ist okay, ich bin nicht traurig darüber, dass du keinen Gedanken an mich verschwendest. Wer bin ich, dass ich jemals in diesen Genuss kommen könnte?

Danke wie immer, dass du mir zugehört hast, das gibt mir unglaublich viel, auch wenn du nicht mal etwas davon weißt.

Danke!

Bis dann,

Deine Sophia

* * *

So ist es tatsächlich.

Diese verdammten, lächerlichen, kindischen, ja, infantilen Tagebucheinträge helfen Sophia momentan, all das Grauen, zu dem ihr Leben mutiert ist, zu überstehen.

Sie war so sicher, es geschafft zu haben, und nun zeigt sich, dass sie blindlings in eine gefährliche Falle getappt ist.

Zunächst die unerträglichen Zustände bei der Arbeit.

Jabba hat seine Ankündigung wahr gemacht, sie *wird* permanent überwacht. Wenn nicht von ihm, dann von irgendeinem seiner Handlanger. Und sie schwört, dass sie einige Cams ausgemacht hat, die ihr zuvor nie aufgefallen sind. In ihrer wachsenden Paranoia hat sie sogar ihr Appartement abgesucht, wurde allerdings nicht fündig. Doch ihr hallt die Drohung, er wüsste, wann sie die Toilette benutzt, noch immer in den Ohren, so was kann man nicht einfach verdrängen.

Dennoch ist der Tag für sie die leichtere Übung, denn danach kommt Paul, und der weicht ihr überhaupt nicht mehr von der Seite. Nicht mal Gemeinheit oder Bosheit wie bei *The Hutt* kann sie ihm vorwerfen. Nur, dass er nervt.

Mittlerweile haben ihre Nerven ernsthaft gelitten. Wann immer sie die dröhnende Stimme Jabbas hört, zittern ihr die Knie so sehr, dass das Stehen fast unmöglich ist. So oft sie spürt, dass jemand hinter ihr steht und ihr Tun kontrolliert, lässt sie garantiert vor lauter Nervosität etwas fallen. Neuerdings unterlaufen ihr Fehler, die bis vor wenigen Tagen undenkbar gewesen wären. Zunehmend fragt sie sich, ob all diese nervliche Folter Absicht ist, um ihr nachzuweisen, dass sie eben tatsächlich nicht würdig ist, in *The Hutt*s Scheißladen tätig zu sein. Und gleichzeitig fragt sie sich, wie lange sie das noch aushält, wenn es sich nicht so verhält.

Es ist, als würden sich Jabba und Paul nachmittags den Staffelstab überreichen. An Freizeit, an ein Alleinsein, ist kaum noch zu denken. Paul Walker ist allgegenwärtig. Wenn sie doch mal in die Verlegenheit kommt, allein mit dem Aufzug hinabfahren zu können, fühlt sie sich bereits wie im siebten Himmel. Ihr ist, als würde ihr die Luft zum Atmen genommen. Neuerdings leidet sie unter Platzangst, meidet die Menschen, schon, weil sie hier unten ständig mit Blicken erdolcht wird.

Doch Paul scheint von ihren Schwierigkeiten nichts zu bemerken. Er betreibt eine Art Animationsprogramm, das er allabendlich mit ihr durchzieht.

Gnadenlos.

Cafébesuche, Besichtigungen des angegliederten Zoos – die

Viecher, die ihr Dasein in dem ewigen künstlichen Licht fristen müssen, tun ihr unendlich leid; Minigolf und der allseits geliebte Pub – wo sie ständig Ethans nicht vorhandenen Blicken ausgesetzt ist –, stehen in regelmäßigen Abständen auf der Agenda. Neulich hat er zum ersten Mal von einem gemeinsamen Urlaub gesprochen ...

Einmal reichte es ihr und sie wurde schnippisch, was ihr diesen warnenden Ausdruck einheimste, der ihr mehr Angst als alles andere vermittelt. Andererseits ist er wirklich der Einzige, zu dem sie noch persönlichen Kontakt hat. Und so beengend seine Nähe auch ist, muss sie zugeben, dass sie in den vergangenen Tagen mehr von diesem Turm gesehen hat, als in der gesamten Zeit zuvor.

Schon, weil Paul bezahlt – sie könnte sich derartige Bespaßungseinheiten niemals leisten.

Sophia mag ihn nach wie vor nicht sonderlich, fühlt sich jedoch andererseits geborgen, fragt sich immer häufiger, ob sie nicht das Nützliche mit dem Unangenehmen verbinden sollte, indem sie dafür sorgt, dass es einfach nicht mehr unangenehm *ist*.

Darüber hinaus stellt sie sich mit wachsender Sorge die Frage, wie das alles überhaupt passieren konnte. Eigentlich hatte sie doch nur um eine vorübergehende Hilfe gebeten, die sie selbstverständlich zurückzahlen will. Weshalb fordert er derartige Dinge? Oder verlangt er sie gar nicht und versteckt hinter seinen Stalkingtendenzen nur seine echten, aufrichtigen Gefühle?

Egal wie spät es ist, an jedem Abend schreibt sie in das dumme Tagebuch ein und kommuniziert mit einem Mann, für den sie im realen Leben Luft ist. Warum? Weil sie sich wie ein trotziges Kind dieses kleine Geheimnis als Einziges bewahrt hat. Wie ein Mahnmal von allem, was sie bis vor wenigen Tagen noch war, was Sophia Wagner in Wahrheit ausmacht. Auch wenn ihr immer noch schleierhaft ist, wie dieser extreme Verlust überhaupt zustande kam. Diese Einträge sind die letzte Bastion, die Sophia von dem ultimativen Durchdrehen abhalten.

Neuerdings ist sie beinahe ständig müde. Kaum eine Nacht vergeht, in der sie es mal auf mehr als vier Stunden Schlaf bringt.

Und da sie ihre Brötchen keineswegs schlummernd verdient, rangiert sie auch kräftemäßig längst am Ultimo. Jedoch wagt sie nicht, Paul um eine Auszeit zu bitten, fürchtet seinen möglichen Zorn und noch mehr, dass er sich von ihr abwendet.

Klara hat sie seit jenem Abend nicht mehr getroffen. Zwei oder dreimal rief sie ihre Ex-Freundin an – mittlerweile rangiert sie in Sophias Denken unter dieser Bezeichnung –, wurde jedoch immer sofort abgewürgt. Dann war die Nummer nicht mehr erreichbar. Sie argwöhnt, dass die Blondine mit diesem X-Men zusammen ist, weil der sie auch konsequent ignoriert. Also echt, da kommt *nichts!* Nicht mal ein Blinzeln! Für Paul ist er ohnehin Luft. Selbst das Servieren der verdammten Cocktails erfolgt, wenn überhaupt von ihm, schweigend und ohne die geringste Bemerkung.

Also sind Klara und Ethan jetzt ein Paar? Fragen kann Sophia niemanden, denn es spricht ja keiner mehr mit ihr, womit sie nicht mehr über den neuesten Klatsch im Viertel informiert ist. Außer dem, dass sie Walkers Schlampe ist – natürlich.

Beinahe jeden Abend zerrt er sie ins *Angels* und immer gibt es Cocktails. Sie kann das Zeug nicht mehr sehen, ohne zwangsläufig zu würgen.

Alleinsein? Ist schon möglich, sie hat auf jeden Fall die Wahl: Entweder sie schläft oder sie nutzt die Gunst der Stunde.

Immer häufiger versucht er, sie in eines der vielen Bekleidungsgeschäfte auf den höheren Ebenen zu entführen. Will ihr Sachen kaufen, Schuhe, den Frisurbesuch zahlen, *alles!* Ein paar Kompromisse ist sie eingegangen, nur, um ihn hinzuhalten, wie sie sich tapfer einredet. Dennoch weiß sie, dass dies für die Mitglieder ihrer Gemeinde nur noch ein Tropfen mehr in dem Fass ist, dass sie als aktuelle Geliebte von Paul Walker identifiziert.

Davon gab es übrigens schon einige, und keine von ihnen genoss einen sonderlich guten Ruf oder war ein angesehenes Mitglied der Kommune. Ungeschriebenes Gesetz ist es, sich nicht mit denen von ›oben‹ einzulassen. Tut man es doch, ist man gesellschaftstechnisch ruiniert.

Sie schläft immer unruhiger, was der Gesamtsituation noch

abträglicher ist. Denn wenn sie sich morgens im Spiegel betrachtet, sind die violetten Schatten unter ihren Augen mit jedem Mal etwas dunkler. Bloß gut, dass sie neuerdings ziemlich hochwertiges Make-up besitzt; das zweite Zugeständnis, das sie bei einer von Pauls legendären Shoppingtouren einging. Ein Nein war unmöglich. Keine Frau hätte das gekonnt, die bis zu diesem Zeitpunkt ausschließlich auf die Billigmarken zurückgreifen musste. Außerdem kaschiert dieses Zeug das Desaster zuverlässig.

Und wem hat sie das alles zu verdanken? Also, diese miese Gesamtsituation? Ehrlich, sie *weiß* es nicht! Je öfter Sophia darüber nachdenkt, desto weniger kennt sie sich aus. Denn wo sie auch ansetzt, niemand lässt sich als Begründung für *diesen* Schlamassel nennen, in dem sie gelandet ist.

Pünktlich um sieben Uhr – warum ist dieser Typ immer so verdammt zuverlässig? – steht er vor der Tür. Inklusive einem Strauß Rosen.

Rosen!

Rot!

Scheiße!

»Heute siehst du wieder hinreißend aus!« Ohne nachzufragen, drängt er sich an ihr vorbei und schaut sich missbilligend in dem schlicht gehaltenen Raum um. »Ich mag es noch immer nicht, wie du hier haust, Darling.«

Sophia steht in der geöffneten Tür und beobachtet ihn mit verschränkten Armen. Wann sie den Darlingstatus erreicht haben, ist ihr auch schleierhaft. Muss irgendwann vor drei Tagen gewesen sein, genau kann sie es nicht datieren, die vergangenen Wochen erscheinen ihr wie einer dieser Schmalspurfilme, die viel zu schnell ablaufen, als dass man folgen könnte. Nichts lässt sich exakt einordnen.

Suchend blickt er sich um, stößt ein triumphierendes »HA!« hervor und strebt mit riesigen Schritten zum Küchenbereich. Dort birgt einen großen Krug aus einem der mit durchsichtigen Scheiben ausgestatteten Schränke, füllt ihn mit Wasser und drapiert seine pflanzlichen und unangebrachten Mitbringsel.

Erst dann sieht er sich zu ihr um, das Lächeln ist wie üblich mit einer Prise Nachsicht gespickt, die ihr immer das Gefühl verleiht, ein Kleinkind zu sein, das vor seinem Vater steht. Okay, alterstechnisch haut das ja ohne Weiteres hin.

»Ich weiß, du sträubst dich aus falschem Stolz, aber irgendwann wirst du einsehen, dass ich das Beste bin, was dir jemals widerfahren ist.«

Als sie nicht antwortet, hakt er nicht weiter nach, sondern platziert die Blumen auf dem etwas heruntergekommenen Couchtisch, mustert sie ein letztes Mal sehr zufrieden, bevor er sich langsam zu Sophia begibt.

Der Kopf ist zur Seite geneigt, und er bewegt sich mit einer Vorsicht, die darauf schließen lässt, dass er ihre Flucht durchaus in Betracht zieht. Wie dumm, Sophias Reflexe sind fast tot, bevor überhaupt eine derartige Entscheidung fallen könnte, hat er die Distanz längst überwunden. Erst, als sie sich beinahe berühren, bleibt er stehen, schließt mit einer Hand die Tür und hebt mit einem Finger der anderen ihr Kinn.

Eine blöde Geste, da Paul eher der Kategorie Zwerg angehört, während die Frau vor ihm nicht unbedingt klein ist. »Du hast nicht die geringste Ahnung, wie heiß du mich machst. Ich will dich für mich!«

Sophia stockt der Atem, und als sich sein Gesicht mit unmissverständlicher Absicht nähert, bis sich seine Lippen sanft auf ihre senken, setzt ihr Herzschlag aus.

Was jetzt?

Abhauen wäre gut oder wenigstens, ihn wegstoßen, in seine Schranken weisen, ihm klarmachen, dass sie das nicht will. Nur ... Sophia tut nichts von alledem, was so richtig und angebracht wäre. Stattdessen schließt sie ergeben die Lider, duldet, dass er sie an sich zieht, sich an ihr reibt, ihren Mund erobert, ihr langes, dichtes Haar packt und ihre Brüste massiert. Nicht unbedingt zärtlich, sondern besitzergreifend, als wolle er ihr zeigen, dass sie längst ihm gehört.

Wie von ihm so sehr gemocht, trägt sie eines der kurzen Sommerkleider, die es ihm extrem erleichtern, ihr Höschen zu erobern, die sich unweigerlich bildende Feuchtigkeit mit einem zufriedenen Stöhnen zu ertasten und dann seinen Finger hart in sie zu stoßen. Dabei schiebt er bestimmend ihre Beine auseinander.

Immer wieder versenkt er sich in ihr, küsst Sophia mit wachsender Leidenschaft, lässt sie diese an ihrem Körper noch zusätzlich spüren und stöhnt laut und genüsslich.

»Ja, das willst du in Wahrheit ...«, haucht er in einer flüchtigen Kusspause, bevor sich seine Lippen abermals auf ihre pressen und er seine Zunge in ihren Mund drängt.

Und verdammt, sie reagiert! Sophia kann es nicht verhindern, dazu sind seine Berührungen zu versiert. Die Faust in ihrem Haar dirigiert ihren Kopf unmissverständlich, und der Finger, der pausenlos in sie hineinfährt, weiß genau, wie er es anfangen soll, damit ihr in Wahrheit keine Wahl bleibt. Als ihr Becken instinktiv seiner Hand entgegen kommt, schiebt er sie gegen die Tür, gibt ihren Kopf frei und legt eines ihrer langen Beine um seine Hüften. Als sie und gleichzeitig aufgeheizt aufkeucht, lächelt er an ihrem Mund und versenkt bald einen zweiten Finger in ihr. Wie von Zauberhand findet er den richtigen Winkel und verwöhnt die feuchten, erwartungsvollen Wände ...

Es ist nicht schlecht und er ihr Retter. Wenn auch alt und ... na ja, klein und ... na ja, nicht hässlich, aber bestimmt *nicht* hübsch. Dieser Mann kann dafür sorgen, dass sie in Ruhe und Frieden und ... einem gewissen Wohlstand leben darf. Keine Angst mehr haben, nicht mehr mit gesenktem Kopf gebrandmarkt durch dieses Viertel laufen ... wieder aufrecht und stolz sein ... *falsch!* zum *ersten Mal* in ihrer bisher so gescheiterten Existenz. Es erscheint ihr wie das Paradies, nach dem sie doch schon so lange sucht.

Noch hat er nicht ganz gewonnen. Zu viele aber´s melden sich in ihrem Kopf und verwandeln ihn bald in ein Chaos, das jeden himmlischen, selbstvergessenen Sex unmöglich macht.

Als er sich aus ihr entfernt, und unvermutet, aber gezielt ihre Klitoris stimuliert, kommt sie zwangsläufig und mit verhaltenem Schrei. Mit kaum verhohlener Selbstgefälligkeit beobachtet er sie. »Ich weiß genau, was du willst, Baby, und wie ich es dir geben kann! Bei mir wirst du es immer bekommen.«

Es dauert eine Weile, bevor sie antworten kann. Nicht nur, weil ihr die erforderliche Luft dazu fehlt, sondern weil sie sich sehr genau überlegt, was sie sagen wird. Dann haucht sie einen sanften Kuss auf seinen Mundwinkel, wofür sie sich nicht mal hochrecken muss, und nimmt sein Gesicht – wie üblich mit dem Dreitagebart versehen – in ihre Hände.

»Es fällt mir nicht leicht, meine Selbstständigkeit aufzugeben. Gib mir ein bisschen Zeit, ja?«

Er bleibt ernst, aber wenigstens bleiben heute die Wut und die versteckte Drohung aus. »Sicher«, erwidert er knapp. »Aber warte nicht zu lange, es könnte sein, dass ich mein Interesse verliere.«

Damit rückt er den Träger des Kleides zurecht, streift dabei ihre Haut, was umgehend eine Gänsehaut erzeugt, und nimmt schließlich ihre Hand.

»Komm!«

* * *

Schon im Normalfall ist der Besuch im *Angels* kein Zuckerschlecken, doch heute trifft endlich das ein, worauf Sophia seit gefühlten Ewigkeiten gehofft und sich zugleich gefürchtet hat:

Klara ist anwesend.

Auf das schüchterne Lächeln Sophias erfolgt nur eine geringschätzige Miene. Sie sitzt am Tresen, direkt vor Ethan, der ihr gerade mit einem sexy Lächeln ein neues Bier vor die Nase stellt.

Das wird mit einem gehauchten »Danke« erwidert, und Sophia wendet sich schnell ab, um nicht doch noch hinüberzurauschen und dieser falschen Schlange die Augen auszukratzen.

Wie üblich bemerkt Paul nichts von alledem. Er steuert jenen Tisch an, der sich inzwischen als ihr Stammtisch eingebürgert hat und interessanterweise immer frei ist, egal, wie gut besucht der Pub auch ist.

Dann folgt auch schon die nächste Katastrophe. Denn obwohl wie immer reger Betrieb herrscht, ist Ethan heute die einzige Bedienung. Und so ist er es, der behäbig an ihren Tisch geschlendert kommt, die Lippen nur ein schmaler Strich, kein Blick für Sophia – die gehört zu dem im Raum befindlichen Sauerstoffgemisch –, während Paul mit einem knappen Nicken bedacht wird. »Das Übliche?«

Das wird ebenso zackig beantwortet, und schon ist Ethan wieder verschwunden.

Selten hat Sophia sich so unwohl gefühlt. Ungemütlich rutscht sie auf ihrem Stuhl hin und her und weiß nicht, wohin sie schauen soll. Möglicherweise ein akuter Anfall von Paranoia, aber ist es hier nicht merklich kälter und vor allem leiser, als früher? Verstohlen mustert sie die einzelnen Gäste, die sie ohne Ausnahme wenigstens vom Aussehen, wenn nicht sogar mit Namen, kennt. Alle benehmen sich wie üblich, sitzen vor ihrem Bier, Whisky oder Wein – niemand trinkt hier sonst Cocktails – und dennoch ...

Irgendetwas ist anders, als würde sie plötzlich nicht mehr zu ihnen gehören.

Wenig später wird ihr Mai-Tai serviert, Paul bekommt seinen Whisky und hält dem Barmann wortlos seinen Schein entgegen, der ebenso stumm genommen wird. Dann erfolgt der Austausch des Wechselgeldes, und Ethan verschwindet.

»Auf dein Wohl!«

»Oh!« Schnell greift Sophia zu ihrem Glas mit dem Gesöff, dass sie mehr hasst als alles andere. Grinsend stößt Paul mit ihr an. Genau in diesem Moment rutscht Klara von ihrem Barhocker, wirft ihre blonden Locken über die Schulter und verlässt das Lokal.

Seufzend sieht Sophia ihr nach.

»Was hast du, Baby?«

Langsam schüttelt sie den Kopf und lächelt. »Nichts.«

Vier Cocktails später ...

Wie üblich hat sie längst festgestellt, dass Mai-Tais alles in allem eine echt gute Erfindung sind. Sie sorgen nämlich zuverlässig dafür, dass ihr *keine* Blicke von widerlichen, unterbezahlten *und* unterbelichteten Bartendern so was von scheißegal sind. Pauls trockene, so beruhigende Hand hat sich auf ihrer eingefunden; in ihrem Kopf hat zuverlässig dieses wundervolle Schwirren eingesetzt, das alles so leicht erscheinen lässt.

»Du machst dir zu viele Sorgen«, wird sie soeben informiert.

»Huh?«

»Darling ...« Es kommt dunkel, und er lässt zärtlich einen Finger an ihrer Wange hinabgleiten. »Du denkst zu viel. Das ist dein größter Fehler.«

Echt? Ehrlich gesagt hat sie nicht den Eindruck, genau genommen denkt sie nämlich überhaupt nicht. Das fällt viel zu schwer, besonders, wenn man Mai-Tais trinkt.

»Mir ist die Vorstellung zuwider, dass du hier unten wohnst«, fährt er fort.

Sophia blinzelt ein paar Mal hektisch und versucht, sich auf seine Worte zu konzentrieren, denn jetzt wird es brenzlig.

»Du könntest bei mir einziehen. Mein Appartement ist groß und geräumig ... mein Bett auch ...«

Das ist angekommen.

»Paul ...«, beginnt sie langsam, doch er kommt ihr zuvor. »Ich weiß, du brauchst Zeit und die will ich dir gern einräumen ...« Eilig tupft er einen Kuss auf ihren Mundwinkel, der sie zu einem widerwilligen Lächeln verleitet. Manchmal ist er ehrlich süß. »Ich habe den Eindruck, du würdest meinen, ich fordere von dir eine Gegenleistung, aber dem ist nicht so! Ich *kann* warten, auch wenn ich eher von der ungeduldigen Sorte bin. Für dich kann ich es. Und du wirst doch zugeben ... das wir beide nur gewinnen können.« Damit schiebt sich seine zweite Hand, gut verborgen unter dem Tisch, unter ihren Rock, macht nicht halt, bis sie ihr Höschen beiseitegedrängt hat und er sie sanft massiert.

Umgehend wird sie feucht – beinahe wie auf Kommando –, und Sophia schließt resigniert die Augen, während ein wohliges Seufzen ihren Lippen entweicht. Der Duft seines herben Aftershaves verkündet ihr, dass er plötzlich sehr nah ist, auch wenn sie nicht wagt, die flatternden Lider zu öffnen.

»Ich weiß genau, was du willst und ich kann es dir geben. Rede dir nur weiterhin ein, dass du mich ablehnst, aber im Grunde wissen wir beide es besser, nicht wahr?« Wie zur Bestätigung liebkost er sie härter und immer mit der gleichen Bewegung, was sie erneut aufstöhnen lässt. »Ich werde dich nicht unter Druck setzen ...« Seine Lippen berühren die zarte Stelle unter ihrem Ohr und sie beugt unwillkürlich den Kopf nach hinten und bietet ihm ihren Hals dar.

»Bei mir hättest du den Schutz und die Zuwendung, die du verdienst. Du gehst weiter deinem Job nach, somit bist du mir auch nichts schuldig, und ich werde warten, bis du dir sicher bist. Was sagst du?«

All das gibt er von sich, während er sie liebkost, die Schmetterlinge in ihrem Bauch ein Halleluja nach dem anderen brüllen, sich ihr Unterleib sehnsüchtig zusammenzieht, ihre Knospen unter dem dünnen Stoff des Kleides hart werden und sie sich zunehmend windet.

Plötzlich erscheint ihr alles so unvorstellbar einfach. Weg von hier, von den höhnischen Grimassen, von dem Schweigen und dem lautlosen Spott, der ihr allerorts entgegenschlägt.

Vielleicht kann sie doch bei Paul arbeiten und diesen fiesen Jabba hinter sich lassen. Und er hat gesagt, dass er sie nicht unter Druck setzen will, wenngleich Sophia momentan überhaupt nicht mehr davon überzeugt ist, dass sie diesen Mann nicht eines Tages wirklich lieben könnte.

Denn er beschützt sie, er ist für sie da und er lässt sie nicht allein. Er als Einziger!

Unter Mühen, der Orgasmus kündigt sich bereits akut an, schlägt sie die Lider auf und blickt in sein erstaunlich unbewegtes Gesicht. »Ja!«

Er lächelt. »Braves Mädchen.«

Dann verstärkt er den Druck auf ihren Kitzler, was sie sofort kommen lässt, während seine Lippen sich auf ihre pressen und Sophias Schreie ersticken, sodass niemand etwas von den schlüpfrigen Vorgängen an Tisch sieben mitbekommt.

Nun, *fast* niemand.

Denn Ethan, der sich gerade eine kleine Verschnaufpause gönnt, entgeht es keineswegs, und seine Miene ist nicht nur leicht erstarrt, sondern zu einer emotionslosen Maske versteinert ...

Veränderungen

Lieber Mr. Smith ...

Ich bin in der Ersten Welt angekommen, in der der Mächtigen und Reichen, in DEINER – auch wenn du höchstwahrscheinlich mal wieder keinen Schimmer von den neuesten Entwicklungen hast.

Wir wohnen viel tiefer, im Appartementkomplex, wohin du nie einen deiner feudalen Zehen setzen würdest. Doch für mich ist es das Paradies.

Mein Zimmer ist doppelt so groß wie mein gesamtes Appartement davor.

Ich habe ein eigenes Bad, das sogar über ein Bidet verfügt.

EIN BIDET!

ICH!

HAHA!

Seufzend liest Sophia die Zeilen und legt schließlich den Stift beiseite.

Ja, es verhält sich genauso, wie sie es aufgeschrieben hat. Nur die Euphorie, die ihre Zeilen an Niemand vermitteln, existiert in Wahrheit nicht. Und sie betrachtet es als Betrug an sich selbst, sie trotzdem zu verewigen. Denn in Wahrheit – und auch das weiß sie sehr genau – dient dieses Buch als Erinnerung für viel, viel später. Eines Tages wird sie es als alte Frau wieder zur Hand nehmen und längst Vergangenes und Vergessenes lesen. Es wäre falsch, eine Stimmung zu kreieren, die es in der jetzigen Realität nicht gibt.

Denn trotz all des Luxus´, der sie neuerdings umgibt, kann sie ein unangenehmes Gefühl dabei nicht immer vollständig negieren. Dabei weiß sie nicht einmal, woher es rührt.

Paul hält Wort und kommt ihr niemals zu nahe, sofern sie es nicht wünscht. Als sie sich partout an der Miete beteiligen wollte, bot er ihr an, dass sie das Putzen des sieben Zimmer Palais übernimmt und die Gäste bewirtet, wenn welche erscheinen.

Womit sie hier keineswegs für umsonst wohnt, sondern ihren Anteil leistet. Eigentlich müsste alles gut sein.

Doch das ist es nicht.

Hin und wieder fordert er verhalten und immer sehr höflich einen Kuss und seine Hand stiehlt sich zwischen ihre Beine. Sie weiß, es ist nicht richtig und auch nicht normal, dennoch genießt sie die kleinen Höhepunkte, die er ihr innerhalb weniger Sekunden bereiten kann und damit auch die Macht, die er über sie besitzt. Doch er unternimmt niemals Anstalten, zu ihr ins Bett zu kommen oder sie in seines zu komplimentieren. Geschweige denn, dass er sie mit *seinem* Verlangen nach ihr behelligen würde.

Eine Win-win-Situation, sozusagen, wobei ihr nicht unbedingt klar ist, was er momentan gewinnt. Doch es müsste gut sein, wenn beide damit einverstanden sind.

Aber das ist es nicht.

Zunehmend überhäuft er sie mit Geschenken, bringt ihr immer etwas mit, sei es teures Parfüm, Schmuck oder die obligatorischen Blumen. Dieser Mann ist aufmerksam, zurückhaltend und stets mit diesem wissenden und gerade deshalb beruhigenden Lächeln versehen … Manchmal fühlt sie sich wie eine Prinzessin, auch wenn sie immer noch täglich auf Knien um schmutzige Klos rutscht.

Und trotz alledem ist es nicht wirklich gut, denn es fühlt sich nicht so an.

Hier ist sie fremd, Freunde existieren nicht und die Anonymität bringt sie um. Sie hat niemanden, dem sie sich anvertrauen kann, außer die imaginäre Ausgabe Mr. Smiths.

Bei den in schöner Regelmäßigkeit erscheinenden Gästen handelt es sich immer um Männer, die ihr nicht gefallen – und hierbei bezieht sie sich weniger auf das Äußere. Das ist in einigen Fällen sogar extrem gut. Wenn sie aber die Getränke, den Kaffee oder auch das Gebäck serviert, wird sie stets von lüsternen, ungenierten, anmaßenden und verdammt selbstgefälligen Blicken ausgezogen.

Nie spricht jemand dieser düster und gefährlich wirkenden Fremden mit ihr, doch mit dem untrüglichen Instinkt jener Hure, die fast aus ihr geworden wäre, spürt sie deren stetig wachsendes Interesse und die Überzeugung, dass sie sich die kleine Bedienung nehmen könnten, wenn sie wollten.

Sie tun es nie, lassen auch nie echte Anstalten erkennen, und in den weniger paranoiden Sekunden ist sie davon überzeugt, dass Paul so etwas niemals zulassen würde. Doch sicher ist sie nicht. Sophia hasst dieses ständige Taxieren, dieses Abschätzen und bereut schon bald, auch den Part des Bewirtens übernommen zu haben.

Dabei könnte alles so schön sein.

Wahrscheinlich ist sie das einzige Putzmädchen, das es von Deck F auf die obere Ebene geschafft hat. Die Observation wurde von Baker kommentarlos eingestellt, auch wenn er sie herablassend mustert, wann immer sie sich zufällig begegnen, was glücklicherweise nicht sehr häufig vorkommt.

In Pauls Wohnung fühlt sie sich nicht unwohl, obschon sich inzwischen Rituale eingeschlichen haben, die sie nicht unbedingt ... *abstoßen*, sondern nur leicht die Stirn runzeln lassen. Im Grunde müsste sie dem Einhalt gebieten, tut es nur nicht ... denn auf eine abgefahrene Weise mag sie es, und sie will das soeben Gewonnene nicht verlieren. Denn dann gäbe es keinen Ausweg mehr und sie säße sprichwörtlich auf der Straße.

Genau das will Sophia mit allen Mitteln vermeiden.

Und so vergeht die Zeit, aus Tagen werden Wochen, Ungewohntes verliert gleichsam seinen Glanz als auch den Schrecken, und bald scheint es, als würde sie schon ewig bei Paul wohnen ...

* * *

An einem Donnerstagmorgen schiebt sie wie üblich ihren Putzwagen durch die Gänge.

Das Ganze geschieht automatisiert. Putzen birgt in sich den

Vorteil, dass man dabei selten überlegen muss, weshalb Sophias Gedanken mal wieder ganz woanders sind.

Ihre Wohnung wurde von einem Umzugsunternehmen geräumt, das Meiste landete nach Pauls Hinweis, dass sie es nicht mehr benötigen würde, auf dem Sperrmüll. Es hat sie nicht viel gekostet, schon gar keine Tränen, doch manchmal bereut sie, nicht auf die Mitnahme *eines* Möbelstücks beharrt zu haben. Als letztes Indiz ihres alten Lebens, sozusagen.

Während sie in Price′ Appartment wie üblich diverse Spielsachen findet, natürlich benutzt, daneben auch einen *pinkfarbenen* Slip und gleich gefärbte Haare auf dem Laken ausmacht, überlegt sie sich, dass manche Leute einen echten Knall haben.

PINK?

Womöglich ist der Typ schwul. Also, Sophia kennt keinen heterosexuell orientierten Mann, der auf rosa Unterwäsche steht. Nun, soll ihr egal sein, es ist ja nicht so, als wenn ihr Leben auch nur annähernd nach Schema F verlaufen würde.

Schon ist sie in Gedanken wieder bei Paul und den Seltsamkeiten, die sich eingeschlichen haben. Unmerklich, es ist einfach so gekommen … Und ein Teil von ihr, derjenige, der schon immer anders als die anderen war, mag diesen besonderen Aspekt zunehmend.

Kehrt Paul am Abend von was auch immer heim, sitzt sie bereits im Sessel, das Höschen fehlt. Irgendwann hat er ihr gütlich den Vorschlag unterbreitet, es zuvor zu entfernen. Aber immer überlässt er ihr die Entscheidung, die allerdings auch stets nach seinen Empfehlungen ausfällt. Üblicherweise trägt sie ein Oberteil mit Spaghettiträgern und darunter keinen BH – auch das hat er eines Tages auf seine unaufdringliche Art in den Raum geworfen. Er schenkt ihr einen süßen, nur mäßig leidenschaftlichen Kuss. »War mein Mädchen heute artig?«

Dies wird tunlichst bejaht, und dann lächelt er. »Dann wollen wir es auch angemessen belohnen. Zeig mir deine schönen Brüste, Baby!«

Ohne zu zögern gehorcht Sophia, ihre Finger beben sogar erwartungsvoll. Schon lange hat ihr Spiel jede Peinlichkeit verloren. Denn sie weiß, dass sie jetzt bekommen wird, was sie will, ohne dass sein Penis zum Einsatz gebracht wird.

Ja, er hat sie nicht belogen, er sorgt dafür, dass es ihr gut geht. Zum ersten Mal seit vielen Monaten des sexuellen Entzugs fühlt sie sich wieder wie eine Frau. Und wenn sie ihn mal nicht sehen will, dann senkt sie einfach die Lider und stellt sich vor, es sei Mr. Smith. Ab und an schiebt sich das Bild eines anderen dazwischen. Eine Zeit lang hat sie energisch versucht, ihn zu vertreiben, dann aber bemerkt, dass sie sich auf diese Art nur um das Erlebnis bringt. Daher hält es sich die Waage, ob sie es mit Mr. Smith treibt oder mit dem X-Men, der in seiner dämlichen Bar mit der untreuen, stets schlecht gelaunten Klara versauern soll!

Paul besorgt es ihr.

Und wie!

Er weiß genau, wie er ihre Brüste verwöhnen muss, damit sie fast davon bereits kommt. Schon, wenn sie das Oberteil fallen lässt, ist sie so feucht, dass sie sich angewöhnt hat, heimlich ein Tuch unterzulegen, um die Polster des Sessels zu schützen. Erst hat er sie immer nur manuell befriedigt. Mit zwei, später sogar drei Fingern. Doch als sie eines Tages seine Lippen und die so wissende Zunge zwischen ihren Beinen spürte, die sie saugend und leckend ins Paradies beförderten, war das Aufbegehren nur kurz, bevor sie sich in die tiefe Umarmung der Wonne gleiten ließ, die er ihr auf diese Art bereitet.

Mittlerweile spreizt sie die Beine, ohne dass er sie dazu auffordern muss, hebt ihm das Becken entgegen, lässt sich gehen, zeigt ihm, wie sehr er sie verwöhnt, und ist sich nicht zu schade, es ihm auch zu sagen, wenn er sie dazu auffordert. Stetig schneller hat er sie so weit, dass sie kommen könnte, doch sie wird immer länger von ihm hingehalten. Er spielt mit ihr, treibt sie bis zur Ekstase und holt sie dann mit einem Kniff, einem derben Zwicken, manchmal auch einem Biss wieder zurück in die Realität, um sie die Leiter erneut erklimmen zu lassen.

Manchmal erteilt er ihr Anweisungen, die jedoch stets so verhalten und ... *süß* ausfallen, dass sie inzwischen eine Art Anbetung für diesen selbstlosen Mann entwickelt hat, der ihr allabendlich so viel gibt und sich überhaupt nichts nimmt. Neuerdings hätte sie ihm sogar freiwillig einen geblasen, ehrlich, es hätte ihr nichts ausgemacht. Sie findet es ziemlich unfair, immer nur zu nehmen und nie zu geben. Doch er macht nie Anstalten, sie zu bitten, und bisher brachte sie noch nicht den Mut auf, es ihm anzubieten. Aus Angst, er würde sie doch endlich für eine Nutte halten. Wenn sie dann schreiend und atemlos kommt, nimmt er sie in die Arme, wispert ihr zu, wie gut sie ist, wie sexy, wie schön, wie außergewöhnlich und begabt, und sie driftet aus ihren Träumen zurück in die Gegenwart. Anfänglich war sie enttäuscht, doch jetzt genießt sie den Umstand, dass es Paul ist, der sie hält.

Niemals fordert er, dass sie ihren Job aufgibt, und auch dahinter erkennt sie seine bemerkenswerte Freundlichkeit und Selbstlosigkeit. Denn dass sie für andere putzt, ist ihm durchaus ein Dorn im Auge, er hat es ihr gesagt.

Allerdings versucht er nie, sie zu irgendetwas zu zwingen. Und auch dafür ist sie ihm unendlich dankbar.

* * *

Jetzt ist sie bei Mr. Kastjanov angelangt, dem alten notgeilen Sack auf der Etage unter Price, der ihr heute besonders anhaltend den Hintern massiert. Seine Frau liegt mit Herzproblemen im Krankenhaus, daher ist er mutig.

Es stört sie noch immer, doch das neue Bewusstsein, dass sie derartige Anzüglichkeiten beenden *könnte*, lassen die Dinge weniger unerträglich erscheinen. Sie schafft es sogar auf ein süßes Lächeln, bevor sie sich erhebt und außerhalb der Reichweite dieser widerlichen Gichtfinger bringt.

Grübelnd – das macht sie neuerdings beinahe ständig, vielleicht hat Paul sogar in dieser Hinsicht recht – geht sie in das Bad des Alten und beginnt hier mit dem Putzen.

Wo diese Geschichte mit dem kleinen und so fähigen Paul endet?

Nun, das steht für sie fest. In nicht allzuferner Zukunft wird sie sich als seine von ihrer Schicht und gleichfalls von seiner verabscheuten Schickse wiederfinden. Die Geliebte jenes Pauls, der sein Geld garantiert nicht mit dem Waschsalon macht, so viel ist auch ihr nicht verborgen geblieben. Er hat seine Finger in halbseidenen Geschäften, schon seine seltsamen Gäste lassen auf nichts anderes schließen. Sie ist klug genug, um nicht mehr wissen zu wollen. Es kommt ja nicht unbedingt unerwartet. Die Gerüchteküche um Paul Walker brodelt bereits seit ihrem Einzug im Tower mächtig.

Sophia ist nicht stark oder in der Lage, aus Stolz zu leiden, und sie weiß, dass sie sich nicht mehr lange zur Wehr setzen kann, bevor sie zu ihm in das riesige Bett krabbeln wird.

Und dann ...

Kaum denkt sie an seine talentierte Zunge, breitet sich wieder diese erwartungsvolle Feuchtigkeit in ihrem Höschen aus, und sie schließt die Lider. Kann man sich in bestimmte Körperteile eines Mannes verlieben? Zweite Frage: wenn sie seine Zunge, die Lippen und die Finger jetzt schon derart vergöttert, wie wird das erst bei seinem Penis sein, wenn sie ihn dann doch endlich in ihren Körper lässt?

Manchmal kann man auch ohne hinzusehen putzen und sich dabei überlegen, dass man wirklich nicht viel Stolz besitzt. Aber sie fühlt sich nicht schlecht. Möglicherweise ein wenig resigniert, aber ist es denn so schlimm, mit jemandem zusammenzugehen, der einen glücklich machen kann, auch wenn man ihn nicht in der Gesamtheit liebt, sondern nur einzelne Teile von ihm?

Seit mehr als vier Wochen ist sie jetzt bei Paul und ja – es *gibt* noch immer diese Momente, in denen sie zweifelt, und sie war für keine winzige Sekunde euphorisch. Aber sie fühlte sich auch für keinen Moment unglücklich. Er ist kein Säufer, kein Versager oder gar einer von diesen Schlägertypen, die einmal wöchentlich ihre Frau verprügeln und dann im nächsten Pub ihren Lohn versaufen. Diesem grausamen Schicksal ist sie entflohen. Und dem nur unter anderem. Sie wollte dieses Los nicht annehmen, ging einige falsche Wege – was sie gern zugibt –, bevor sie sich mit jungen zwanzig Jahren aufmachte, die Welt – sprich: den Tower – zu erobern.

Scheint fast so, als *hätte* sie es geschafft. Für ihre Verhältnisse genügt der Istzustand allemal. Obwohl sie jetzt neue Uniformen tragen müssen.

Angewidert sieht sie an sich hinab. Das ist so ... Klischee, dass es schon wieder witzig ist.

Ihr Rock ist jetzt um satte zwanzig Zentimeter kürzer und bedeckt gerade mal so ihre Oberschenkel. Die Strümpfe sind geblieben, aber wenn sie sich bückt, sieht man ihre Strapse. Die Bluse ist tiefer ausgeschnitten und kann nicht mehr am Kragen geschlossen werden. Zwangsläufig sieht man ihre Brüste, das lässt sich mit keinem noch so genialen Trick verhindern. Die Schuhe sind geblieben, ehrlich es wäre auch ein echter Witz gewesen, hätte sie ihren Job neuerdings in High Heels versehen sollen. Hinzu kommt das Häubchen, welches das Outfit der kleinen Putznutte – die sie wohl verkörpert – perfekt macht. Make-up ist nicht mehr ein *Kann*, sondern inzwischen ein *Muss*. Wenn auch dezent.

Als sie die Neuerung zum ersten Mal sah, dachte sie ernsthaft an Kündigung, denn dass *dies* die männlichen Kunden nur noch zusätzlich anheizen wird, ist ja wohl sonnenklar. Viele von ihnen sind stets anwesend, wenn sie ihrem Job nachgeht. Eigentlich ist dieser Price der Einzige, der sich noch nie blicken ließ. Kaum gedacht schnaubt sie laut. Logisch nicht! Der Typ ist schwul, verdammt! Warum sollte er auf das weibliche Zimmermädchen lauern? Ob Baker von Price` Neigungen weiß? Bestimmt nicht, ansonsten hätte er garantiert bereits ein paar junge, hübsche Männer ins Team geholt.

Kopfschüttelnd schiebt sie ihren riesigen Wagen in den Flur; als sie ihn in den Aufzug wuchtet, beschleunigt sich bereits ihr Herzschlag und die Atmung wird zunehmend hektisch. Schmetterlinge sammeln sich in ihrem nicht mehr ganz so unterversorgten Unterleib zum ultimativen Angriff, und plötzlich durchströmt sie die Gewissheit, nach der sie so lange gesucht hat.

Das ist es! *Deshalb* tut sie das alles, darum hat sie nicht gekündigt, läuft mittlerweile umher wie eine schlechte Freizeitnutte und lässt sich die zittrigen Finger des alternden Idioten gefallen.

Denn ihr nächster und damit letzter Stopp des Tages gilt *dem*

Appartement.

Mit einem Mal sind alle unangenehmen Gefühle wie weggeblasen. Neuerdings verspürt sie keine mehr, sobald sie in der entsprechenden Etage eingetroffen ist. Dies ist das Highlight des Tages.

Als sie den ungelenken Wagen in den Flur zerrt, leidet sie unter Schnappatmung, und bevor sie tatsächlich die Tür öffnet, kontrolliert sie noch einmal ihr Haar und legt Lipgloss nach. Witzig hierbei ist, dass sie das eigentlich vor jedem neuen Appartement tun soll, es aber immer unterlässt. Scheiß auf Baker und seine Zuhälteranweisungen! Der kann sie kreuzweise! Sie hat das nicht mehr nötig!

So hält sie es *normalerweise*, nur nicht hier, weshalb ihr Benehmen mal wieder so ziemlich peinlich ist.

Diese Feststellung überdenkt sie flüchtig und schnaubt dann verächtlich.

Und wenn schon!

Mr. Smith in Nöten

Bereits, als sie die Tür öffnet, weiß sie, dass etwas nicht stimmt.

Die Atmosphäre wirkt gespenstisch, still und verlassen. Der übliche exquisite Parfümgeruch fehlt vollständig, stattdessen erfüllt satter, abgestandener Alkoholdunst die Luft, der sie abrupt stoppen lässt. In ihrer Verwirrung vergisst sie sogar, die Tür zu schließen.

»Hallo?« Das gleicht mehr einem Wispern als einem Ruf, und wie befürchtet erhält sie keine Antwort. »Madam?« Es kommt bedeutend hörbarer, wenn auch ziemlich rau. Und noch etwas lauter »Sir?«

In ihre sprichwörtliche Ratlosigkeit hinein vernimmt sie ein dunkles Stöhnen, das eindeutig aus dem Bad stammt. Einen Schockmoment später wirft sie die Tür zu, stürzt endlich los und findet ...

Mr. Smith, der sich kniend über das Klo beugt. Der saure Geruch erklärt, was er da treibt, und der vom Whisky, weshalb. Trotz ihrer Abneigung gegen alkoholisierte Männer wird sie sofort von einer Welle des Mitleides überschwemmt.

Er ist so hilflos!

Sofort hastet sie zu ihm, will ihn sogar anfassen, doch dann macht sich die jahrelange Erziehung bemerkbar und ihre Hände verharren leicht zitternd über ihm. »Sir? Geht es Ihnen nicht gut?

»Hmmmmmm«, macht er und wischt sich unbeholfen über den Mund. Sein sonst so ordentliches Haar steht nach allen Seiten ab und seidig wirkt es auch nicht, eher verklebt und ... ein bisschen *schmierig.* Der Knoten der Krawatte – bisher hat sie ihn nicht häufig mit einer gesehen – wurde extrem gelockert, und der Stoff hängt lässig über seiner Schulter, als hätte er sie sicherheitshalber zur Seite getan. Sehr umsichtig.

Die obersten Knöpfe seines Hemdes stehen offen ... *so offen*, dass sie darunter endlich die muskulöse, braune Brust bewundern darf, die sie sich seit so vielen Monaten in ihren Träumen vorstellt. Allerdings gelingt ihr das erst, als er sich halb aufrichtet und sie anglotzt. Eine Weile dauert es, doch dann bildet sich ein irres Grinsen auf seinen atemberaubenden und total betrunkenen Zügen. »Schneewittchen! Da bist du ja endlich!«

Wer?

Egal ...

»Sir … Geht es Ihnen nicht gut?«

»Mir?« Die vorübergehende Verwirrung wird umgehend vom nächsten, echt debilen, Grinsen abgelöst. »Mir geht es hervorragend! Zum ersten Mal seit ... äh ... Monaten, glaub ich ...

»Aber ...« Inzwischen hat sie sich neben ihn gehockt. »Sir, Sie müssen aufstehen!«

Das überdenkt er und nickt schließlich. »Du hast recht, Engelchen.«

Engelchen!

Wie benommen starrt Sophia ihn an, und ganz nebenbei verschwindet dieser widerliche Gestank aus ihrem Bewusstsein. Selbst die Spucke, die sich an seinem Mundwinkel als Faden nach unten zieht, ist irrelevant. Genau wie die rote Nase und die glasigen Augen. Es geht ihm schlecht, und sie muss sich um ihn kümmern.

Das ist von einziger Relevanz.

Als er sich schwankend aufrichtet, greift sie resolut zu. Mr. Smith scheint es nicht mal zu bemerken, der gluckst nur leise vor sich hin. Doch als sie ihn hinausgeleiten will, stemmt er sich gegen sie, und sie sieht verwundert in sein ziemlich verzerrtes, aber noch immer wunderschönes Gesicht. »Sie müssen ins Bett, Sir! Sie sind krank.«

Na ja, in Wahrheit ist er sturzbetrunken, aber das auszusprechen hätte nicht edel genug für ihn geklungen. Wie die Entweihung eines Heiligen. Allerdings scheint er sie nicht zu hören, denn nachdem er sich mit Leichtigkeit aus ihrem Griff befreit hat, löst er in aller Seelenruhe den Knopf seiner Hose, wobei er gefährlich taumelt.

Wieder will sie zugreifen, mittlerweile bringt sie die Sorge um ihn fast um. Wenn er ausrutscht und mit dem Kopf auf das Waschbecken knallt, auf das Bidet oder sogar auf das Klo oder auf die harten Fliesen. Eilig ramscht sie für den Fall der Fälle ihr dürftiges Wissen über Erste-Hilfe-Maßnahmen zusammen, findet aber leider nicht viel.

Nach wie vor nestelt er an seiner Hose, und sie sieht schnell zur Seite. Mr. Smith bemerkt von ihren Schwierigkeiten nichts, der bewältigt endlich glücklich den Knopf, öffnet danach den Reißverschluss und entblößt darunter unspektakuläre Boxershorts ... aber es *sind* welche, sie hatte auch in diesem Belang recht.

Ihr Gesicht glüht. Was hat er denn vor? Als es unvermutet kracht, schreit sie vor Schreck auf, doch er ist nur glucksend auf dem Klo gelandet und betrachtet sie, als hätte er sie gerade erst bemerkt. Dann hebt sich sein belehrender Finger. »Wenn du glaubst, dass ich jetzt fertig bin ... dann ... hast du dich schwer getäuscht, Honey ...«

* * *

Der Mann meint genau, was er sagt, denn er bringt lange auf dem Porzellangefäß zu. Irgendwas gibt sein Körper von sich, wovon Sophia nicht exakt erfahren will, was es ist. Lieber konzentriert sie sich auf die Tatsache, dass er ihre Anwesenheit in einem solch intimen Moment duldet, und versucht sich permanent einzureden, dass das gut ist!

Echt!

Zwischenzeitlich nickt er weg und schnarcht ein bisschen vor sich hin. Sophia hält seinen Kopf, damit der befürchtete Unfall nicht doch noch eintritt, und kämpft erfolglos gegen die aufkommenden Erinnerungen.

Vergeblich. Dieser saure Geruch, der immer noch den Raum flutet, agiert wie ein Zeitreisetrank.

Sie sieht *ihn* mit erhobenen Fäusten vor sich, die berühmt/berüchtigte Ader pocht hektisch an seiner Schläfe, das Gesicht ist aufgedunsen und rot, während er gemächlich zu ihrer Mommy hinübergeht und deren zarten, so geliebten Körper mühelos in die Höhe stemmt. Nicht etwa sanft, oder als Art akrobatische Einlage, um der Tochter eine Freude zu bereiten, sondern wie Klafterholz, das ihm frecherweise im Weg ist. Noch einmal fletscht er die Zähne, verharrt für einen langen Moment genau so und dann stößt er sie von sich.

Sophia hört das Splittern der Vitrine, die so inbrünstig von ihrer Mutter gepflegt wurde. Seitdem sie zurückdenken kann, stand sie in der sonst so penibel sauberen elterlichen Wohnung, deren Mobiliar innerhalb der vergangenen Minuten mehr oder weniger zu Kleinholz verarbeitet wurde.

Keine Reue lässt sich in seiner Miene erkennen, kein Bedauern, nicht einmal Verwirrung. Er reibt sich die Hände, als wolle er signalisieren, endliche eine längst fällige Tat zu seiner Zufriedenheit vollbracht zu haben, schreitet in die Küche, wobei er kein bisschen schwankt, nimmt sich ein neues Bier aus dem Kühlschrank, schaltet den Fernseher ein und führt sich in aller Seelenruhe sein Scheiß Footballspiel zu Gemüte, während ihre Mommy reglos in der Ecke liegt.

Einfach so ...

Heftig schüttelt sie den Kopf, um ihn von diesen widerlichen, verhassten und gleichfalls gefürchteten Bildern zu klären. Dies ist Mr. Smith – nicht ihr verdammter Erzeuger! Erstens wirkt er nicht gewalttätig und zweitens braucht er noch immer ihre Hilfe.

Mittlerweile schläft er tief und fest und droht ständig, dabei umzukippen. Sie weiß, dass sie ihn im Zweifelsfall nicht halten kann, ramscht deshalb allen Mut zusammen und nimmt ihn an den Schultern. »Mr. ... äh ... Miller?«

Erst beim vierten, mittlerweile panischen Rufen, hebt sich der Kopf ein wenig und er fixiert sie benommen. »Huh?«

»Sie müssen in Ihr Bett! Sie können hier nicht sitzen bleiben!«

»Nenn mich Jim.«

Ihr Gott heißt Jim!

Jimmy!

Wie Jamie ...

Nur leider ist das übernatürliche Wesen bereits wieder eingepennt. Jetzt rüttelt sie ihn heftig, schließlich sind sie beim ›du‹, und unter Freunden ist so was erlaubt. Er reagiert unwirsch, will ihre Hand wegschlagen, verfehlt sie aber immer wieder, und sie rüttelt mit wachsender Angst weiter. Nicht, dass er sie auch in eine Ecke feuert. Könnte schmerzhaft werden. Oder tödlich ... sie weiß es aus erster Quelle.

Aber nichts davon geschieht. Seine Aggressionen halten sich in Grenzen und versiegen stets, sobald sie aufgeflammt sind. In Wahrheit wirkt er leicht dümmlich, besonders, weil das Spuckerinnsal noch immer da ist. »Ich will pennen, geh weg, jetzt nicht!«

»Das kannst du ja! Ich bringe dich in dein Bett. Hier kannst du unmöglich schlafen!«

Unter sichtlichen Mühen reißt er seine Lider auf. »Nicht?«

»Definitiv nicht. Komm!«

Und, oh Wunder! Diesmal diskutiert er nicht. Allerdings sieht es mit dem Laufen schlecht aus, denn seine Hose hängt in den Kniekehlen, weshalb ihr nichts anderes übrig bleibt, als sich vor ihn zu knien, und ihn des Teils zu entledigen, wobei er sie mit süffisantem Grinsen beobachtet. »Das gefällt dir, Schneewittchen, oder? Hau ja nicht ab!«

Sie holt dreimal kräftig Luft, ignoriert die glühenden Wangen, zieht ihn auf die Beine und dann die Shorts hoch. Dabei gibt sie sich Mühe, nicht auf seinen Penis zu starren, der sich jedoch ständig in ihr Blickfeld drängt und garantiert nicht schläft. Nein, der ist riesig und scheint nur auf sie gewartet zu haben.

Jim honoriert ihr Tun mit einem zufriedenen Grinsen und lässt sich schließlich ins Schlafzimmer führen. Ohne ein weiteres Wort knallt er sich auf die Matratze, der Kopf fällt zur Seite und er schläft tief und fest.

Unschlüssig steht sie vor ihm.

Die Smiths sind immer ihre letzte Station des Arbeitstages. Er hat sie gebeten zu bleiben (allein bei der Erinnerung an seinen

Befehl rast ihr Herz erneut). Und außerdem geht es ihm wirklich nicht gut, unabhängig von seinem derzeitigen Zustand. Sie hat keine Ahnung, was passiert ist, damit er sich derart betrinkt, aber es muss verheerend sein. Möglicherweise ist das Fehlen des Drachens daran nicht unschuldig.

Wenn ihm was geschieht, wäre er ganz sich selbst überlassen, weil diese dämliche Frau sich ja offensichtlich nicht um ihn kümmert. Nur Sophia ist ihm geblieben und Selbstlosigkeit seit jeher ein unbedingtes MUSS!

Ach scheiß! Unwirsch runzelt sie die Stirn. Sophia will nicht gehen, er ist allein, sie bei ihm.

Was soll´s?

Und jetzt, so schlafend (vom Schnarchen mal abgesehen) wirkt er fast wie *ihr* Mr. Smith.

Okay, fast!

Kaum gedacht, begibt sie sich zurück ins Bad, kehrt wenig später mit etwas feuchtem Klopapier wieder und wischt ihm den Mundwinkel sauber.

Dann tritt sie einen Schritt nach hinten und betrachtet ihn abschätzend, bevor sich ein sanftes Lächeln auf ihrem Gesicht ausbreitet.

Perfekt!

Allein mit Mr. Smith

Der Drache lässt sich nicht blicken, und Mr. Smith schläft auch noch nach zwei Stunden, tief, fest und ziemlich laut.

Sophia sitzt an seiner Seite und zwingt sich, ihn ab sofort Jim zu nennen. Nur, um ein wenig die Illusion zu zerstören, die er bisher für sie verkörpert hat. Warum? Na ja, weil sie plötzlich *real* geworden ist! Da ist es doch unmöglich, ihn länger mit ihrer Fantasiegestalt zu assoziieren, an die sie ihre blöden Tagebucheinträge richtet. Dieser Mann ist real; der Raum ist real; sie ist real, dass sie mit ihm allein ist, ist sogar verdammt real, und dass er sie Schneewittchen nennt, auch. Schon lächelt sie wieder und fühlt die Hitze, die sich langsam in ihren Wangen verteilt.

Also hat er ihr einen Spitznamen gegeben, womit er sie eben *doch* bemerkt hat. Betrunkene lügen nicht.

Flüchtig fällt ihr die allabendliche Verabredung mit Paul ein, und ihr Unterleib zieht sich sehnsüchtig zusammen, doch Jim ist allemal wichtiger.

Selbst an Baker denkt sie, der sich unter Garantie demnächst extreme Sorgen um seinen Scheißwagen machen wird – und diese Idee lässt sich nicht so einfach eliminieren.

Ob sie will oder nicht, das *muss* sie klären. Ansonsten wird er ihr möglicherweise so viel Lohn streichen, dass sie demnächst noch was mitbringen muss. Als Dank, für *The Hutt* arbeiten zu dürfen. Schnell sendet sie eine SMS, deren Wortlaut sehr kurz und vage gehalten ist:

Einsatz bei den Millers heute länger als üblich.
S.W.

Entlassen wird er sie nicht, Paul wird ihn daran hindern. Wird er doch, oder?

Die bislang so sicher geglaubte Tatsache fühlt sich mit einem

Mal total unwirklich an. Als hätte sich dieses Kapitel – Paul Walker – soeben für immer geschlossen, als wäre sie in ein neues übergetreten, dass sich Jim Miller nennt. Es ist albern, doch sie fühlt sich so. Und hat sie nicht mit der Entscheidung, hierzubleiben, auch noch eine ganz andere getroffen?

Die Existenzängste bleiben aus, stattdessen verharrt sie neben ihrem schnarchenden Traumprinzen, bewacht seinen Schlaf und denkt nichts.

* * *

Es vergeht noch eine weitere Stunde, bevor er sich rührt.

Umgehend erstarrt sie, während er blinzelt und stöhnt, sich die Stirn hält (die Geste kennt sie und leidet mit ihm). Schließlich schlägt er die Augen auf, und blinzelt erneut, sobald er sie erspäht, bevor ein schlaftrunkenes »Schneewittchen?«, erklingt.

»Sieht so aus«, erwidert sie vorsichtig.

»Was tust du hier?«

»Putzen?«

Das war blöd, und er honoriert die Bemerkung sichtlich verwirrt, doch dann lächelt er wieder, und diesmal ist es ein echtes Mr. Smith – okay, okay, *Jimmy* – Lächeln.

»Es ging Ihnen nicht gut«, verteidigt sie sich trotz nicht erfolgter Anklage.

»Bullshit, ich war stinkbesoffen! Genau genommen bin ich das immer noch. Wie lange war ich weg?«

»Nicht sehr lange«, antwortet sie noch behutsamer und rückt ein wenig von ihm ab, nur um sich nicht unvermutet in seine Arme zu werfen. In Nähe ihres Gottes ist sie nie ganz zurechnungsfähig.

Jim gähnt herzhaft und zeigt ihr dabei sein makelloses Gebiss. »Na ja, nicht lange genug, schätze ich.« Er betrachtet sie genauer. »Schneewittchen, meinst du, du kannst mir einen Kaffee besorgen?«

Oh, sie darf ihm Kaffee kochen! *Das ist eine Beziehung!* Ehrlich, miteinander Cocktails zu trinken, in irgendwelche Bespaßungseinrichtungen zu gehen und sich allabendlich zum Orgasmus bringen zu lassen, ist keine. Jedenfalls hat es sich niemals so angefühlt.

Und warum? Weil Paul sie noch nie gebeten hat, ihm einen Kaffee zu kochen!

Ha!

Darauf muss man erst mal kommen!

Frenetisch nickt sie und findet sich wenig später in der gigantischen Küche und vor einem Hightech-Kaffeeautomaten wieder. Scheiß Technik! Warum muss hier alles vom Feinsten sein? Sie hat nämlich keinen Schimmer, wie die chromige Chrommaschine funktioniert. Außerdem zittern ihr die Hände, als erleide sie derzeit einen echt krassen epileptischen Anfall.

Suchend inspiziert sie das monsterähnliche Gebilde. Knopf? Wo ist denn hier der Knopf, verdammt? Ahhhh, da ist das gute Stück ja. Dann mal los!

Doch kaum hat sie den betätigt, macht der nicht etwa Kaffee, sondern ein verlangendes Piepen ertönt, und ihr geht auf, dass sie die scheiß Kapseln vergessen hat.

Wo sind die denn? Gibt es hier als Alternative einen Wasserkocher? Niemals – nicht in 100 Jahren – wird sie in dieser Verfassung in der Lage sein, mit der Chromheimsuchung einen Kaffee zu bereiten. Und der *muss* gut sein, das wird richtungsweisend für ihre gemeinsame Zukunft sein.

Hofft sie jedenfalls.

Endlich hat sie das gesuchte Zubehör gefunden, schafft es sogar, es ordnungsgemäß einzulegen (nach drei Fehlversuchen), versorgt das futuristische Ding endlich auch mit Wasser und hält nur ca. 20 Minuten nach erfolgter Bitte einen Kaffee in Händen, der zwar etwas dünn wirkt, aber wenigstens heiß ist.

Plötzlich vernimmt sie hinter sich ein Tappen und ihr Herz, ohnehin schon in doppelter Frequenz tätig, beginnt zu rasen. Doch, sie dreht sich nicht um, während die Blutpumpe droht, demnächst ihren Brustkorb zu sprengen.

Hände legen sich auf ihre nackten Oberschenkel, und eine unrasierte Wange taucht neben ihrer auf. »Kommst du klar, Schneewittchen?«

Mit einem Mal beben ihre Finger so stark, dass sie die Tasse viel zu schräg hält und das unter solchen Mühen hergestellte Getränk auf der hellen Oberfläche verteilt. Doch er scheint von ihrem Versagen nichts zu bemerken, denn seine Hände – Gott, sie sind so warm! – arbeiten sich nach oben vor. Berühren ihren Hintern, ihren Bauch, dann die Brüste und umschließen endlich sanft ihren Hals. Er stöhnt direkt hinter ihr; sein immer noch von Alkohol gesättigter Atem stört sie, ehe sie sich vergegenwärtigt, *wer* sie gerade *so* verwöhnt.

Doch als er einen Arm um sie legt, sie ruckartig an sich zieht und sich an ihr reibt, ist aller Widerwille vergessen. Diesmal spürt sie seine Erregung, hört ihn sinnlicher stöhnen und kommt fast, als er ihr Ohrläppchen zwischen die Zähne nimmt.

»Schön, dass du hier bist, Baby.«

Nur fürs Protokoll, sie hätte ja zu gern gewusst, wo seine Frau ist, für den Fall, dass die hier hereinschneit, doch Sophia wagt nicht zu fragen. Darüber hinaus spinnt ihr Herz immer noch, von ihrem Puls ganz zu schweigen, und in ihrem Bauch sind momentan ungefähr acht Milliarden Schmetterlinge bei ihrem schaurig schönen Werk. Ihr Unterleib pocht, sie weiß, dass ihr Höschen längst rettungslos versaut ist, und die Spitzen ihrer erwartungsvollen Brüste drängen sich nach Rettung schreiend gegen den Stoff der Bluse. Der Mund ist trocken, die Lippen rissig, und in ihren Ohren herrscht ein liebliches Rauschen, das droht, sie endgültig mit sich zu reißen.

Und *wie* erregt er ist! Längst erwidert sie seine eindeutigen Bewegungen, ihre Hüften nehmen mühelos den gleichen Rhythmus auf, als hätten sie das vorher abgesprochen. »Oh, ja«, wispert er an ihrem Ohr. Trotz des gewaltigen Tsunamis versteht sie jedes seiner Worte, die eine irre, wohlige und gleichzeitig sehnsüchtige Gänsehaut auf ihrem Körper erzeugen.

»Du hast keine Ahnung, wie sehr ich das jetzt brauche.«

Ihre klammen Finger lassen endgültig das Porzellan fallen. Erschrocken japst auf, doch er gluckst nur. »Scheiß drauf! Beweg dich härter!«

Mit aller Macht umklammert sie den Rand der Tischplatte, während seine Hände an ihr hinabwandern, ihre mittlerweile prallen, erwartungsvollen Brüste berühren, und damit ein kehliges Aufseufzen provozieren. Wie benommen lehnt sie den Kopf an seine Schulter, ist selbst überrascht, dass sie so extrem auf ihn reagiert, als hätte sie sich seit Wochen nur noch darauf konzentriert, als wäre das, was soeben Realität wird, nicht stets nur ein wilder, süßer und heißer Traum gewesen. Er geht ein wenig zurück, um besseren Zugang zu ihrer feuchten, mit einem Mal so gigantisch unbefriedigten Mitte zu erhalten. Und als er sie berührt, stöhnt er zustimmend. »Ja, du fühlst dich verdammt gut an ...« Dabei massiert er noch immer sanft ihre Brust.

Heftig beißt sie sich auf die Unterlippe, um nicht doch noch zu schreien. Die Schmetterlinge sind jetzt alle unten angekommen, sie droht auszulaufen, seine Finger bewegen sich an ihrem nassen Fleisch auf und ab, doch das will sie nicht, sie will ihn in sich, tief, und reibt sich energischer an ihm. Unterleib an Unterleib, so verheißungsvoll und sexy. Ein kleiner, fester Hintern an seiner gigantischen Erregung.

Sein fähiger Finger ist endlich in ihr, die der anderen Hand schlüpfen in ihr ausladendes Dekolleté – *ich liebe dich, JABBA!* –, überwinden den viel zu schlichten BH – hätte sie nicht was anderes anziehen können, verdammt?

»Oh ja, das ist fucking gut«, murmelt er selbstvergessen, bevor seine Finger ohne Vorwarnung aus ihr verschwinden. Die zweite Hand taucht oben auf, und er zerrt ihre Bluse mit einem finalen Ruck auseinander. Die Knöpfe werden erst von der Wand gebremst, es klingt, als würde genau hier soeben ein ziemlich gefährlicher Hagelschauer herniedergehen. Die Uniform wird sie bezahlen müssen. Nie war ihr irgendwas mehr egal.

Ungeduldig schiebt er den BH nach unten, presst damit ihre Brüste nach oben und liebkost eine davon, während sich die andere Hand wieder hinabtastet, bis hin zu ihrem flachen Bauch, den er sanft streichelt. »Ich liebe das«, haucht er dabei. »Ihr tut so unschuldig, so süß – das macht mich geil.«

WTF?

Egal!

»Aber du bist noch viel besser als die anderen ... Glaubwürdiger ... Perfekt!«

Zärtlich knabbert er an ihrem Nacken, sie stöhnt, als sich seine Hand weiter hinab bewegt, diesmal den Rock nach oben und ihren so feuchten Slip beiseite zieht. Seine Finger drängen ihre Beine weit auseinander, und schieben sich erneut in sie hinein.

Sophia keucht, ihr Atem geht nur noch flach, die Brüste heben und senken sich aufreizend. Verdammt, sie kann nicht mehr denken!

Unmöglich!

Und wenn Jabba persönlich hereinkommen würde, es wäre ihr gleich.

Unbewusst stellt sie sich auf die Zehenspitzen, damit er sie besser erreicht, während seine andere Hand gnadenlos ihre Brust stimuliert. Seine Lippen verwöhnen ihren Hals, die Finger ziehen in heißem Fleisch ihre Kreise, der Daumen immer um ihren armen Kitzler herum. Sie stöhnt, bettelt, weiß nicht einmal etwas davon, und hört ihn irgendwann glucksen. »Das willst du, kleine Schlampe!«

Oh, sie liebt Dirty Talk, wenn *er* ihn von sich gibt. Würde sein Atem jetzt noch nach Minze duften, wäre ihr Traum perfekt. Ihr Gott ist so ... dominant, und die kleine Sophia liebt es, wenn ein Mann sie beherrscht.

Plötzlich spürt sie akute Feuchtigkeit, die sich durch den Schuh auf ihren Fuß frisst, und sie fragt sich für einen wirren Moment, ob es schon so schlecht um sie steht, bis ihr der dämliche Kaffee einfällt. Verdammt, sie ist so blöd – und er so gut.

Noch immer kreisen seine Finger, und sie schlingt einen Arm um seinen Nacken, was ihre Brüste noch etwas mehr hebt. Zufrieden schmunzelt er an ihrem Hals. »Genauso ...« Dann – völlig unvorhersehbar – presst sich ein Finger auf ihre heiße, erwartungsvolle Klitoris und sie kommt wie auf Bestellung. Die vielen Erlebnisse mit Paul haben sie sensibilisiert, beinahe abgerichtet. Diesmal glaubt sie ernsthaft, zu verbrennen; schreiend und atemlos windet sie sich in starken Armen, die sie festhalten. »Oh Gott«, stammelt sie unter Tränen.

»Ja?«, erkundigt er sich milde.

»Oh mein Gott!«

»Ich bin hier, Baby.«

Jim wartet nicht, bis sie auch nur annähernd zu sich gekommen ist, bevor er sie mit Schwung herumdreht und auf den Tresen setzt. Einen Wimpernschlag später hat er auch den BH unter der bereits zerstörten Bluse zerrissen und den Rock mit einem Ruck hochgeschoben. Der Slip wird über ihre Beine gezogen.

Dann tritt er zurück und betrachtet sie leicht amüsiert. »Mit passenden Schuhen wäre es perfekt.« Kritisch neigt er den Kopf zur Seite. »Es ist trotzdem gut. Viel zu gut für mich und meine Geduld.« Noch einen Schritt geht er nach hinten, schwankt dabei ein wenig, denn er ist wirklich noch nicht nüchtern und dennoch überirdisch. So unglaublich schön mit seinem zerzausten Haar, den feuchten Lippen und dem funkelnden, begehrlichen Blick. Ganz zu schweigen von seiner Erregung, die sich deutlich unter den Boxershorts abzeichnet. Sophia will sein Hemd öffnen, um ihn endlich sehen zu können und reckt ihm verlangend eine Hand entgegen. Längst ist ihr entfallen, dass sie mit Ausnahme der Strapse, den Strümpfen und den lächerlich hässlichen Schuhen nackt, mit gespreizten Beinen und pochendem Unterleib vor ihm sitzt.

Mit der anderen Hand stützt sie sich auf dem Tresen ab, wobei ihr egal ist, dass sie inmitten einer inzwischen erkalteten Kaffeelache sitzt. Der war sowieso bestimmt nicht sonderlich gut.

»Du willst mich, ich weiß«, stellt er arrogant fest, und sie kann ihm unmöglich widersprechen. Nur ein Erröten bringt Sophia zustande, weil ihr Verhalten in all den Wochen offenbar viel zu durchschaubar gewesen war.

Na ja, was soll sie sagen ... Nichts! Keine Zeit! Denn er nähert sich ihr, fixiert sie dabei. Als sie den glatten Stoff berührt und die ersten Knöpfe löst, beschleunigt sich ihr Atem. Wie von selbst legen sich ihre Beine um seine Hüften und zwingen ihn näher.

Er umarmt sie und wispert rau »Tu dir keinen Zwang an, um den Scheiß ist es nicht schade!«

Das lässt sie sich nicht zweimal sagen. Mit einem kräftigen

Ruck reißt sie den Stoff auseinander und entblößt endlich die geliebte, breite Brust. Okay, sie enthält etwas mehr Haare als in ihrer Vorstellung, und diese sind blond, doch das stört sie nur am Rande. Denn die Form der umwerfenden Muskeln stimmt und alles andere auch.

»Mach weiter!«, fordert er energisch und sie beeilt sich, seine Shorts hinunterzuschieben.

Ein Traum, hämmert es derweil in ihrem überlasteten Hirn. Dann wischt sie alle intellektuellen Einflüsse störrisch beiseite und sieht nur noch ihn. Die schmalen Lippen, das leicht spöttische und dennoch fordernde Lächeln, sie spürt seine Hände auf ihrem Rücken, beobachtet, wie er die Kiefer zusammenpresst, als seine unvorstellbar große Härte mit einem Ruck befreit ist, sie etwas verlegen über die Spitze streicht und ein anbetendes »Oh!«, von sich gibt.

Denn er ist groß, er ist dick und er ist so bereit.

Unsicher schaut sie auf, trifft seinen funkelnden, leicht umwölkten Blick, und dann geht alles sehr schnell. Die Hände verschwinden von ihrem Rücken und er justiert sich an ihrem Eingang. »Ich werde dich jetzt ficken. Hart«, betont er und Sophia muss sich zum ersten Mal ein atemloses Kichern verbeißen. Wo hat er denn *das* her?

Gelesen?

HAHA!

Als Nächstes befindet sich eine Hand auf dem Ansatz ihres Hinterns, er schiebt sich mit Macht und ohne die geringste Gnade in sie hinein, gelangt dabei so tief, wie sie es niemals für möglich gehalten hätte und sich trotzdem bereits seit so vielen Wochen wünscht.

Paul war gut, doch was auf eine Art befriedigend war, hat sie auf andere Weise unvorstellbar unbefriedigt zurück und den Moment herbeisehnen lassen, in dem sie wieder einen Schwanz in sich spürt.

Groß.

Breit.

Sie ausfüllend und damit fähig, ihr Erlösung zu verschaffen.

Nicht mehr lange, und ihr wäre egal gewesen, WER es tut, solange es nur endlich stattfindet. Doch diese Lösung ist ihr persönlicher Himmel.

Hingerissen wirft sie den Kopf zurück und schreit auf, als er kurz drauf mit lautem Stöhnen wieder zustößt.

Noch einmal nimmt er von ihr Besitz. Ihre Finger verkrallen sich in seiner Brust, der Schweiß bricht ihr auf der Stirn aus, sie schlingt die Beine fester um ihn, ihre Lippen formen wortlos: *»Fick mich, bitte, fick mich!«*, was er tut – ein letztes Mal –, bevor er mit einem Schrei auf ihr zusammenbricht.

Scheiße!

Von falschen Göttern und anderen Idioten

Schwer atmend liegt er auf Sophia, ihr Unterleib pocht sehnsüchtig, und zu allem Überfluss befindet sich ein signifikanter Teil von ihm noch in ihr. Sie kann nicht verhindern, in ihrer Verzweiflung die Hüften zu bewegen und damit zu versuchen, mehr von ihm zu bekommen. Er lacht an ihrer Brust, platziert auf der linken Knospe einen schmatzenden Kuss, bevor er sich ohne Ankündigung aus ihr zurückzieht und damit den nächsten Schrei provoziert.

Nach wie vor ein wenig atemlos richtet Jim sich auf und betrachtet sie eingehend. »Du bist eine kleine Schlampe«, befindet er mit schmalem Lächeln. »Aber eine Süße.«

Womit er nicht ganz unrecht hat, und dennoch schmerzt es sie ein wenig, ihn so abfällig über sie reden zu hören. Nur Sekunden später hat er seine Shorts hochgezogen und verlässt die Küche. »Komm!«, befiehlt er, ohne sich zu ihr umzudrehen.

Wie versteinert sieht sie ihm nach, bemüht sich mal wieder, mit der unfassbaren Realität mitzuhalten, bevor ein Ruck durch ihren Körper geht und sie vom Tresen hüpft.

Ihre Klamotten sind versaut! Und wie! Die Bluse beschreibt nur noch einen Fetzen, der BH auch, und der Rock ist mit Kaffee getränkt. Doch ehe sie sich Gedanken darüber machen kann, wie sie heute bloß heimkommen soll, ruft er aus dem Schlafzimmer »Wo bleibst du, Schneewittchen?« und sie hastet ihm hinterher.

Als sie den Raum betritt, findet sie ihn im Bett vor, von dem aus er sie schläfrig mustert.

»Komm her, kleine, süße Schlampe!«, grinst er. Als sie sich nicht rührt, verbreitert sich sein Lächeln und er fixiert sie unter halb geschlossenen Lidern. »Nun komm schon, ich mag nicht allein sein.«

Schon ist Sophias fürsorgliche Seite reaktiviert und sie eilt zu ihm.

»Zieh den Rest aus!«, fordert er, und sie starrt überrascht an sich hinab. Ihr ist tatsächlich entfallen, dass sie noch immer Schuhe und Strümpfe trägt, die dämlichen Strapse auch. Hastig schält sie sich aus ihren übrigen Klamotten und will, sobald sie nackt ist, unter seine Decke schlüpfen. Doch sein erhobener Arm stoppt sie, er ist bereits bei der nächsten eingehenden Musterung angelangt. »Komm näher«, haucht er schließlich, und sie gehorcht, obwohl sie sich unter seinem studierenden Blick nicht sehr wohlfühlt. Sobald sie in Reichweite ist, platziert er eine Hand zwischen ihren Beinen und sie stöhnt verhalten. »Ja, es ist heiß«, sinniert er. »Viel heißer als bei ihr.«

Was wieder die Frage nach dem Verbleib seiner Frau aufwirft. Doch Sophia schweigt auch diesmal. Derzeit hat sie mit zu vielen Widersprüchen zu kämpfen, um sich auf diesen Aspekt zu konzentrieren. Seine Worte gehen ihr nicht aus dem Kopf. Die Art, wie er mit ihr spricht, wie er sich nimmt, was er offensichtlich will, sie auch, ganz klar, aber ... das alles fühlt sich immer noch wie ein Traum an. Nicht wirklich real, denn auf diese Art finden zwei Menschen üblicherweise nicht zueinander.

Ist es möglich, dass sie schläft?

Sie betrachtet sein attraktives Gesicht, in dem der Sex noch gegenwärtig ist, auch wenn es vom Besäufnis recht aufgedunsen und rot wirkt – eindeutig verlebt, zumindest im Moment. Das ist trotzdem der Mann, von dem sie seit so vielen Wochen träumt. Nur passt sein Jargon nicht zu dem Gott ihrer Fantasien.

»Du bist heiß darauf, von mir gefickt zu werden, richtig?« Sophia nickt. »Sehr tief ... und hart«, überlegt er weiter und bewegt seine Hand, den Daumen wieder auf ihrem Kitzler, was sie umgehend aufstöhnen lässt.

Keine Chance, sich zu beherrschen, diese Zeiten sind vorbei. Die vielen, vielen Abende mit Paul haben sie ganz unbemerkt beinahe dauergeil gemacht. Instinktiv schiebt sie ihr Becken vor, hat die Augen geschlossen, spreizt die Beine, lässt sich berühren, will längst wieder mehr, und fühlt den Höhepunkt bereits nahen. Nebenbei spürt sie, wie sie sich feuchter als feucht in seine Berührung schmiegt und stöhnt noch lauter. Ihre Hände zucken, wollen sich zu ihren Brüsten stehlen, und er lacht leise. »Ja, fass dich an, ich mag das! Du bist so empfänglich, das ist der Wahnsinn! Ich hatte schon viele, aber du bist ein echter Engel ... Komm her, kleiner Engel«, wispert er und lüftet die Decke.

Das lässt sie sich nicht zweimal sagen. Dankbar, dass er sie endlich aus dieser unwürdigen Situation befreit hat, legt sie sich zu ihm. Doch sobald sie ihre Blöße verhüllen will, richtet er sich neben ihr auf, und legt ihre Brüste frei. »Du bist schön«, bemerkt er verhalten und wieder mit diesem Funkeln, das sie so liebt. Auch dass seine Wangen nicht glatt rasiert sind, mag sie. Es lässt ihn menschlicher, reeller erscheinen, in einem Moment, von dem sie immer noch nicht weiß, ob er überhaupt stattfindet.

»Und wenn du erregt bist, dann wirkst du sogar noch schöner«, fährt er fort, packt ihren Unterkiefer und zwingt ihren Kopf höher, um ihr in die Augen zu sehen. »Willst du gefickt werden, Schneewittchen?«

Oh, und wie sie das will! Natürlich bringt sie nur ein Nicken zustande.

»Das dachte ich mir, weil du eben eine unersättliche Schlampe bist. Aber das ist okay, das seid ihr alle.«

Damit beißt er flüchtig in ihre starr aufgerichtete Brustwarze. Sie schreit auf, doch er legt sich bereits auf den Rücken, einen Arm über seiner Schläfe, und für eine lange Weile herrscht Stille. Allerdings tastet sich seine freie Hand unter die Bettdecke und zwischen ihre Beine. Diesmal bewegt er sie jedoch nicht, und sie wagt nicht, sich zu rühren. Denn erst jetzt wird Sophia allmählich bewusst, dass sie sich im Bett mit einem wildfremden, verheirateten Mann befindet.

In dessen *Ehebett*

Verdammt, sie hat mit diesem, ihr doch so Fremden *gevögelt.*

Heiß!

Geil!

Sophia weiß nichts von ihm und ihre Träume erscheinen ihr mit einem Mal so lächerlich. Denn was immer sie sich dort ausgemalt hat, das ist er nicht. Dankbar registriert sie, dass sein wahres Wesen sie keineswegs abstößt. Bis auf ein paar Kleinigkeiten ist er noch immer perfekt. Sie mag seinen Körper, genießt es, ihn in sich spüren – will es sogar – und begreift dennoch so langsam, dass sie sich in einer denkbar unangenehmen Situation befindet.

Denn was immer sie geglaubt hat ... sie liebt ihn *nicht* – zumindest noch nicht. Und sie kennt ihn bisher keineswegs. Wird er ihr die Gelegenheit geben, beides zu ändern?

»Sie hat mich verlassen«, sagt er plötzlich, und Sophia zuckt zusammen. Gähnende Leere breitet sich in ihrem Magen aus, bevor sie seufzend Anstalten macht, aufzustehen.

Es ist höchste Zeit, zu gehen.

»Bleib liegen!«, knurrt er eisig. »Die kleine Ratte hat das sinkende Schiff verlassen. Einfach so. Ich kam nach Hause und sie war fort. Nicht mal ihre beschissenen Klamotten hat sie mitgenommen.«

Sophia will etwas sagen, ein ›es tut mir leid‹, *irgendwas*, doch ihre Kehle ist wie zugeschnürt.

»Das ist der Dank für die Jahre im Luxus. Einmal eine kleine Krise, und sie ist weg.« Plötzlich greift er zwischen ihren Beinen so hart zu, dass sie ungewollt aufkeucht. »Rühr dich nicht!«, befielt er mit wildem Blick. »Schließlich habe ich für dich bezahlt!«

Aber nicht für den Sex!, will sie sagen, presst jedoch die Lippen zusammen und beschwört sich, keinen Ton von sich zu geben. Dass diese Situation gefährlich werden könnte, hätte sie zwar nicht gedacht, doch offenbar ist sie gerade mit einem verlassenen, in seiner Ehre gekränkten Mann zusammen. Er will nicht sie, sondern nur irgendeine, an der er seinen Frust ablassen kann.

»Damals hatten wir nichts, und ich bereitete ihr das Schlaraffenland. Sie hat geschworen, mir immer zur Seite zu stehen, und was davon hat sie gehalten?« Bitter lacht er auf. »Nichts!«

Der Druck seiner Hand ist immer noch ziemlich gigantisch.

»Ich habe mich volllaufen lassen ... nachdem ich dich bestellt hatte. Weißt du, ich ... hatte manchmal Huren – *manchmal!* In meinem Job muss man hin und wieder Dampf ablassen. Sie hat das nie eingesehen, nur wie ich ihren verdammten Shit finanziere, war ihr egal, und dabei war sie ...«

Damit entspannt er sich ein wenig, doch die Hand bleibt, wo sie ist, und langsam wird es ehrlich schmerzhaft. Er stößt ihre Beine auseinander, packt sogar noch fester zu und sorgt dafür, dass zwei Finger in ihrer momentan absolut nicht bereiten Weiblichkeit verschwinden.

»Ich bin alt«, sagt er irgendwann müde. »Meine Profizeit ist vorbei. Das ist sie immer irgendwann, aber man kann die Dinge hinauszögern, wenn man weiß, wie ...«

Kaum nimmt sie wahr, was er erzählt, denn noch immer hallen jene Worte in den Ohren, die erst mit Verzögerung in ihr Bewusstsein vorgedrungen sind: *›... nachdem ich dich bestellt hatte ...‹*

WTF?

»Aber ich habe es nie mit einem dreckigen Flittchen getrieben«, fährt er fort. »Nie mit einer wie dir. Auf euch greift man nur im absoluten Notfall zurück, weißt du? Sicher weißt du das«, winkt er im nächsten Moment ab.

Tränen der Wut brennen in ihren Augen.

»Obwohl du mich überrascht hast. Du warst gut, schön eng, nicht abgefuckt wie üblich. Und du bist wenigstens bezahlt, ich kann dich noch zwanzigmal ficken, muss nicht mal vorher fragen oder ein weiteres Vermögen bezahlen, das ich nicht mehr besitze ...« Er richtet sich neben ihr auf. »Alles weg, alles vorbei ...«, wispert er hektisch. »Sie haben mich an den Eiern ... Nur noch eine Frage von Minuten, bevor sie kommen und ihr Geld fordern. Ich hatte gehofft, das Ruder noch einmal herumreißen zu können. Na ja, man hofft ja immer. Und sie haben geliefert, ohne mit der Wimper zu zucken. Bis ich bei ihnen so tief in der Kreide stand, dass ich das nicht einmal mit drei Werbeverträgen begleichen könnte. Hast du eine Ahnung, welche Zinsen diese Schweine nehmen?«

Als er wieder zudrückt, wimmert sie auf.

»Sie haben es gewusst und mich nicht aufgehalten«, stößt er beinahe hysterisch hervor. »Gib dem Junkie seinen verdammten Stoff, gib ihn ihr, dann warte, bis er am Boden liegt und dann tritt nach und mach ihn total fertig … Seit Jahren hat sie mich betrogen«, verkündet er als Nächstes und Sophia wird eiskalt. »Mit diesem abgefuckten Russen, der seine Handschuhe nie auszieht. Ich wusste es und dachte, dass wir den Stoff deshalb so günstig bekommen und auch mal mit dem Bezahlen ein wenig warten können, wenn ... Ich hielt immer still! Und trotzdem ist sie einfach so gegangen!« Jetzt klingen echte Tränen mit.

Was für ein Jammerlappen! Und so was hat sie für ihren Gott gehalten!

»Aber jetzt habe ich es ihr heimgezahlt. Mit dir!«, wispert er, und ihr kommt der erschreckende Gedanke, dass der Typ vielleicht nicht ganz bei sich ist.

Erstens *weiß* der Drachen das doch gar nicht, und zweitens ist der wahrscheinlich gerade glücklich beim Russen, wer immer das ist, und lässt sich vögeln.

Außerdem hat sie ganz andere Sorgen. Abermals macht sie Anstalten, das Bett zu verlassen, diesmal ist selbst sein schmerzender Griff egal. Das irre Grinsen verschwindet plötzlich. »Irrtum, Baby, du gehörst mir. Solange ich will und so oft ich will«

Wie zum Beweis beißt er wieder zu, und sie stößt einen spitzen Schrei auf, bevor sie ihn an den Schultern von sich schiebt. »Lass mich los!«

Für einen Moment wirkt er tatsächlich verwirrt, bevor er auflacht. »Soll das ein Witz sein?«

»Nein!«

Amüsiert betrachtet er sie. »Keine Ahnung, was du dir denkst, aber ich habe bezahlt!«

»Du wiederholst dich! Und nur zu deiner Information: Du hast ein verdammtes Zimmermädchen bezahlt«, faucht Sophia, mit der plötzlich die Pferde durchgehen. »Von Sex war nie die Rede!«

Es ist der letzte Versuch, das Missverständnis zu entlarven, von dem sie schwer hofft, dass es sich um eines handelt. Denn es ist einhundert Mal besser, auf einen Arsch von Mann hereingefallen zu sein, als zufällig dahinter zu gelangen, dass man *unwissentlich* verkauft wurde. Sein trockenes Lachen klingt schon mal nicht sehr aufmunternd. Dann mustert er sie kopfschüttelnd. »Kleine Träumerin, ja?«

Nachdem er schwer aufgeseufzt hat, verschwindet endlich die schmerzende Hand, und er legt sich auf den Rücken. »Das Leben ist hart, und wir alle zahlen unseren Preis. Egal, wie du in diese Klitsche hineingeraten bist, jetzt steckst du mittendrin. Und soweit ich weiß, kommst du da nicht mehr raus.«

»Ich bin das Putzmädchen«, beharrt sie störrisch und schluckt angestrengt an ihren Tränen.

»Du bist eine Nutte«, berichtigt er sie milde. »Echt witzig, dass du nichts davon weißt. Baker hat dich eingeführt, ich sollte dich begutachten und entscheiden, ob ich an dir interessiert bin. Du wärst neu, sagte er mir, müsstest dich erst einfinden. Der Mann betreibt einen kleinen aber feinen Callgirlladen. Er tarnt ihn mit den Putzmädchen, weil Käufliche in den oberen Etagen nicht gern gesehen sind, aber der Bedarf ist exorbitant, das kann ich dir flüstern. Ihr putzt zum Anschauen, alles andere wird extra geklärt.«

Egal wie, das klingt in ihren Ohren zu abenteuerlich und passt mehr in ein drittklassiges Theaterstück, als dass es der Wahrheit entsprechen könnte. Denn sie hat hier seit vielen Monaten geputzt. Zunächst in anderen Appartements, ja. Jabba wollte sichergehen, dass sie sich gut macht, erst dann durfte sie zu den wohlhabenden Kunden, aber das leuchtete ihr sehr wohl ein.

Soeben grübelt Sophia intensiv, ob sie vielleicht doch nur träumt – alles in allem liegen die Chancen dafür nicht schlecht –, als es mit einem Mal klingelt.

Der Drache!

Mrs. Smith hat es sich anders überlegt und kehrt reumütig zu ihrem Mann zurück, der gerade mit dem Dienstmädchen im Bett liegt.

Doch ein Drama!

Panisch starrt sie zu dem Ex-Gott, der relativ gelassen wirkt. »Aha«, meint er trocken. »Die Geldeintreiber sind da.«

»Was?«

»Ich sagte doch, es kann sich nur noch um Minuten handeln.

Schätzungsweise ist das Ultimatum abgelaufen. Jetzt wollen sie ihre Kohle ...« Er kichert hohl. »Die ich nicht habe.«

Wieder klingelt es, diesmal Sturm, und Sophia springt aus dem Bett.

»Was ist?«, erkundigt Jim sich spröde. »Verlässt die letzte Ratte endlich auch das sinkende Schiff?«

Doch sie beachtet ihn nicht. Eine Flucht aus dem Appartement ist undenkbar, aber das nächste Klingeln flüstert ihr, dass sie *jetzt* etwas unternehmen muss, und sie hastet zum Zimmerausgang.

»Au revoir, Schneewittchen!«, wispert es hinter ihr. »Es war heiß, so viel muss ich dir lassen.«

Gänsehaut überzieht ihren Körper, während sich der von ihr höchstpersönlich blank gewienerte Boden scheinbar endlos vor ihr ausbreitet. Sie stolpert einige Male, denn ihre nackten Füße benehmen sich, als würden sie auf glühenden Kohlen entlangwanken. Hier ist es wie in einem Mausoleum. Alles tot. Als sie den Türknauf berührt, setzt das Hämmern ein. Entsetzt keucht sie auf und lässt los, als stünde das Metall unter Strom.

»Zu spät, Baby«, dringt es spöttisch an ihr Ohr.

Sophias Herz, eben stand es noch still, begibt sich in einen dröhnenden, schmerzenden Rhythmus, bevor sie herumfährt. Meilenweit von ihr entfernt lehnt er an der Wand. Nackt, nicht mal die Boxershorts sind noch vorhanden – wo sind die denn? – und beobachtet sie mit erhobenen Brauen.

»Du kannst nicht mehr weg.« Ein fatalistisches Grinsen legt sich um seine vollen, so sinnlichen Lippen, die Sophia momentan aber so was von scheißegal sind. Das erneute Hämmern belebt ihre vorübergehend tauben Glieder. Sie stürzt den Flur entlang, schaut in die Zimmer, an denen sie vorbeikommt. Keines erscheint ihr sicher, und schließlich macht sie verzweifelt kehrt. Sein Lachen verfolgt sie, wird immer spöttischer – und eindeutig irrer. Na ja, wenn er mit seinem Leben abgeschlossen hat – schön für ihn. Sie eher nicht. Verdammt, wo sind denn die dämlichen Guards, wenn man sie mal braucht?

Am Ende findet sie sich im Privatraum des Drachens wieder, der direkt neben dem Schlafzimmer liegt. Weshalb sie sich für dieses Zimmer entschieden hat, weiß sie erst, als ihr Blick auf den begehbaren Kleiderschrank fällt.

Ein wüstes Dröhnen lang dauert ihre Entscheidungsfindung, dann stürzt sie in ein Paradies aus Kleidern, wirft die Tür zu, kauert sich in die hinterste Ecke und schlägt die Hände über dem Kopf zusammen. Während sich das dunkle, ironische Gelächter langsam in ihre Gehörgänge frisst, bis sie glaubt, daran zu krepieren ...

Undercover ...

Eine Stunde zuvor

In den Fluren der oberen Stockwerke, in denen die Zugänge zu den Appartements liegen, gibt es etliche Nischen und Ecken. Er kennt sie alle und nutzt sie dann und wann, um sich zu tarnen.

Es läuft immer im gleichen Schema ab: er folgt seinem derzeitigen Observationsobjekt, wartet, lauscht den Gerüchten, kombiniert und schreitet zur Tat, wenn er sich seiner Sache tatsächlich sicher ist.

Im Allgemeinen bereitet ihm der Job Spaß, weil kein Tag dem anderen gleicht und jede Erfahrung zuverlässig von der nächsten getoppt wird. Doch heute ist er gar nicht gut drauf, wie bereits seit Wochen nicht mehr – was ihm übrigens keineswegs passt. Männer wie er dürfen sich nicht beeinflussen lassen. Von nichts, niemandem, keinen Gefühlen und schon gar keiner Frau, die in Wahrheit nur ein dummes, naives und verdammt egoistisches, berechnendes Kind ist.

Seit mehr als drei Stunden hockt er jetzt schon in seinem Versteck. Wie üblich allein – seit jeher ist er ein Einzelkämpfer, Verstärkung ruft er nur im Notfall.

Im *Absoluten*!

Er sah sie das Appartement betreten, wie üblich schön wie die Hölle, wusste, dass sie sich damit in ebenjene begab, und konnte sie dennoch nicht aufhalten, ohne seine Tarnung zu riskieren. Im Turm sind die Ohren und Augen überall, und in den seltensten Fällen gehören sie den Verbündeten.

Das Mädchen ist längst Teil des Spiels, in das er selbst erst vor einigen Wochen eingestiegen ist, obwohl er alles daran gesetzt hat, sie wenigstens nur als Randfigur zu halten.

Hat nur leider nicht funktioniert, weil sie anders wählte. Die

Menschen sind nun mal, wie die Menschen eben sind. Es ist immer nur ein ewiges Roulette, man weiß nie alles, und wenn man es erfährt, dann ist es zu spät, um jeden Kollateralschaden zu vermeiden.

Fred hat ihm berichtet, dass Miller sich in einer Bar die Kante gegeben hat. Eine coole Reaktion darauf, dass man seine Frau gekidnappt hat. Alkohol gehört sonst nicht zu den üblichen Gepflogenheiten des Ex-Stars, der längst nur noch ein Schatten seiner selbst ist. Dafür konsumiert er jede Menge Drogen, die er von den härtesten Jungs innerhalb des Towers bezieht.

Deshalb ist der Typ überhaupt ins Fadenkreuz geraten. Er kann sie zu den Drogenbossen führen. Durch Dämlichkeit, schon klar, aber das ist für alle Junkies symptomatisch. Ja, auch die Millers sind nur Bauern, die zu dumm waren, um sich wirklich abseits zu halten.

Genau wie sie ...

Seit Tagen kündigt sich der Showdown an und mit seinem untrüglichen Gespür, das er sich während der vielen Jahre harter Ausbildung angeeignet hat, wusste er, wann es tatsächlich so weit ist.

Das lange Warten ist er gewöhnt. Geduld üben – eine der größten menschlichen Tugenden, die jedoch immer rarer wird. Diesmal jedoch wird es schwer, denn er weiß, dass sie sich im Innern befindet. Direkt in der Ziellinie und damit in höchster Gefahr.

Verdammt, sie hat ihn so immens enttäuscht! Auch das ist nichts Neues. Ein Mann wie er kann nun mal nur höchst selten mit romantischen Erfahrungen aufwarten, die nicht irgendwann zwangsläufig im totalen Fiasko enden. Dass sie ihn trotz alledem, was er in ihren so wundervollen Augen sah, abblitzen ließ, hätte ihn daher auch nicht treffen dürfen. Denn erstens ist ihm das gleichfalls vertraut und zweitens war es doch so das Beste! Noch immer weiß er nicht, was überhaupt in ihn gefahren ist. Und trotzdem hat er ständig das Bedürfnis, sie zu schützen.

Bullshit, natürlich!

Nur kann er *den* nicht einfach beiseiteschieben.

Als die vier Typen eintreffen, zieht er seine Waffe und entsichert sie geräuschlos.

Erwartungsgemäß sind sie bullig, anhand der nicht vorhandenen unebenen Wölbung unter dem Stoff ihrer Masken kombiniert er, dass sie kahl sind – auch das entspricht durchaus dem Standard. Und er weiß, dass sie nicht sonderlich zivilisiert wirken werden, sobald er in ihre mit Sicherheit hässlichen, von Skrupellosigkeit und Selbstüberschätzung gezeichneten Visagen blickt.

Vlad ist dafür bekannt, nur die ganz bösen Jungs anzuheuern. Die meisten stammen aus seiner alten Heimat ...

Sie haben Kanonen dabei, allerdings stecken die noch in ihren Halftern unter den Achseln, für ein weniger geübtes Auge gut verborgen unter den dicken, schwarzen Jacken. Und alle tragen Handschuhe.

Clever – denkt er – *doch die werden euch auch nicht helfen.*

Die Kamera an seinem Gürtel zeichnet seit einer halben Stunde alles auf. Das Mädchen ist nicht dokumentiert.

Dumm!

Unprofessionell!

Und wie!

Fuck off!, kontert er seinem zunehmend schlechten Gewissen und konzentriert sich wieder auf die vier Schlägertypen. Im Grunde ist immer alles eine Frage des Beweises.

Schaut her und lächelt!, kommandiert er lautlos. Im Zeitalter der biometrischen Datenerkennung hilft eine Mütze nicht mehr, in die man unbeholfen zwei Sehschlitze geschnitten hat, um einer Identifikation zu entgehen. Die Sehorgane genügen allemal.

Diesen Gefallen tun sie ihm derzeit nicht, aber wie üblich kann er warten. Ist überhaupt seine hervorstechendste Eigenschaft. Momentan befindet er sich vielleicht drei Meter von ihnen entfernt, womit er ihnen so nah ist, dass er selbst das billige Aftershave wahrnimmt.

Jedes!

Einzeln. Er könnte es blind dem jeweiligen Träger zuordnen,

mit Fabrikat und dem ungefähren Zeitpunkt, wann es aufgetragen wurde. Nebenher hört er das dumpfe Atmen, gesprochen wird nicht, dazu sind sie zu versiert. Man verständigt sich ausschließlich durch Handzeichen.

Sein Mund ist längst nur noch ein schmaler Strich, und er verwünscht die klimatisierte Luft. Denn unter seiner eigenen Maske – ein Muss, wenn man undercover arbeitet – schwitzt er erbärmlich. Nebenbei unterdrückt er ein resigniertes Seufzen, das mit lautlosem, trockenem Gelächter untermalt ist. Es sind nur die Handlanger – natürlich. Was hat er erwartet?

Die russische Ausgabe von Al Capone persönlich?

Nein, und um ehrlich zu sein, hatte er auch nie gehofft, den bei diesem unbedeutenden Coup in die Finger zu bekommen. Könnte er Walker dingfest machen, wäre er ja schon glücklich. Mit dem kleinen Schmock hat er nämlich noch die eine oder andere private Rechnung offen.

Sie klingeln sogar zweimal, was sehr höflich ist. Dann setzen sie die Fäuste ein ... wenngleich sie kein Wort verlieren, machen sie sich um Lärm nicht die geringsten Gedanken. Es gibt keine unmittelbaren Nachbarn, die man aufschrecken könnte. Und die Security unten an ihren Bildschirmen ist zu gut geschmiert, als dass sie einschreiten würde. Im Allgemeinen gelten die Kameras in diesem Gebäude als allgegenwärtig und total sinnlos.

Für das Hämmern gehen etliche Minuten drauf, in der selbstverständlich niemand öffnet. Selbst Miller ist nicht *so* blöd. Dann endlich mustern sich die vier Gangster, einer will seine Kanone ziehen, wird jedoch durch den Fingerzeig eines anderen aufgehalten.

Dumm, weil der heimliche Beobachter nun noch keinen mit Sicherheit illegalen Waffenbesitz nachweisen kann, aber gut, weil er damit den Anführer ausgemacht hat.

Immer positiv denken.

Auf das kurze Nicken des Typen versuchen sie nicht etwa die Tür einzutreten – das hätte bei den hier verbauten Teilen keinerlei Erfolg gebracht. Sie ziehen auch nicht ihre Kanonen und ballern wild drauflos. Nein, im Zeitalter der Hightechnologien zücken sie eine unscheinbare Chipkarte und öffnen beinahe lautlos die schwere, einbruchshemmende Barriere.

Simpelste Taktiken und sie wissen, wie man sie anwendet, denn jeder Alarm bleibt aus.

In der nächsten Sekunde sind sie im Appartement verschwunden, und die Tür ist wieder geschlossen.

Noch für einen weiteren Moment lauscht er, aktuell auf ein hohes, eindeutig verängstigtes, weibliches Kreischen wartend, und als das ausbleibt, auch wenn fraglich ist, ob er es durch diese Spezialtür überhaupt gehört hätte, pirscht er in geduckter Haltung zum Eingang.

Einfach zu folgen wäre lebensbedrohlich und damit kontraproduktiv, denn er mag sein Leben. Doch andererseits muss er in dieses Appartement, was nun einmal nur möglich ist, indem er es auch betritt. Haben sie Wachen aufgestellt, setzt sofort ein Höllenspektakel ein und er riskiert die Geiseln – auch wenn es um das eine echt nicht schade ist. Geht er aber nicht hinein, riskiert er *auch* die Gesundheit der gefangen gehaltenen Menschen.

Die Aushöhlungen unter den Achseln waren groß, er tippt auf Revolver, was bedeutet, sie haben sechs Schuss – vierundzwanzig, alles in allem. Damit kann man viel anrichten ...

Wie üblich schließt er flüchtig die Lider, während er seinen Entschluss fasst, der wie immer ausfällt: volles Risiko! Allerdings schickt er diesmal ein stilles Gebet voraus: *Bitte, lass sie sich außerhalb der Schusslinie halten!*

Dann kramt er seine eigene Chipkarte heraus, zählt in Gedanken: Drei, zwei, eins – GO!, und zieht sie durch den dafür vorgesehenen Schlitz.

Die Kakerlaken des Towers

Mit einem leisen *Klick!,* springt die Tür auf und offenbart einen breiten, riesigen hellen und vor allem leeren Flur.

Keine Wachen. Nichts ist zu sehen oder zu hören.

Erst nachdem er sich in die Diele hineingeschoben und lautlos die Tür geschlossen hat, vernimmt er gedämpfte, dunkle Stimmen, denen ein unterdrücktes Klatschen folgt, welches wiederum einige Schmerzensschreie zur Folge hat. Männliche – demnach nicht unbedingt besorgniserregend. Klingt eher, als würden sie Miller ein paar leichte Ohrfeigen verabreichen.

Zum Angewöhnen.

Mit der Waffe auf Schulterhöhe und von beiden Händen gehalten tastet er sich langsam von Türöffnung zu Türöffnung. Immer auch auf der Suche nach einem dunklen, ungebändigten Haarschopf, den er leider nicht findet. Übrigens auch keinen der vier Typen, der vielleicht gerade die Schubfächer durchwühlt.

Alles in allem keine guten Nachrichten, weshalb er sich jeden Gedanken an das Mädchen rigoros aus dem Kopf schlägt und so rational überlegt, wie er es gewohnt ist.

Sehr viel Zeit nimmt auch das nicht in Anspruch, bevor er knapp nickt.

Action!

Im Privatzimmer des Drachens ...

Von all den vielen Räumen, die in diesem Appartement existieren, mussten sie genau diesen für ihre Foltersession auswählen.

Das nennt man schlechtes Karma, überlegt Sophia wirr, während sie so stark zittert, wie sie noch nie zuvor gezittert hat. Nicht einmal damals, als ihre Welt in sich zusammenbrach und sie sich danach gezwungen sah, Dinge zu tun, die sie in der Rückschau besser nicht getan hätte. Gilt die Entschuldigung: Sie war jung und brauchte das Geld?

Wohl eher nicht. Aber genau genommen hat sie es nur einmal getan und auch nicht wirklich. Also, sie hat ja nicht mit dem Mann geschlafen, oder so, sondern ihm nur für *einhundert Dollar!,* einen geblasen. Und das bestimmt nicht, um sich ein paar Klamotten kaufen zu können, sondern weil sie Hunger hatte.

HUNGER!

Niemand in diesem Gebäude, auch nicht ganz unten, kann sich vorstellen, was es bedeutet, seit Tagen nichts gegessen und auch keine Aussicht darauf zu haben, es in den folgenden zu können. Es geht ums nackte Überleben, und in solchen Momenten ist man sprichwörtlich zu allem bereit!

Du plapperst!, herrscht sie sich an. *Jetzt hör auf, verdammt noch mal! Denn ansonsten hören die dein dämliches Zähneklappern und das wäre ehrlich schlecht!*

Ihr Zur-Ordnung-Rufen hat geholfen, denn unvermutet hält Sophia den Atem an, lauscht und bringt sogar irgendwann den Mut auf, durch die Lamellen der leichten Tür zu spähen, in der Hoffnung, dass diese furchtbaren Männer ihre Augen nicht entdecken. Sie hat mal einen Thriller gesehen, in dem der blutrünstige Killer genau daran sein Opfer ausfindig gemacht hat.

Falscher Gedanke, verdammt!

Vor ihrer nicht sehr schützenden Barriere geht derweil der Krimi weiter. Sie haben den falschen Gott, nackt, wie er ist in eine Ecke gedrängt. Bisher hat niemand seinen nicht vorhandenen Bekleidungsstand kommentiert – interessiert wohl nicht. Es sind vier Männer, alle tragen dunkle Masken und sind auch ansonsten ganz in schwarz gekleidet, wie Ninjas, bloß viel größer und kräftiger.

Sie schlagen ihn, aber nicht sehr brutal, so weit sie das einschätzen kann. Einer von ihnen übernimmt das Prügeln, der andere das Sprechen. Etwas erstaunt registriert sie die überhaupt nicht unangenehm klingende Stimme, mit dem leicht russischen Akzent, die ihr zu allem Überfluss auch noch bekannt vorkommt.

»Der Boss ist überhaupt nicht erfreut«, plaudert der Redner, während der andere die nächste Ohrfeige verabreicht.

»Ich weiß«, stöhnt Jim, der versucht, sich so gut es geht, vor den Schlägen zu schützen. Sophia kann sein Gesicht nicht erkennen, nur hin und wieder tauchen ein Arm oder ein paar blonde Haare in ihrem Sichtfeld auf.

»Du bist ein ziemliches Weichei, oder?«

Keine verbale Reaktion ist zu vernehmen, nur das obligatorische Stöhnen, als der nächste Schlag erfolgt.

»Deine Frau ist da ganz anders drauf, die hält eine ganze Menge aus.«

»WAS?«

Der Dritte lacht. »Der Idiot weiß es nicht einmal!«

»Bitte!« Das ist wieder Jim, in dessen Stimme Tränen schwimmen. »Bitte, wissen Sie etwas über Rita?«

Ein lautes Lachen ertönt, bevor der Schläger diesmal zutritt und das Heulen schriller wird.

»Was dachtest du denn? Natürlich haben wir deine Alte. Eine kleine Entscheidungshilfe, du verstehst? Wir haben dir sogar ein Andenken mitgebracht, damit du auch ja nicht glaubst, wir würden bluffen.«

Damit zieht er etwas aus seiner Jackentasche. Für einen wilden Moment glaubt Sophia, es sei eine Waffe und unterdrückt in letzter Sekunde den Entsetzensschrei. Denn es handelt sich um ein viel kleineres Päckchen, welches dem Ex-Gott vor die nackten Füße geworfen wird. Nebenbei macht sich der Vierte selbstständig und inspiziert den Raum, wobei er Sophias Unterschlupf verdammt nahekommt.

Eilig versteckt sie sich hinter einigen Kleidern und hält die Luft an.

Bitte, bitte nicht. Hier sind nur hässliche Klamotten. Ehrlich, du willst hier nicht reinsehen.

»Hat deine Schlampe ihre Negligés auch da drin?« Die Stimme ist so nah, als würde er vor ihr stehen, und Sophia wird vom nächsten unkontrollierbaren Beben erfasst. Eine Erwiderung bekommt der Typ nicht, stattdessen ist das unterdrückte Schluchzen des Ex-Gottes zu vernehmen.

»Mach es auf und sieh rein!«, blafft der andere, womit das

Päckchen gemeint ist.

»Nein!«, heult Miller auf.

»Scheiße, was für ein Idiot!«

Ein Klatschen ertönt, dann ein Wimmern und kurz darauf ein Schrei. »NEIN!«

»Es ist nur ein Ohr, sei froh, dass wir ihr nicht die Nase geklaut haben!«, verkündet der wohlklingende Folterknecht. Das Schluchzen wird lauter, darunter mischen sich ein paar Wortfetzen. »Ihr Schweine! Ihr verdammten Schweine!«

Derweil hat sich die andere Stimme wieder entfernt, der Typ, der eben noch die Höschen des Drachen begutachten wollte, welcher offenbar nur noch ein Ohr besitzt, untersucht weiter den Raum.

Gott sei Dank!

»Der Kerl lässt es sich auf unsere Kosten gut gehen«, bemerkt er aus der entgegengesetzten Ecke, weshalb Sophia, der inzwischen die Tränen laufen, sich aufrappelt, um wieder zu ihren Beobachtungsposten zurückzukehren.

»Oder?«, meint der Inspekteur, und schaut über die Schulter zu seinem Compagnon. Der nickt verdrossen »Yeah!« und holt zur nächsten Ohrfeige aus.

»Also was ist jetzt?«, hebt der Dritte – der Redner an. »Der Boss will Antworten!«

»Ich hab doch nichts!«

»Dann besorg was!«

Die nächste Ohrfeige folgt, und das Weinen verstärkt sich noch einmal.

Sophia, die zwischenzeitlich circa dreimal gestorben ist, weiß nicht, ob sie sich vor Angst in die Hosen machen oder wegen dieses Arschlochs wütend sein soll. Und von so einem hat sie über Monate lang geträumt. Verdammt, sie hat ihm sogar *geschrieben*! Glücklicherweise mit Decknamen, so kann sie das später vielleicht noch kaschieren.

Der Drache ist ein Monster – ja! Aber ein Hübsches. Und wenn sie das richtig einschätzt, ist sie mit dem Obermafiaverbrecherboss ins Bett gegangen, damit ihr Penner von Mann auch ja seine *Scheißdrogen* preiswerter bekommt. Sie auch, aber darum geht es hier nicht.

»Wir sollen dir übrigens bestellen, dass deine Schlampe dich liebt, und so. Sie vergibt dir ... Na ja, Weiber eben.«

DA! Sie vergibt ihm! Das ist doch Beweis genug! Und er sitzt in der Ecke und heult wegen ein paar Ohrfeigen. Sophia will nicht angeben, und ihr geht es momentan auch nicht sehr gut. Die Knie schlottern, da ist nur noch Gummi anstatt der Knochen vorhanden, und von den Tränen, die unaufhörlich ihre Wangen fluten, mag sie erst gar nicht sprechen. Aber wegen ein paar Ohrfeigen hat sie schon nicht mehr geflennt, seitdem sie fünf war. Die standen bei ihrem Daddy auf der Tagesordnung. Hätte sie geheult, wäre sie heute nicht hier, weil er nämlich dann *sie* höchstwahrscheinlich in die Vitrine geschleudert hätte. Oder in den Herd, aus dem Fenster – egal, überlebt hätte sie das jedenfalls nicht.

Sie ist unvorstellbar angewidert von diesen Verbrechern, die sich so grausam benehmen, von dem Mann am Boden, der niemals auch nur annähernd das verkörperte, was sie so gern in ihm sehen wollte, und von sich selbst, weil sie so dumm und so naiv war, es überhaupt zu tun.

Er hat sie gewarnt und sie wollte nicht hören. Und nun ist Klara mit ihm glücklich und sie sitzt in der Scheiße! Frisch gevögelt vom absoluten Niemand.

Scheiße!

Draußen spitzt sich die Lage weiter zu, denn mittlerweile nimmt der Schläger nur noch seine Füße, die in schweren Stiefeln stecken. *Das* tut wirklich weh, und aus dem Wimmern werden zwangsläufig irgendwann Schreie, die an Sophias großem Herzen nicht spurlos vorbeigehen. Mitleid für einen Versager von Mann flutet sie, und sie zuckt bei jedem neuen Tritt zusammen, die Tränen laufen schneller und die Hände liegen auf den nassen Wangen unter schreckensgroßen Augen.

Wenn sie nicht aufhören, werden sie ihn umbringen! Warum hören sie denn nicht auf?

Als die Hysterie bereits akut droht, sie zu überwältigen, ertönt ein Klirren aus den Tiefen des Appartements. Die vier Männer erstarren und wechseln hektische Blicke. Auf das lautlose Kommando des Redners hin ziehen alle riesige Revolver, und Sophias bebende Hände legen sich instinktiv auf ihren Mund.

Als zwei aus dem Raum verschwunden sind, richtet der falsche Gott sich auf. »Was?« Es kommt undeutlich, und sobald Sophia sein blutverschmiertes und beinahe bis zur Unkenntlichkeit geschwollenes Gesicht wahrnimmt, weiß sie auch, warum.

»OH!«

Kaum ist ihr der Entsetzensschrei entschlüpft, weicht sie zurück, sieht jedoch noch, dass der Schläger sich zu ihrem schönen Kleiderschrank aufmacht. Hektisch atmend stolpert sie rückwärts, fällt beinahe in die an Bügeln aufgehängten Kleider, und im nächsten Moment wird die Tür aufgerissen ...

Der Undercover-Agent

Sekunden nachdem er die bestimmt kostbare Vase umgeworfen hat, stürmen zwei der vier Männer auch schon den Flur.

Doch er wartet, bis sie sich getrennt haben, bevor er sich den Ersten der beiden schnappt. Nicht mit dem Revolver – sondern mit bloßen Händen. Sie legen sich von hinten um den feisten Hals und ziehen den Kopf herum, bevor das Genick mit einem viel zu lauten Knirschen bricht.

Shit!

»Ronald!«, ruft der andere und stürzt mit gezogenem Revolver in den Flur.

Trommel.

Sechs Schuss!

Fuck!

Für einen Sekundenbruchteil starren sie sich an, als aus dem hinteren Zimmer der bereits vor Minuten befürchtete Schrei ertönt. »NEIN! Lasst mich. Nein!« Eindeutig eine Frau, eindeutig in ziemlichen Nöten und eindeutig außerordentlich hübsch. Zumindest der Agent weiß das mit Sicherheit.

Doch beide Männer sind zu abgebrüht, um sich zu lange ablenken zu lassen. Der Russe hat seinen toten Kollegen am Boden ausgemacht und hebt den Revolver. »Dafür stirbst du.«

Es geht so schnell, dass kein menschliches Auge hätte folgen können. Der Agent, der seine Waffe vorübergehend in der Jackentasche verstauen musste, um den anderen erledigen zu können, zieht und drückt in der gleichen Zehntelsekunde ab.

Zwei Schüsse lösen sich beinahe gleichzeitig.

Scheiße!, denkt er noch, bevor ein dumpfer, nicht unbedingt nennenswerter Schmerz seine linke Schulter in Beschlag nimmt.

Verdammter Fuck!

Sophia ...

Es gibt keine Schrecksekunde.

Kaum ist die Tür offen, wird sie auch schon herausgezerrt, und ein grober Arm schlingt sich um ihren nackten Bauch.

»Was haben wir denn hier ...?« Der Knoblauchatem des riesigen Kerls dringt ihr in die Nase und sie schlägt um sich, wie sie noch nie in ihrem Leben um sich geschlagen hat.

Vergebens.

Keinen Wimpernschlag später steht sie vor dem Redner, dessen kühle Augen sie unter seiner Maske interessiert mustern. »Noch ein Nackedei«, lacht er – sehr langlebig ist es nicht. »Musstest du dir gerade heute deine Hure bestellen, du Hengst?«

Der – immer noch blutend in seiner Ecke – antwortet nicht, sondern hält sich seine Nase, die recht schief aussieht.

Nach einem abfälligen Schnauben tritt der Wortführer näher und streicht ihr das wirre Haar aus dem Gesicht, bevor Sophia zurückschrecken kann. Noch immer hält sie der scheinbar aus Eisen bestehende Arm dieses Schlägertypen. »Ich dachte, du wärst bereits weg, der Wichser da hinten ist bekannt dafür, dass es bei ihm schnell geht. Und bei so einem Augensternchen dürfte er sogar noch flinker abspritzen.« Anerkennend streift er ihren Körper und bleibt an den vollen Brüsten hängen. »Nicht übel. Ich hatte geahnt, dass du hübsch bist, aber ... das hat was. Pech für dich, tut mir echt leid.«

Ihr Atem kommt nur noch als heiseres Keuchen, erwidern kann sie nichts, nicht mal um ihr Leben flehen, das wohl gerade für beendet erklärt worden ist. Seitens des Ex-Gottes kommt auch nichts. Tränen sind bei Sophia keine mehr vorhanden. Faktisch ist sie tatsächlich erstarrt – vor Todesangst.

»Vergiss nicht, sie ist Pauls neue Schlampe, und Vlad ist auch an ihr interessiert. Vielleicht sollten wir sie erst mal mitnehmen. Ich will keinen Ärger«, bemerkt der Schläger, dessen Arm sich inzwischen so schmerzhaft gegen ihre Rippen presst, dass jeder Luftzug zur Qual wird.

»Es gibt andere Schlampen«, erwidert der Wortführer knapp. »Sie hat zu viel gesehen. Er hätte sie nicht zu ihm gelassen, läge ihm viel an ihr. Und außerdem ist es jetzt ohnehin egal, weil du dein Maul nicht halten konntest.« Letzteres kommt drohend, und sie hört über sich ein entnervtes Stöhnen. »Erledige sie, ich ...«

In diesem Moment ertönen zwei Schüsse und die Ninjas wechseln einen hektischen Blick. »Planänderung!«, stößt der Anführer hervor. Eine eiserne Hand legt sich auf Sophias Mund und verschließt damit halb auch noch die Nase, während der andere Typ Jim Miller packt, der plötzlich seine Stimme wiedergefunden hat. »NEIN!«

»Schnauze!«, knurrt der Redner und schlägt ihm mit der Faust brutal gegen die Schläfe. Mit einem erstickten Stöhnen sackt Miller in sich zusammen.

Weitere Schüsse folgen nicht. Der Anführer, dessen Arm sich um den blutigen Hals des bewusstlosen Miller gelegt hat, nickt zu der Ankleidekommode, hinter die der Schläger Sophia schleift.

»Don!«, brüllt der Chef. »Melde dich, wenn alles okay ist! Ronald?«

»Sorry, nicht verfügbar«, hallt eine verzerrte, aber verdammt bekannte Stimme aus dem Flur zu ihnen herein, und Sophia schluchzt los, egal, ob sie Luft bekommt oder nicht.

Er ist es!

Der wahre Ritter!

Und sie *hat nichts an!*

Ein törichter Gedanke, geht ihr im nächsten Moment auf, als sich die Hand noch etwas fester um ihren Mund presst, was ein Atmen unmöglich macht, und der Lauf dieser riesigen Kanone an ihrer Schläfe auftaucht.

»Das ist schlecht!«, brüllt der Wortführer zurück. »Ich schätze, damit haben wir ein gutes altes Patt.«

»SO?«, brüllt der Ritter. »Wie kommst du darauf?«

»Ich habe Miller hier, noch ist er am Leben, aber es steht ziemlich übel um ihn. Und ich habe die kleine Schlampe, die er gerade gefickt hat. Du willst mit Sicherheit Tote vermeiden.«

»Miller kann sich ins Knie ficken und Schlampen interessieren mich momentan nicht. Ich suche mir später selbst eine. Killt sie oder lasst es, ist mir gleich. Ihr kommt dort sowieso nicht lebend raus, wenn ihr euch nicht ausliefert!«

Darüber muss der Miller-Geiselnehmer lachen. »Du bist ein kleiner Scherzkeks, yeah?«

»Möglich, aber mach fünf draus, dann liegst du richtig! Sieh es ein, Baby«, tönt es aus dem Flur. »Ihr kommt dort nicht mehr als freie Männer raus. Ich an eurer Stelle würde anfangen, an die Zukunft zu denken. Momentan habt ihr ein bisschen Chaos angerichtet, mal sehen, was sich so zusammenläppert. Dürften ein paar Jährchen werden ... aber mit zwei Morden ...«

Inzwischen glaubt Sophia, ernsthaft zu ersticken. Sie kann sich nicht mehr vor dem Revolver fürchten, denn wenn sie nicht bald von der Ironhand befreit wird, dann ist sie sowieso tot. Wie von Sinnen zappelt sie in den Armen des Schlägers und versucht mit allen Mitteln, diese verdammte Hand abzuschütteln, ohne jemals eine Chance gehabt zu haben.

Bitte!, denkt sie dabei. *Lieber Gott!*

Stumm wechseln die Gangster einige Informationen, dann zieht der Anführer ein Handy aus der Tasche und setzt eine Nachricht ab. Einhändig, der Arm verbleibt um Jims Hals, während die Hand des anderen noch immer auf Sophias Mund liegt. Beide wirken nicht unbedingt glücklich.

»Was jetzt«, meint der Redner, nachdem er sein Telefon wieder verstaut hat.

»Showdown«, erklärt der andere über Sophias Kopf, die mittlerweile garantiert blau angelaufen ist.

Der Erste nickt, dann brüllt er wieder Richtung Flur. »Wer ist euer Anführer?«

»Wen interessiert es?«

»Ich muss wissen, mit wem ich verhandeln kann.«

»Keine Verhandlung geplant! Ihr kommt mit erhobenen Händen raus. Mehr wollen wir doch gar nicht!«

»Das klingt aber nicht nach dem versprochenen Deal!«

Während sie sprechen, wird Sophia links neben den Türrahmen gezogen, derweil der Wortführer mit Jim rechts Stellung bezieht. Die beiden Männer nehmen kaum einen Blick voneinander, aber nachdem er flüchtig zu Sophia geschaut hat, flattert er mit den Fingern seiner freien Hand und der Schläger lockert wenigstens ein wenig den Griff, womit ihr sofortiger Tod noch einmal abgewendet ist. Röchelnd holt sie Luft.

»Was erwartet ihr, einen roten Teppich?«

»Nicht gleich das«, brüllt der Anführer zurück. »Aber ein paar Dinge hätten wir schon gern vorher geklärt!«

»Das können wir doch alles später besprechen«, lacht der Ritter, es klingt noch immer leicht verzerrt. Wer ihn nicht kennt, wird es nicht bemerken, doch Sophia ist sicher, dass im Grunde gar nichts stimmt. Also, neben der miesen Gesamtlage überhaupt.

Und wieder hätte sie ein halbes Königreich für Unterwäsche gegeben, nur das. Es ist so dämlich, aber der Gedanke, dass er sie so auffinden könnte, setzt ihr unvorstellbar zu. Trotz dieser blöden Knarre an der Schläfe und der Tatsache, dass es ihm egal ist, ob sie lebt oder stirbt. Sie hat es nicht überhört. Ganz und gar nicht.

Plötzlich weiten sich die Augen des anderen um einen Bruchteil und er zieht das Handy wieder aus der Tasche, wobei er den Revolver lässig mit dem Daumen hält. Ein kurzer visueller Ausflug auf das Display, dann sieht er auf und zeigt mit den Fingern der Hand, deren Arm den zusammengeschlagenen Jim hält, eine Zwei an.

Zwei was?

Zwei Minuten?

Panisch versucht Sophia, das Gesicht ihres Kidnappers zu mustern, doch der hält unerbittlich dagegen.

Dann nickt der andere und ruft wieder nach draußen. »Sonny, du müsstest doch wissen, dass umsonst der Tod ist. Also, entweder, du lässt mich jetzt mit dem Boss sprechen oder wir verbringen hier die nächsten Tage. Kein Problem, wir haben Zeit, einen Haufen Verpflegung, sogar das Fickmaterial ist vorhanden. Was sagst du?«

Der Undercover-Agent ...

Ein glatter Durchschuss. Nicht schön, aber auch nichts Lebensbedrohliches.

Er hat ganz andere Probleme. Die Penner spielen auf Zeit, was bedeutet, Verstärkung ist auf dem Weg, und sein Bluff mit den fünf Leuten war nicht halb so glaubwürdig, wie er gern gehabt hätte. Wie lange wird es dauern, bevor gestürmt wird?

Zwei, maximal drei Minuten, denn sie werden unter Garantie den Express-Aufzug nutzen. Seine Verstärkung hat er bereits vor zehn Minuten angefordert, und es wird noch weiterer fünf benötigen, bis die endlich hier eintrifft.

Von der schnellen Truppe, ja, so werden sie üblicherweise genannt. Doch sie sind nun mal immer ein wenig durch das Establishment gehandicapt. Genehmigungen müssen eingeholt werden, die verdammten Waffen gegriffen ...

Warum hat er sie nicht früher angefordert? Der verfluchte Stolz – sein größtes Laster, das wurde ihm schon damals von seinem Ausbilder bescheinigt.

Hektisch überlegt er, stöhnt diesmal tatsächlich, antwortet nebenbei auf die hirnlosen Sprüche, die der Idiot pausenlos auf ihn abfeuert, und überlegt fieberhaft, obwohl er doch weiß, dass es keinen anderen Ausweg gibt. Und schließlich zieht er seinen zweiten Revolver, beißt sich auf die Lippen, um jeden Schmerzenslaut zu vermeiden, und packt die leichter wirkende der beiden Leichen, die zu seinen Füßen liegen.

Eine sehr relative Einschätzung, wie er kurz darauf bemerkt, denn der Typ war bereits zu Lebzeiten nicht unbedingt ein Fliegengewicht, doch jetzt macht er sich wie ein Sack mit Steinen aus. Ein ziemlich Großer ...

Flüchtig starrt er den riesigen, offenen, glanzlosen, toten Blick an, dem Einzigen, was er von der Visage erkennen kann, und lächelt, bevor er in das tote Ohr wispert: »Tu einmal in deinem Leben was Brauchbares, Sackgesicht!«

Dann presst er den Arm um die nicht unbedingt schmale Taille des Toten und schleift ihn langsam und so lautlos wie möglich zum Eingang des Zimmers, in dem sich die beiden übrigen Gangster verschanzt haben. Und dabei redet er wie ein Wasserfall, um die unvermeidlichen Geräusche zu übertönen.

Keine Gedanken, kein Bangen, keine Zweifel und vor allem: *keine Skrupel.* »Das ist schlecht!«, brüllt er noch, bevor er den Toten in die Öffnung stößt, in dessen Körper zwei Schüsse landen, noch bevor er zu Boden gehen kann. Der Agent springt hinterher, dreht sich noch im Flug befindlich nach links, schaut in zwei riesige blaue, von Tränen überströmte Augen, bevor er der Schläfe des Kopfes darüber einen gezielten Schuss verpasst.

Noch in der Bewegung fährt er herum und verarztet den anderen auf gleiche Weise, bevor der auch nur auf die Idee kommen kann, abzudrücken.

Das Ganze hat nicht länger als vier Sekunden gedauert, und lief exakt wie immer.

Er ist eben schnell und er ist der Beste, was soll er sagen?

Zeugenschutzprogramm

Barmänner bewohnen ziemlich tolle Appartements.

Besonders, wenn sie in Wahrheit gar keine Barmänner sind. Dies ist eine Erfahrung, die Sophia innerhalb der vergangenen vier Wochen gemacht hat, und möglicherweise die geringfügigste von den verfügbaren.

Während sie wie so häufig recht einsam auf der riesigen Couch in Ethans Appartement sitzt, versucht sie zum unzähligen Mal, all das, was geschehen ist, nicht nur Revue passieren zu lassen, sondern auch zu *verstehen.*

Begonnen damit, dass ein fünfter, total in Schwarz gekleideter, maskierter Mann in den Raum sprang, in dem sie gefangen gehalten wurde, und seinen Revolver auf sie richtete. Jedenfalls sah es so für sie aus. Und ganz ehrlich, für eine Sekunde glaubte sie, dass es das war ...

Ende, aus, fertig: *Jetzt bist du tot.*

Dann setzte ein kurzer Filmriss ein – ja, so was funktioniert auch ohne Alkohol –, und als sie wieder wach wurde, lag sie kreischend und um sich schlagend in den Armen des Ninjas, der eilig seine Maske hochzog und sich als Ethan offenbarte.

Er muss wohl versucht haben, sie zu beruhigen, was aufgrund fortgeschrittener Hysterie aber zunächst nicht ganz klappte. Denn plötzlich ertönte ein lautes Klatschen. Zehn Sekunden später begriff sie auch schon, dass er sie geohrfeigt hatte. In dem ganzen Verstehen, Empörtsein und tatsächlich auf Rache sinnen, vergaß sie glatt das Weiterkreischen.

»Du musst hier sofort weg!«, erklärte er ihr. »Bevor die anderen kommen!«

Nicht, dass Sophia seinen Ausführungen folgen konnte. Das musste sie auch nicht, denn ihr Ritter dachte für sie mit. Suchend sah er sich um, stürzte zu einem Sofa, auf dem eine leichte Tagesdecke lag, und hüllte sie darin ein. Dann hob er sie in seine starken, *so starken,* Arme und trug sie aus dem Appartement ... hierher.

Tolles Märchen, oder?

Ihr Traumprinz, der sie vom Schlachtfeld in Sicherheit bringt. Schützend über sie gebeugt, sichtlich um sie besorgt, hinein in sein Königreich, in dem sie ab sofort miteinander glücklich sind ...

Seufzend betrachtet sie ihre Hände.

Märchen stimmt ... so was Unrealistisches *kann* nicht in der Realität passieren. Aber eines mit Makeln ...

Erstens wusste sie zu diesem Zeitpunkt noch gar nicht, dass es sich hierbei um ihren Traumprinzen handelt. Diese Wahrheit hat sich erst in den letzten Tagen manifestiert.

Zweitens hat er bestimmt nicht vor, sie mit einem süßen Kuss (und allem Weiteren) ins Nirwana der Freude und Glückseligkeit zu katapultieren. Faktisch kommt er ihr nämlich überhaupt nicht zu nahe.

Und drittens ... Ihr Traumprinz ist sauer.

Mal davon abgesehen, dass er nicht der ist, für den er sich ausgegeben hat. Aber das ist nebensächlich, soweit sie das einschätzen kann, trifft das hier ohnehin auf jeden zu, außer auf sie selbst. Sie ist und war Sophia Wagner – die Bekloppte.

Ja, diesen Namenszusatz führt sie seit Neuestem ...

Aber erst einmal zu den Ereignissen, *nachdem* sie Millers Appartement verlassen hatten.

Auf irgendwelchen Wegen, von denen Sophia nie zuvor was gehört und die sie sich in ihrem Zustand auch garantiert nicht gemerkt hat, brachte er sie hierher, ohne dass sie jemandem begegneten. Nach wie vor befindet sie sich im Turm, aber an einer Stelle, die mit Sicherheit nicht offiziell zugänglich ist. Die wenigsten werden von diesem Trakt auch nur wissen.

Hier angekommen ließ er sie auf dem Sessel fallen, und erst

jetzt sah sie das Blut an seiner Schulter.

Sogar die Erinnerung ist peinlich, aber das brachte sie gleich wieder zum Kreischen und ihr eine weitere Ohrfeige ein, bevor er sie an den Schultern nahm und heftig durchschüttelte.

»Komm zu dir!«, befahl er rau und mit dieser verzerrten Stimme, deren Ursache sie inzwischen zuordnen konnte. »Ich muss wieder los, bevor meine Leute auftauchen und dumme Fragen stellen. Du bleibst hier, verhältst dich ruhig und ...« Damit fiel sein Blick auf ihre Brüste, die trotz Tuch freilagen. Mittlerweile merkte sie schon gar nichts mehr von ihrer Nacktheit. »Zieh dir um Himmels willen was an!«

Damit ging er und ließ sie allein. Total am Ende, total rastlos und total verängstigt.

Erst Stunden später kehrte er zurück – Sophia hatte sich derweil aus seinem Schrank ein T-Shirt geklaubt, in dem sie ersoff, und eine seiner Unterhosen angezogen.

Kein Lächeln, keine Wärme und schon gar keine Sorge. Sein Gesicht offenbarte nichts von dem, was sie so dringend brauchte. Aber sie bemerkte mit einiger Erleichterung, dass seine Schulter verbunden war.

Er setzte sich nicht, sondern lehnte im Türrahmen und musterte sie ausdruckslos. Für eine lange, lange, unsichere Weile. Und als er anhob, klang es nüchtern bis geschäftsmäßig. »Ich musste tricksen, um dich aus diesem Schlamassel herauszuhalten. Wenn meine Leute von deiner Anwesenheit in Millers Appartement erfahren, werden sie dich so lange ausquetschen, bis du einer Trockenpflaume gleichst. Ich dachte mir, dass du das vielleicht nicht willst.«

Sie nickte etwas wacklig, einen Dank konnte sie nicht aussprechen, denn als ihr einfiel, dass der höchst angebracht war, fuhr er bereits fort. »Die vier Typen sind tot, weshalb sie auch nicht mehr aussagen können, Miller liegt im Krankenhaus und ist frühestens morgen vernehmbar. Wir können dem Russen nichts nachweisen, denn Miller wird garantiert die Schnauze halten. Ich schätze, er hat keine Lust, zu sterben ...«

»Sie haben Mrs. Miller entführt!«, wisperte sie.

»Bullshit!«, lachte er und ging Haare raufend im Zimmer auf und ab. »Sie hat sich abgesetzt! Das wurde von uns längst überprüft. Wahrscheinlich nutzten sie das Gerücht als zusätzliches Druckmittel. Der Kerl ist nicht halb so abgebrannt, wie er vorgibt!« Mehrmals blieb er stehen, wandte sich zu ihr um und wollte etwas hinzufügen, besann sich aber stets und ging weiter.

Ewigkeiten später holte er tief Luft. »Gut.« Erst jetzt blieb er stehen und sah sie wieder an. »Was weißt du noch?«

Nun, es stellte sich heraus, dass sie eine ganze Menge wusste, auch wenn Sophia das nicht unbedingt klar gewesen war. Sie berichtete von Jabba, was nichts Neues für Ethan war. »Da kann ich derzeit nichts tun, ohne dich mit hineinzuziehen.«

Als Nächstes berichtete sie von Vlad – wer immer das ist –, und er lauschte zunächst aufmerksam, bevor er abwinkte. »Die Hoffnung, den zu fassen, hatte ich nie.« Dann kam das Thema auf Paul. Und als Sophia in Auszügen beschrieb, wie hilfsbereit und nett er gewesen war und dass sie sich wirklich nicht vorstellen könne, dass der etwas mit dem gesamten Schlamassel zu tun habe, lachte Ethan laut und echt herzlich, bevor er sie mit verzerrter Grimasse ansah. »Daran merkt man mal wieder, *wie* dämlich du bist! Ich hatte es dir gesagt, aber du wolltest es nicht glauben und gingst damit freudestrahlend einem abgefuckten kleinen Zuhälter in die Fänge. *So* macht dieser Penner sein Geld. Offenbar mit Baker zusammen, was ich noch nicht wusste. Ich dachte, er hängt ausschließlich mit dem Russen zusammen. Lass mich raten, er wollte, dass du deinen Job aufgibst, konnte aber mit deiner Weigerung sehr gut leben?«

Wenn er knurrt, sieht Ethan leicht bis mittelschwer bedrohlich aus (sexy übrigens auch), deshalb nickte Sophia nur knapp, und er lachte wieder auf, bevor er die Augen schloss und den Kopf schüttelte. »Solange die Menschheit derart dumme Weiber hervorbringt, wird das niemals aufhören.«

Nein, sie sagte noch immer nichts, wollte es nicht einmal, denn zu allererst fühlte Sophia sich schlecht. Oberschlecht – um genau zu sein.

Als er sie wieder ansah, war die Nüchternheit zurück. »Er hatte dich schon länger auf seiner Liste, wenn ich das richtig verstanden habe. Bakers Machenschaften sind im gesamten Tower bekannt, nur können wir ihm nichts nachweisen. Die Kunden halten dicht, die Mädchen auch – vielleicht Miller …«, überlegte er stirnrunzelnd, bevor er sie böse musterte. »Dir ist natürlich nicht aufgefallen, dass dein Boss nur junge, hübsche Mädchen beschäftigt, die alle irgendwann dazu angehalten werden, neben dem Putzen besonders nett und freundlich zu ihren ›Klienten‹ zu sein?«

»Ich habe nicht darüber nachgedacht«, wisperte sie, was er geflissentlich überhörte.

»Und dass die Uniformen immer aufreizender werden, hast du auch erfolgreich verdrängt?«

»Ich wusste nicht, warum«, erwiderte Sophia, während sie sich immer mehr wie der größte Trottel der Nation vorkam. »Mit den anderen konnte ich nicht darüber sprechen ...«

»... weil du deine Kolleginnen so selten siehst«, nickte er. »Damit ihr euch nicht austauschen könnt. Er testet die potenziellen Nutten, nicht alle werden befördert. Oder wusstest du davon und hast freudestrahlend ...«

»Nein!«, rief sie sofort. »Ich schwöre, ich hatte keine Ahnung! Ich dachte ...«

»... nichts, wie üblich«, vollendete er knapp, bedachte sie noch mal mit einem geringschätzigen Grinsen, bevor er seinen Marsch wieder aufnahm.

Sophia, die begriff, dass man ihn bei solchen Meditationen nicht unbedingt stören sollte, wartete, bis er unvermittelt stehen blieb und zu ihr herum fuhr. »Lass mich raten, er war wirklich nett zu dir, oder? Hat dich ermuntert, eine Frau und schön zu sein, aus dir rauszugehen?«

»So in etwa, aber ...«

Grimmig nickte er. »Und dann kamen Männer, die dich begutachtet haben ...«

»Er hatte manchmal Besuch, aber die kamen doch nicht *meinetwegen!*« Selbst in ihrem total schlechten Zustand wurde sie langsam sauer. Paul Walker *war* nett zu ihr gewesen! Daran ließ sich nun einmal nichts deuteln!

Wieder lachte er auf. »Nicht? Weswegen kamen sie denn dann?«

»Das weiß ich nicht! Ich hab doch nicht jeden gefragt, warum er auftaucht!«

»Sicher nicht!«, murmelte er sauer und lief weiter, bis er erneut zu ihr herumfuhr. »Hat er dich gefickt?«

»Was?« Doch sie konnte ihr Erröten nicht verhindern, was ihm wohl als Antwort genügte.

»Ich war nie mit ihm im Bett ...«

»Aber?«

Verdammt!

Während ihr Blick im Raum umherirrte, suchte Sophia nach einer Möglichkeit, das so harmlos auszudrücken, wie sie es gesehen hatte, wobei ihr ganz nebenbei auch endlich aufging, dass es das aber nicht gewesen war.

»Es war ganz harmlos«, stammelte sie dennoch und erntete ein Schnauben. Doch wenigstens fragte er nicht weiter nach, sondern baute sich eine Marscheinheit später wie ein Racheengel vor ihr auf.

»Nichts kann ich nachweisen, niemanden festnehmen, ohne dich mit hineinzuziehen. Was ich ...« Ungläubig schüttelte er den Kopf, »nicht tun werde, obwohl du nur ein dreckiges kleines, egoistisches Flittchen bist, das die Beine für jeden breitmacht, um ihren unterbezahlten, dreckigen Job nicht zu riskieren!«

Schock hin oder her, das war zu viel. Mit einem Satz stand sie und verpasste ihm eine schallende Ohrfeige, auch wenn sie dafür ein bisschen hochspringen musste. Es klatschte mörderisch, und seine Wange war umgehend krebsrot, sie hatte alle Kraft eingesetzt. Erst, als er verhalten aufstöhnte, fiel ihr wieder ein, dass er ja verletzt war. Verdammter Mist!

Doch eine Entschuldigung war nicht möglich, schon weil *sie* das nicht wollte. Außerdem ließ er sie nicht zu. Denn er starrte sie nur mit einem funkelnden, hasserfüllten Blick an, der mal wieder ihre Eingeweide in die Kniekehlen beförderte, und nickte. »Womit wohl alle Unklarheiten beseitigt wären.«

Und damit ging er …

* * *

Seufzend schaut sie auf. Das ist jetzt vier Wochen her, und seitdem herrscht zwischen ihnen eisiges Schweigen.

Ethan spricht nur das Notwendigste mit ihr, sorgt allerdings stets für einen gefüllten Kühlschrank und hat ihr sogar einen Laptop besorgt, den sie jedoch ziemlich ratlos anglotzt, weil sie nichts damit anzufangen weiß.

Im Grunde ist sie eine Gefangene, denn bei einem der wenigen Anlässe, an denen er überhaupt mal mit ihr sprach, hat er ihr eingeschärft, nicht die Räume zu verlassen. Damals sah sie das noch gelassen, doch je mehr Zeit ins Land geht, desto ratloser wird sie. Soll sie etwa für den Rest ihres Lebens in seinem Appartement verbringen? Ehrlich, da zieht sie lieber die Aussage vor Gericht vor oder das Ausquetschen oder wovor auch immer er sie angeblich bewahren will. Vor allem, weil er so ... *wütend* ist.

Jeden Tag verschwindet er am Nachmittag, immer in seiner Barmannkluft – weshalb sie davon ausgeht, dass er nach wie vor im *Angels* arbeitet. Dabei ist er doch gar kein Bartender, oder?

Das ist auch so ein Problem, denn in Wahrheit weiß sie nicht, wer er ist. Er spricht ja nicht mit ihr.

Ihre Sachen sind auch für immer verloren – nicht zuletzt ihr Tagebuch. Denn sie kann sich nirgendwo mehr blicken lassen. Am wenigsten in Pauls Appartement. Höchstwahrscheinlich bereitet der sich damit jetzt ein paar nette Stunden. Inzwischen ist sie so niedergeschlagen, dass nicht einmal diese Vorstellung noch sehr treffen kann.

Irgendwann kam Ethan mit ein paar Klamotten, die er ›irgendwo billig abgeschossen‹ hat, wie er ihr dumpf mitteilte. Weshalb sie wenigstens nicht mehr seine Sachen tragen muss. Doch ansonsten sitzt sie vor dem Fernseher und ... grübelt.

Er hat für sie sein Bett geräumt und schläft auf der Couch. Sehr groß ist sein Appartement nämlich auch nicht, weshalb sie aktuell auch noch das schlechte Gewissen plagt. Doch am allermeisten setzt ihr zu, dass er sie nicht ansieht.

Niemals!

Es ist, als hätte er den heiligen Eid abgelegt, nie wieder ein Auge auf Sophia Wagner zu werfen. Vielleicht aus Angst, andernfalls seine Sehfähigkeit zu verlieren. Dieser Mann ist nicht der, den sie kennengelernt hat, sondern übellaunig, wortkarg bis zur totalen Stummheit und vor allem unfreundlich.

Nach zwei Wochen Permanentschweigen war sie so zermürbt, dass sie begann, Pläne zu schmieden, die ihn dazu bringen könnten, wieder der Alte zu werden. Gut, sie räumt ein, dass die nicht sonderlich clever ausfielen – aber dieses ewige Herumsitzen wirkt sich absolut nicht vorteilhaft auf ihr Denkvermögen aus.

Mal empfing sie ihn mitten in der Nacht mit einem fürstlichen Essen – glücklicherweise weiß sie ja, wann er Feierabend hat. Er sah das Festgelage kaum an, verkündete ein »Ich bin müde!« und verschwand im Bad.

Ein anderes Mal versuchte sie es mit Kaffee, den sie ihn um die Mittagszeit ans Sofa brachte.

Nachdem sie ihn betrachtet hatte und dabei feststellte, dass er immer noch so verdammt hübsch ist, weckte sie ihn behutsam (gern hätte sie ihn geküsst, doch dazu fehlt leider jede Basis) und erntete ein entnervtes Grunzen. »Ich habe bis zwei Uhr geschuftet, bist du irre?«

Sie ging wieder, aber mit gesenktem Kopf und konnte diesmal die Tränen nicht mehr vollständig zurückhalten. Warum behandelt er sie so ... *gemein?*

Nun, die Antwort liegt nahe, weshalb Sophia auch nur drei Tage angestrengten Grübelns benötigte, um darauf zu kommen. Zumal er es ihr gesagt hat: Er hält sie für ein Flittchen.

Und mal ehrlich – nachdem die erste Wut vorbei war, konnte sie sogar vernünftig darüber nachdenken. Hat er nicht auch allen Grund dazu? Hat sie sich nicht, zumindest in seinen Augen, genau so verhalten? Schließlich hat er sie nackt bei Miller gefunden. Was dem vorausging, kann er sich wohl an fünf Fingern ausrechnen.

Nicht zum ersten Mal könnte Sophia sich schlagen, weil sie

über zwanzig Minuten in einem der herrlichsten Ankleideräume zugebracht hat, den es wohl überhaupt auf der Welt gibt – nackt!, wohlgemerkt –, und nicht auf die Idee kam, sich eventuell mal etwas anzuziehen. Es hätte nicht viel gerettet, aber wenigstens ein bisschen, schätzt sie.

Alles wäre nur halb so schlimm, wüsste sie nicht, welcher Mann in diesem ewig mürrischen, übellaunigen und herablassenden steckt. Das Letztere hat sich erst nach ungefähr zwei Wochen eingestellt, und seitdem geht es diesbezüglich immer weiter nach oben.

Kurzum, er behandelt sie wie Dreck.

Je mehr sie sich um ihn bemüht und danach sehnt, dass er sie wieder so ansieht, wie damals, bevor sie auf einige Ideen kam, die zwar verständlich (also ihrer Meinung nach) aber im Endeffekt echt dämlich waren, desto gemeiner wird er.

Zuerst bemängelte er den Zustand des Appartments:

»Du sitzt den ganzen Tag herum, wie wäre es, wenn du wenigstens mal Ordnung schaffst?«

Das tut sie, nur genügt ihm das Ergebnis offenbar nicht.

Dem folgte die Zeit, in der er nächtelang fortblieb, irgendwann mittags erschien, duschte und sich umzog, bevor er grußlos verschwand.

Aber auch diese Phase ging vorüber, weil sie sein Verhalten tunlichst unkommentiert ließ. Irgendetwas sagte ihr, dass er nur auf einen derartigen Beitrag wartete, um mit dem von ihm losgetretenen Kleinkrieg erst richtig zu beginnen.

Egal, wie sie es dreht und wendet: Sie wohnt bei ihm. Wirft er sie hinaus, war es das. Wohin sollte sie gehen?

Eine Frage, die sie sich in den kommenden zwei Wochen häufiger stellt. Denn jetzt ist er öfter anwesend, was die Lage keineswegs vereinfacht. Es kann schon mal vorkommen, dass er gedankenlos das Bad betritt, wenn sie gerade unter der Dusche steht. Dann vernimmt sie ein dumpfes »Fuck!«, bevor er lautstark die Tür zuwirft.

Von außen.

»Schließ verdammt noch mal ab, bevor du dich ausziehst!«, knurrt er sie an, sobald sie das Bad verlässt. »Ich will deine Titten nicht sehen und den Rest auch nicht!«

Anstatt etwas zu erwidern, beißt sie sich auf die Unterlippe und verzieht sich in ihr Zimmer, das eigentlich seines ist. Und jetzt heult sie wirklich. Doch es hält nicht lange an, irgendwann hebt sich ihr Kinn und ihre Miene wird trotzig.

Ja, sie hat einen Fehler begangen – gut.

Es tut ihr auch leid – gut.

Sie würde es gern ungeschehen machen – kann es aber nicht. Und selbst wenn, würde er ihr nicht die geringste Möglichkeit dazu einräumen.

Das ist die reine Wahrheit. Sie ist chancenlos.

Doch ihr ist das bekannte, begehrliche Glitzern in seinen Augen nicht entgangen. Kurz flackerte es auf, bevor er sich wieder hinter der Maske der Gemeinheiten versteckte, aber es war da.

Noch ist sie allerdings nicht vollständig sicher, mit ihrer Vermutung richtig zu liegen, weshalb es eines kleinen Experimentes bedarf ...

Als Ethan am nächsten Tag nach Hause kommt, steht Sophia in der Küche und bereitet ein Dinner vor, von dem sie weiß, dass er es nicht mit ihr einnehmen wird. Es ist ihr egal. Sie kocht täglich für zwei, nur, um ihm zu beweisen, dass sie sehr wohl selbstlos ist und keineswegs die egoistische Schlampe, die er unbedingt in ihr sehen will.

Selbstvergessen schneidet sie die Karotten und geht dabei ziemlich rabiat mit dem Messer um. Die Klinge arbeitet in atemberaubender Geschwindigkeit. Immer wieder geht sie auf das Brett nieder. Hat irgendwie was echt Befriedigendes, wenn sich der glatte Stahl in Sekundenbruchteilen – ha!, was für ein dämliches Wort – hebt und senkt. Und es geht planmäßig schief, weil sie diese Übung noch nie beherrscht hat.

»AU!«, keucht sie plötzlich. »Verdammt!«

Es dauert ungefähr ... *drei* Sekunden, bevor er in der Küche auftaucht. »Was ist los?« Die Augen voller Wärme und Sorge, der

Blick irrt hektisch umher, um den Grund für ihren Schmerzensschrei zu finden. Als er das Blut an ihrer Hand ausmacht, ist er mit zwei großen Schritten bei ihr. »Zeig her!«

Wortlos hält sie ihm den malträtierten Finger entgegen, und er seufzt. »Du musst vorsichtig sein, die Messer sind sehr scharf.«

Stumm beobachtet sie, wie er ein paar Küchentücher abreißt, ihr einen Behelfsverband anlegt, anordnet, dass sie »fest zudrücken!« soll und dann verschwindet, um das echte Verbandsmaterial zu besorgen.

Alles in allem vergehen fünfzehn Minuten, ehe die Wunde verbunden ist.

So lange hat sie den besorgten, den warmen – *ihren* Ethan. Doch kaum ist er fertig, und ihr Tod noch mal abgewendet, sieht er auf und seine Miene ist wieder hart. »Ich schätze, es ist besser, wenn ich was beim Italiener hole. Deine Kochkünste sind unter aller Sau!«

Damit greift er zu seiner Brieftasche und geht.

Sobald die Tür ins Schloss gefallen ist, lächelt sie ein wenig und betrachtet ihren professionellen Verband.

»So, so ...«, murmelt sie dabei und beginnt dann, das Horrorchaos in der Küche zu beseitigen.

* * *

Er kehrt natürlich nicht mit irgendetwas Nahrhaftem zurück, stattdessen lässt er sich für ganze zwei Tage nicht blicken.

Zwischenzeitlich ist sie fast am Ende, fragt sich, ob sie doch mehr gesehen hat, als vorhanden ist, und atmet viel zu laut auf, als er endlich wieder im Appartement auftaucht.

Grußlos geht er ins Bad und kommt wenig später nur mit einem Handtuch bekleidet wieder.

»Ich habe nicht viel Zeit«, verkündet er tonlos. »Mach einen Zettel, wenn etwas an Lebensmitteln fehlt. Ich werde sie vor der Arbeit holen.«

Sie schreibt einen Zettel, oh ja. Allerdings fällt die Botschaft sehr kurz aus:

Den drapiert sie klatschend vor ihm auf dem Tisch. Er betrachtet ihn nur flüchtig, nickt »Dito«, nimmt seine Jacke und geht.

Womit fast ihr Ultimo erreicht ist.

Fast, aber noch nicht ganz. Inzwischen gelingt es ihr nicht mehr, diesen Mann einfach so zu verlassen. Vielleicht hat sie sich auch zu ausufernd wie Abfall behandeln lassen, und das lange vor ihm, um sofort die erforderlichen Konsequenzen zu ziehen. Außerdem kann sie sich nicht länger gegen die Tatsache wehren, dass sie sich in ihn verliebt hat.

Wann? – nun, darüber schweigt Sophia sich aus, sogar in ihren Gedanken, denn die Antwort ist zu niederschmetternd und bestätigt im Grunde, was er ihr vorwirft: dass sie egoistisch gehandelt hat, als sie mit Paul ging, nicht nach dem Herzen und damit sein wundervolles Angebot ausschlug. Erst jetzt hat sie es als das identifiziert, was es war.

Sie weiß nicht einmal, ob da etwas mit ihrer blonden Ex-Freundin läuft, irgendwo muss er ja schlafen, wenn er nicht hier ist.

Aber selbst diesen unangenehmen Gedanken wischt sie beiseite, denn er verursacht zu viele Schmerzen. Tief in ihrer Brust. Nun, wo sie diese ertragen muss, weiß sie, dass sie für Mr. Smith (alias der verweichlichte Idiot) nie Liebe empfunden hat. Jetzt, wo sie eine derartige Emotion tatsächlich erfährt. Unerwidert – was sie selbst verschuldet hat.

Noch gibt Sophia nicht auf, und das hat nichts mit ihrer seltsamen Situation zu tun, die sie nicht einordnen kann, weil Ethan sie nicht darüber in Kenntnis setzt, was überhaupt abläuft.

Einzig aus dem Gefühl heraus, ihn nicht verlieren zu wollen – es nicht zu *dürfen* – gibt sie sich noch eine Chance.

Allerdings die Letzte.

Auf der Flucht

Wie oft hat er den Tag verflucht, an dem er dieses Wesen mit in sein Appartement genommen hat?

Nie!

HAHA!

In Wahrheit verflucht er nämlich bereits das Datum ihres Kennenlernens.

Mann!

Warum ist er nicht mit nach Darfur gegangen, als das Angebot im Raum stand? Dort wäre es so toll gewesen. Hitze, Sonne, jede Menge Rebellen, Tote, Schwerverletzte, Attentate, amerikanische Drohnen, die von oben bombardieren. Kein Witz, Ethan ist tatsächlich sicher, dass er mit dem, was er jetzt weiß, dieses Theater genossen hätte.

Wäre er nicht so blöd gewesen, stattdessen diesen Undercoverjob anzunehmen.

Selbst die Tatsache, dass er abgesehen von ein paar Leichen leer ausgegangen ist, kann ihn nicht angemessen tangieren, was ihm ernsthaft zu denken geben sollte. Nicht einmal diesen schmierigen Walker konnte er dingfest machen, der seine verfickten Finger an ihr und in ihr hatte, seine Zunge auf ihr, seinen stinkenden kleinen, kaum sichtbaren Schwanz in ihr ...

Wann immer seine Gedanken diese Richtung nehmen, hält Ethan einen Moment inne, schließt die Lider und atmet langsam und sehr andächtig durch.

Nein, das ist nicht *er!*

Allgemein gilt er als besonnen, nicht aufbrausend, geduldig und vor allem: *überlegt!*

Dieses verdammte Weib klaut ihm nicht nur seinen Charakter, es raubt ihm darüber hinaus auch langsam aber sicher den Verstand!

Wütend stapft er den Gang entlang, der zu jenem geheimen Trakt gehört, in welchem seine Abteilung sitzt. Ein Turm im Turm – so wird sie häufig genannt. Hier befinden sich nicht nur die Büros und die Schreibstellen, sondern darüber hinaus die Appartements, in denen die Agenten untergebracht sind. Es existiert auch eine Pseudobehausung in der unteren Etage, sollte jemand dumme Fragen stellen. Dort hält er sich neuerdings häufiger mal auf, um dem wundervollen, so anbetungswürdigen Grauen in seiner Wohnung zu entfliehen.

Nie zuvor in seinem Leben war er so hin und hergerissen.

Schaut er sie an, *denkt* er nur an sie, an diese unendlich verheißungsvollen Lippen, die er nur zweimal spüren durfte, dann will er sich auf sie stürzen und diese Übung wiederholen.

Lange, ausgiebig und verdammt noch mal immer und immer wieder.

Doch sobald er seinen größten Wunsch mental äußert, sieht er sie mit diesem widerlichen Walker zugange. Schlimmer noch, mit Miller, mit all den Typen, denen sie es gegen Geld besorgt hat.

Er *kann* sie nicht berühren, ohne zwangsläufig daran zu denken, dass sie ihm niemals allein gehören wird, und versagt sich damit das, was er mehr begehrt, als jemals etwas zuvor.

Es ist, als wäre seine Heilige entweiht worden, obschon ihm sein Verstand flüstert, wenn der mal nicht ausschließlich mit dem unbefriedigten Teil in seiner Hose denkt, dass sie nie war, was er gern in ihr sehen wollte.

Immer wieder denkt er an jene Nacht zurück, in der er sie zum zweiten Mal total abgefüllt nach Hause brachte. Sie hatte sich gegen diesen Walker zur Wehr gesetzt und Ethan durch die Einmischung seine Tarnung riskierte, ohne dass es ihn auch nur ein zweites Nachdenken kostete.

Er zog sie aus, starrte mal wieder wie benommen diesen herrlichen Körper an, berührte sie *nicht*, schließlich ist er kein Schwein, sondern behütete sie nur die ganze Nacht. Neben ihr liegend, mit nur *einem* Arm um sie geschlungen. Und dass seine Hand dabei versehentlich auf ihrer so wahnsinnig süßen Brust landete ... nun, das war nicht seine Schuld, sondern Schicksal.

Kurz vor dem Weckerklingeln – er hatte sich zuvor davon überzeugt, dass er diesmal auch gestellt war –, küsste er sie. Zärtlich und sanft – so gar nicht das, was er eigentlich wollte. Und in diesem Moment schwor er sich, sie nicht diesem Arschloch von Zuhälter zu überlassen, sondern alles zu tun, damit sie eben nicht unter die Räder kam, sondern bei ihm landete, wo er ihr die Welt zu Füßen legen und es über Wochen mit ihr treiben würde.

Was eine durchaus edle Überlegung war, findet er.

Nun ja, sie erlebte einen bombastischen Höhepunkt im *Angels* – allerdings war er weniger dafür verantwortlich –, und am nächsten Tag war sie verschwunden.

Und Ende!

... sollte man meinen.

Nur ist Ethan, wenn es Sophia Wagner betrifft, nicht ganz zurechnungsfähig, weshalb er sich über sie erkundigte, dahinterkam, was ihr in der Jugend widerfahren ist, und wie sie sich allein durchschlagen musste. Es erklärte vieles, nur leider nicht genug. Denn auch Ethan hatte es nie leicht und ist dennoch nicht korrupt geworden.

Niemals!

Und nun lebt diese unvergleichlich schöne und so verkorkste Frau in seiner Wohnung, während er sich über ungefähr 2000 Gesetze und Interna hinwegsetzte, indem er sie *nicht* seinen Kollegen von der Sitte als Kronzeugin übergab.

Und *das* ist mit Abstand noch sein geringstes Problem.

Als er an diesem Tag nach Hause kommt, bereut er diese Tat bereits beim Türöffnen. Der unverkennbare Geruch wahnsinnig guten Essens steigt ihm in die Nase, von dem er weiß, dass er es ablehnen wird, so wie immer. Warum?

Keine Vertraulichkeiten zulassen!

Damit beginnen nämlich stets die Schwierigkeiten, die für einen Mann wie ihn zwangsläufig in einem Fiasko enden. Obwohl, von Beginnen kann ja keine Rede sein, verdammter Fuck!

Wie üblich, wenn er unbedingt vor ihr fliehen muss, tut Ethan das einzig Vernünftige, er begibt sich ins Bad. Dem einzigen Ort in dieser viel zu kleinen Wohnung, an den sie ihm nicht folgen kann, und wo er vor ihr sicher ist.

Nie zuvor hat er so häufig geduscht, wie in den letzten Wochen. Doch kaum hat er *diese* spezielle Tür geöffnet, erkennt er, dass es das Unvernünftigste war, was er tun konnte.

Tja, so kann´s gehen!

Denn er steht direkt vor einer dunklen, feuchten Nixe, die soeben im Begriff ist, aus der Dusche zu klettern. Das schon im trockenen Zustand unvorstellbar lange Haar rekelt sich jetzt auf ihrem makellosen Rücken, die dunklen Brustwarzen sind aufgestellt, die glänzenden Lippen geöffnet, die Augen strahlend blau, und er ist tot.

All das hat er mit dem scheiß geschulten Blick innerhalb der einen Sekunde aufgenommen, die es benötigt, um diese abgefuckte Tür wieder zu schließen.

Noch eine Nacht, die er einsam in seinem Bett zubringen und an sich herummachen wird, mit ihrem Bild vor sich.

Und warum?

»Weshalb schließt du nicht die verschissene Tür ab?«, brüllt er seinen Zorn genau an jene, hinter welcher sich diese verdammte Frau befindet. Nur wenige Zentimeter von ihr entfernt.

Nackt!

Wunderschön!

Der Traum eines jeden Mannes – und ganz besonders seiner.

Wütend starrt er das unschuldige dunkle Holz an, in seiner Hose herrscht jene schmerzende Enge, mit der er schon seit Wochen regelmäßig kämpfen muss und nie Entlastung bekommt.

Das ist *Folter!*

Plötzlich legt sich ein eisiger Ausdruck auf sein Gesicht.

Warum nicht?

Sie wohnt hier, er kommt für alle Unkosten auf, hält sie aus, schützt sie vor allem, was da draußen lauert, träumt jede abgefuckte Nacht von ihr und kriegt sie einfach nicht aus seinem

Schädel. Und er ist weder der Erste noch der Letzte, es wird ihr nichts ausmachen. Wenn er ihre Miene, die sie seit Wochen auflegt (was die Gesamtlage übrigens auch nicht unbedingt entspannt), richtig deutet, dann will sie es auch, wartet nur darauf, sendet ihm unentwegt die entsprechenden Signale, die er bisher so verbissen ignorierte.

Warum? Das Leben ist kurz!

Kaum gedacht, legen sich die Schmerzen ein wenig und er tut einen Teufel, sich sein Vorhaben ein zweites Mal zu überlegen. Stattdessen zückt er das Handy und bestellt kurzfristig eine Vertretung für den heutigen Dienst im *Angels.*

»Fieber!«, grollt er in den Apparat, als nach dem Grund seines Fernbleibens gefragt wird. Bevor von Hazel noch ein weiterer dämlicher Beitrag kommen kann, hat er das Gespräch bereits beendet und setzt sich in den Sessel, der genau zum Zimmerausgang zeigt.

Lange warten muss er nicht. Wenige Minuten später tritt sie aus dem Raum, das Haar jetzt in ein Handtuch gehüllt und sie insgesamt in *seinem* scheiß Morgenmantel, den er nie benutzt. Geschenk von seiner Mutter, die einfach nicht begreift, dass kein Mann, der etwas auf sich hält, so etwas anzieht.

Als sie ihn erspäht, stoppt sie jäh, ihre Augen weiten sich, und die Lippen – soeben noch geschlossen – teilen sich wieder. »Oh!«, macht sie, und ein Finger legt sich auf seinen Mund. »Kein Wort!«, befiehlt er leise. »Nimm das Handtuch herunter!«

Für einen winzigen Moment strauchelt sie, ihr Blick stellt ihm Fragen, die er nicht beantworten will, wenngleich er für jede einzelne dankbar ist. Trotz alledem.

Wenigstens nimmt sie sein Angebot nicht ganz kommentarlos hin.

Doch dann greift sie nach oben, ohne den visuellen Kontakt zu brechen, und zieht wie in Zeitlupe den Stoff herunter. Schwer, feucht und in tausend Löckchen gekringelt, fällt das dunkle Haar herab.

»Streich dir die Strähnen aus dem Gesicht!« Oh, fuck! Wenn

er das nächste Mal Luft holt, wird er seine Jeans sprengen.

Sie gehorcht.

Für eine lange Weile betrachtet er sie, bis sie unangenehm berührt von einem Fuß auf den anderen tritt und sich ihr Atem hörbar beschleunigt. Erst dann ertönt seine Stimme wieder im Raum ...

»Und jetzt zieh den verdammten Mantel aus!«

Sophia

Es hat geklappt!

Oh, mein Gott! Sie hat ihn hinter seiner Fassade hervorgelockt! Gut, der warme Ausdruck ist nicht da, und er wirkt auch bestimmt nicht besorgt, eher geil, aber er sieht sie an. Und er will Sex.

Alles Weitere, davon ist sie überzeugt, wird sich finden.

Sie hat keine Skrupel, sich zu entblößen, nicht vor ihm. Dann steht sie da, erkennt sein Begehren und das Funkeln. Die Lippen sind zu einem leicht spöttischen Lächeln verzogen und ihre Haut steht in Flammen. Es ist, als würden gleichzeitig dreitausend winziger Nadeln aktiv sein – nicht unangenehm, nur verdammt lästig. Sie will zu ihm, will sich in seine starken Arme werfen (es handelt sich übrigens um die stärksten starken Arme, die sie jemals sah). Endlich wieder ihn sehen ...

Eilig senkt sie die Lider, weil sie befürchtet, andernfalls aus der Rolle zu fallen. Denn die Feuchtigkeit sammelt sich bedrohlich zwischen ihren Beinen und ihre Brüste ziehen sich allein durch seinen Blick zusammen. Wenn er sie nicht gleich berührt, wird sie elendig zugrunde gehen.

Einfach so!

Und auf ihrem Grabstein wird stehen:

Weil Ethan zu lange gewartet hat.

Äh, wo befindet sich hier eigentlich der Friedhof?

Als so gar nichts kommt, öffnet sie die Lider doch wieder, und Sophia erschrickt, denn das Lächeln ist verschwunden. Wäre da nicht das heiße Begehren in seinen Augen, hätte sie beinahe gedacht, der eisige, gefürchtete Ethan wäre zurück.

»Komm her!«, ordnet er mit samtweicher Stimme an, und sie folgt auf tauben Füßen. Seine Wangen sind wieder mit diesem sexy dunklen Schatten versehen, das schwarze Haar wirr, die Strähne zuverlässig in seiner Stirn, unter dem engen T-Shirt zeichnen sich die breiten Muskeln ab und in seiner Jeans eine riesige Beule, mit der sie sich unbedingt näher beschäftigen will.

Wie in Zeitlupe bewegt sie sich auf ihn zu, hält dabei seinen Blick, hört ihr eigenes Keuchen und hasst sich dafür, kann aber nichts dagegen ausrichten. Kurz bevor sie ihn erreicht, nimmt er die Knie auseinander, sodass sie mit ihren genau vor der so begehrten Delle in seiner Jeans zum Stehen kommt, und unter halb geschlossenen Lidern zu ihm hinabschaut.

Wartend auf Anweisungen ...

Wieder betrachtet er sie für eine quälende Ewigkeit, bevor er sich heiser räuspert und mit den Fingerspitzen seiner linken Hand federleicht über das aufgeheizte Dreieck am Ende ihres Körpers fährt.

»Du bist atemberaubend«, bemerkt er dabei. »Kein Wunder, dass alle auf dich abfahren. Ich auch.«

Ohne wegzuschauen, zieht er sein T-Shirt über den Kopf, entblößt diesen unvergleichlichen Körper, dessen Muskeln wie gemeißelt wirken. Sechs zählt sie allein am Bauch – perfekt! Ihre Finger zucken, weil sie unbedingt dieses heiße Delta berühren wollen, das in der Hose mündet, deren Bund locker auf den Hüften liegt.

Mist!

Ihr Keuchen wird hektischer, als er tatsächlich nacheinander die Knöpfe der Jeans löst, Sophia dabei unablässig fixiert und den Stoff mit einem finalen Ruck über die schmalen Hüften zieht.

Darunter ist er nackt ... okay, jetzt ist ihre Ohnmacht fast beschlossene Sache. Als sie seine riesige, pulsierende Härte sieht, so dominant und Ehrfurcht gebietend, stößt sie ein leises »Oh!«, hervor, und kann ausschließlich dorthin starren. Sie spürt ihn bereits in sich, ihr heißes Fleisch brüllt nach ihm und fühlt sich immer feuchter an. Glücklicherweise gibt es hier keinen Teppich. *›Sag endlich was!‹*, brüllt sie ihm lautlos entgegen.

Er scheint es gehört zu haben, denn genau das tut er dann auch ...

»Du bist eine abgefuckte Nutte, aber ich wette, du kannst es mir fantastisch besorgen. Und ich dir auch. Komm her, Schlampe!« Tonlos und nüchtern ausgesprochen. Jene Worte, die womöglich in jedem männlichen Kopf existieren.

Nur wenige Zentimeter trennen sie von ihrem sprichwörtlichen Glück und plötzlich kann sie sich nicht rühren. Sophia ist wie versteinert. Entsetzen macht sich in ihr breit. Nicht zuletzt, weil sie nackt vor ihm steht.

Hatte sie gedacht, so etwas von Mr. Smith zu hören wäre grausam? Nun, zu jenem Zeitpunkt wusste sie noch nichts von der aktuellen Situation, denn schlagartig ist alles verschwunden: ihr Begehren und das frenetische Herzklopfen. Zwischen ihren Beinen existiert eine ausgedorrte Wüstenlandschaft; sie zieht ernsthaft in Betracht, ins Kloster zu gehen. Und die eben noch so empfindlich zusammengezogenen Knospen ihrer Brüste lassen alle Spannung fallen.

Ohne nachzudenken vollführt sie einen Schritt zurück. »Nein!«

»Was?« Es kommt im wahrsten Sinne des Wortes fassungslos.

»Nein!«, wiederholt sie klarer und weicht noch weiter nach hinten, bis ihre Füße den Mantel am Boden berühren. Eilig bückt sie sich und streift ihn über. »Ich bin niemandes Schlampe und deine schon gar nicht!«

Keine bewusste Entscheidung fällt, als sie in ihr Zimmer geht, das im Grunde nie ihres war, sich umschaut und mit einem höhnischen Schnauben erkennt, dass nichts von den Gegenständen ihr gehört. Nur ihre kleine Tasche hat sie noch, weil Ethan, den sie leider für jemand anderen hielt, als er ist, so geistesgegenwärtig war, sie aus Millers Appartment mitzunehmen. Muss irgendwie ein Fluch sein, dass sie immer an die falschen Männer gerät.

Nichts kann sie mitnehmen, und daher fällt ihr Packen verdammt kurz aus. Sie streift ein T-Shirt über, das ihr eigentlich auch nicht gehört, verfährt ebenso mit Jeans und Schuhen, gönnt sich nicht einmal einen letzten Blick für jenen Raum, den sie in den vergangenen Wochen wirklich lieben gelernt hat, und geht zur Tür.

Kein Gruß, kein kurzer visueller Ausflug zu ihm über die Schulter. Sie will ihn nicht mehr sehen, keinen von seiner Sorte, denn die betrachten sie nur als ein Stück wertloses Fleisch, das man nach Gutdünken benutzt.

Selten hat Sophia sich müder gefühlt.

Ausgelaugter.

Missbrauchter.

Und vor allem: *dümmer.*

Sie ist so verdammt blöd. Na ja, wenigstens damit hat er demnach wohl recht gehabt. Ihre absolut nicht bebenden Hände berühren das kalte Metall des Türgriffs, doch als sie öffnen will, ist er wie von Zauberhand bei ihr und schiebt sich dazwischen.

Seine Arme sind verschränkt, die Hose wieder geschlossen, keine Wölbung vorhanden. Und das T-Shirt fehlt. All das registriert sie wie in Trance, während seine dumpfe Stimme ertönt. »Was hast du vor?«

»Ich gehe.«

»Tust du nicht!«

»Nein? Wenn du dich da mal nicht irrst!« Damit macht sie Anstalten, sich an ihm vorbeizudrängeln, was natürlich eine ziemlich unsinnige Aktion ist. Der Typ ist wie ein Stein. Nicht mal ihr Zerren an seinem riesigen, muskulösen Arm bringt auch nur die geringste Veränderung.

Okay, dann eben anders. Sie starrt zu Boden, holt tief Luft und schaut schließlich direkt in dieses atemberaubende Gesicht. »Lass mich *bitte* gehen.«

Kein Muskel regt sich. »Negativ.«

»Also bin ich deine Geisel? Scheiße aber auch, vom Regen in die Traufe!«

»Wenn überhaupt irgendwas, bist du dämlich«, informiert er sie kühl. »Du kannst nicht raus, weil es momentan keinen Ort gibt, an den du gehen kannst und auch nur annähernd sicher bist.«

»Du beziehst dich auf den Turm? Kein Problem, ich hatte nicht vor, *hier* irgendwohin zu gehen. Du siehst mich nicht wieder, ich verschwinde. Damit müsste dir doch geholfen sein. Dann bist du die widerliche Schlampe endlich los!«

Wortlos fixieren sie sich. Jetzt bewegt sich sein Kiefernmuskel, während er die Zähne sichtlich aufeinanderpresst. Bisher hätte sie nicht geglaubt, diesem Mienenspiel so unbewegt beiwohnen zu können. Doch es interessiert sie nicht. Sophia will nur noch weg. Heulen kann sie später, wo auch immer sie landen wird. Nicht einmal die Aussicht, dieses schützende Gebäude zu verlassen, kann sie noch großartig ängstigen. Denn in Wahrheit behütet es nicht, sondern vernichtet. Gnadenlos.

»Du kannst nicht gehen«, wiederholt er irgendwann bedeutend leiser und mit einem Hauch menschlicher Emotionen.

»Falsch«, gibt sie in gleicher Lautstärke zurück. »Ich kann nicht hierbleiben. Das musst du einsehen!«

»Muss ich das?«, erwidert er mit einem Anflug von Spott. »Wie kommst du auf die wahnwitzige Idee?«

Bis vor Sekunden unvorstellbar, doch langsam stellt sich bei Sophia tatsächlich der Zorn ein. »Was ist los?«, erkundigt sie sich etwas zu schrill. »Eine Schlampe wie mich findest du an jeder Ecke. Jetzt lass die eine weg, dann kannst du dir eine neue suchen.«

»Wer sagt dir, dass ich im Allgemeinen auf Nutten stehe? Du warst hier und dein ewiges Arschgewackel hat mich auf die Dauer geil gemacht!«, faucht er plötzlich, und sie weicht zurück. Kaum gesagt schließt er stöhnend die Lider und lehnt den Hinterkopf gegen die Tür.

Stumm beobachtet sie ihn, inzwischen zittern die Hände doch und die Augen brennen verdächtig, wofür sie sich schlagen könnte. Bekommt sie nicht einmal einen bühnenreifen Abgang hin?

Als er sie wieder ansieht, ist von seinem Ausbruch nichts

mehr zu finden. »Lass uns reden!«

»Nein!«

Unvermutet ertönt ein dumpfes Grollen, einen Herzschlag später hat er sie über die Schulter geworfen und zum Sofa getragen, wo sie kurz darauf mit Schwung landet.

Ein zu sich kommen ist nicht möglich, weil er im nächsten Moment über ihr lehnt, die Arme keilen sie so ein, dass sie sich nicht bewegen kann und seine Nasenspitze berührt ihre.

»Du kannst nicht gehen, kapiert?«, knurrt er dunkel und kaum vernehmlich. »Du hast keinen Schimmer, was los ist. Dein süßer Paul ist der Ansicht, du würdest fröhlich zwitschernd bei meinen Bossen sitzen. Hast du auch nur die entfernteste Ahnung, was passiert, wenn du deine Nasenspitze dort draußen blicken lässt?«

»Nein«, wispert sie zurück, ihre Stimme zittert. »Weil du die Schlampe so ziemlich im Unklaren lässt.«

Nachdem er sie ein letztes Mal betrachtet hat – wahrscheinlich, um sich zu vergewissern, dass sie nicht zur Tür stürzt und doch endlich abhaut –, setzt er sich in seinen Sessel. Genau den, in dem er sie eben so tödlich beleidigt und gleichzeitig so verdammt aufgeheizt hat. »Gut! Was willst du wissen?«

»Was ist mit dem Drachen?«, kommt es wie aus der Pistole geschossen.

»Wem?«

»Mrs. Sm... Miller.«

»Was soll mit der sein? Die fickt sich gerade mit Vlad in den siebten Himmel.«

»Aber sie hatten ihr Ohr!«, fährt sie auf. Bei der Erinnerung an den Anblick wird Sophia immer noch übel.

»Das war ein Fake«, gibt er müde zurück. »Es gehörte irgendeiner armen Sau, die er standardmäßig auf dem Gewissen hat, ihr jedenfalls nicht.«

»Woher weißt du das?«

Anstatt einer Antwort bedenkt er sie nur mit einem überlegenen Grinsen, was sie noch ein wenig höher auf die Palme treibt. »Wer bist du?«

»Ethan? Leidest du jetzt auch noch an Alzheimer?«

»Du weißt genau, was ich meine!« Sophias Hände haben sich zu Fäusten geballt und zittern leicht. Scheint so, als wolle sie ihn schlagen, und ehrlich: Die Vorstellung bereitet ihr immer mehr Vergnügen.

ECHT!

»WER BIST DU?«, wiederholt sie brüllend.

Seine Lippen werden schmal. »Das willst du nicht wissen.«

»Oh, komm schon!«, höhnt sie. »Lass diese verdammte Agententhrillernummer! Das ist albern!«

Urplötzlich lehnt er sich zu ihr vor. »Falsch, Baby. Das ist die Wahrheit«, wispert er dunkel, und sie keucht auf. Wegen der Offenbarung an sich und seiner Nähe im Besonderen. Mist, sie hätte sofort gehen sollen. Das ist nicht gut, sie ist seiner Anziehungskraft nicht gewachsen.

»Du erzählst mir nichts von dir«, beschwert Sophia sich leise.

»Ich erzähle *niemanden* etwas von mir«, berichtigt er sie kühl.

»Dann bin ich niemand? Ach so, das hatten wir ja schon.« Damit steht sie auf, obwohl ihr das inzwischen verdammt große Schwierigkeiten bereitet, und versucht, ihn so nüchtern wie möglich anzusehen. »Ich kapiere, dass du nichts von dir preisgeben kannst. Das respektiere ich auch, eigentlich bin ich überhaupt ein sehr respektvoller Mensch. Ist es zu viel verlangt, wenn du dich mir gegenüber ähnlich verhältst? Du hast mir geholfen, das ist mir nicht entgangen, glaube das nicht. Aber es ist an der Zeit, meiner eigenen Wege zu gehen. Ich werde den Turm auf der Stelle verlassen. Möglicherweise kennst du ja irgendeinen geheimen Tunnel, durch den du mich schleusen kannst, damit ich von den bösen, bösen Verbrechern nicht gesehen werde. Wir können uns ja auch an Stahlseilen hinabhangeln ...« Seine Miene versteinert zusehends, doch sie winkt ab. »Kleiner Scherz zur Auflockerung. Bitte, lass mich gehen. Ich will einfach nicht mehr ... das!« Sie deutet im Raum umher. »Das alles.«

»Was?«

Verdattert glotzt sie ihn an. »Huh?«

»Was genau willst du nicht mehr?«, erkundigt er sich, mit einem Mal sanft und so samten, dass sich ihre Nackenhaare aufstellen. Denn es klingt nicht zärtlich, sondern ziemlich bedrohlich.

»Das alles«, wiederholt sie heiser und schluckt. Verdammt, den Bannblick hat sie glatt vergessen! Und der hat nichts von seiner Macht über sie eingebüßt. Im Gegenteil, er scheint zu allem Übel um ein Vielfaches verstärkt.

»Was alles?«

»Dich.«

»Was ist mit mir?« Langsam erhebt er sich und geht auf sie zu. Viel Distanz hat er ja nicht zu überwinden, auch wenn sie kontinuierlich zurückweicht.

»Du bist ... komisch.«

»Richtig ... das zeichnet mich aus.« Noch immer bewegt er sich – und sie auch.

»Du weißt, was ich meine. Ich dachte, du würdest ...«

»Netter sein?«, haucht er mit schmalem Lächeln. »Dir das Paradies auf Erden bereiten?«

»Nein!«, versichert sie eilig, stolpert beinahe über einen Hocker und fängt sich gerade so, bevor sie sich weiter nach hinten vortastet.

Verdammt, jetzt wirkt *er* zur Abwechslung mal wie ein Gott! Besonders mit diesem nackten Oberkörper. Ein Unsterblicher auf Mordtour. Und sie ist das einzig verfügbare Opfer. Nur nebenbei registriert sie ihr Herz, das Anstalten macht, sich aus ihrer Brust zu befreien und ihren Atem, der selten hektischer gekommen ist.

»Nein?«, wiederholt er erstaunt und mit tödlicher Ruhe. »Was dachtest du dann?«

»Ich ... *nichts!*«, stößt sie hervor und im gleichen Moment mit dem Rücken gegen die Wand.

Flucht beendet!

Er bleibt erst stehen, als er ihr so nah ist, dass ihre Brüste durch das Shirt seine Haut berühren. Wieder stemmt er die Arme links und rechts neben ihr auf, nur diesmal keilt er damit ihren Schädel ein. Den Rest besorgt sein Körper.

»Nichts?«, wispert er rau und betrachtet sie so intensiv, dass sie meint, umgehend in Flammen aufzugehen. Längst sind diese verdammten Insekten am Werk, die sich in ihrem Bauch sammeln und dann weiter hinabdriften. Fliegend, *segelnd*, scheinbar führen sich auf ihrem Trip wahre Pirouetten auf. Kann man trotz sprichwörtlicher Todesangst Sex wollen und das zur gleichen Zeit?

Man kann, registriert sie leicht resigniert, und rafft dennoch allen Mut zusammen. »Bitte, lass mich gehen.«

»Negativ«, haucht er an ihren Lippen.

»Bitte, du willst doch gar nicht, dass ich hier bin.«

»Du hast nicht die geringste Ahnung von dem, was ich will«, verkündet er kaum hörbar, und nimmt ihre Unterlippe zärtlich zwischen die Zähne, sein Atem vermischt sich mit ihrem und dieser betörende Duft steigt ihr in die Nase.

Ohhhh Mist!

Irgendwie befreit sie sich von ihm und fleht ihn erneut an. »Bitte!«

»Bitte, was?« Zerstreut liebkost er ihre Wange, drängt sich dabei an sie und sie spürt ihn genau, weshalb ein Stöhnen unvermeidbar ist.

Sein Schmunzeln treibt sie endgültig in den Ausnahmezustand. »Bitte!«, das kommt lauter. »Wir wollen nicht das Gleiche, und ich kann nicht ...«

»*Wir* wollen nicht das Gleiche?«, spöttelt er und lässt seine Zunge sanft hinter ihrem Ohr entlanggleiten, was sie zum Seufzen bringt und zeitgleich zum Heulen.

»Nein, ich will ... ich ... Oh!« Sanft reibt er sich an ihren Brüsten, eine Hand erscheint plötzlich auf ihrem Rücken und zieht sie ruckartig an sich. Was die Tränen schneller fließen lässt. Er ist so überwältigend, sein Duft so betörend, der Körper so anbetungswürdig ...

»Ich ... will ...«

»Was?« Seine Lippen berühren ihren Mundwinkel, bevor er ihn mit der Zunge befeuchtet.

»Dich!«, keucht sie.

»Kannst du haben«, erklärt er erstaunlich ruhig. »Sofort.« Wie zum Beweis bewegt er seine Hüften und sie spürt die harte Erregung an sich.

»Nicht so!« Verzweifelt stemmt sie die Hände gegen seine Brust, was auch eine schlechte Idee ist, denn in Wahrheit will sie ihn jetzt überhaupt nicht mehr loslassen.

Schon stellen sich die alten Zweifel ein, und Kompromisse betteln um ihren Zuschlag. Warum nicht mitnehmen, was er ihr bietet? Dann kann sie doch immer noch gehen, nur um eine süße Erinnerung an ihn reicher. Und die wird süß ... so viel kann sie in seinen Augen sehen.

Dass diesmal nicht ihre Gier nach ihm siegt, liegt an der großen Wahrscheinlichkeit, wieder beleidigt zu werden. Sie kann das aus seinem Mund nicht ertragen. Lieber träumt sie für den Rest ihres Lebens davon, was er hätte sagen können, als den Beweis zu erhalten, dass dies nie eintreten wird.

Nur steht ihr Gehen so gar nicht auf *seinem* Plan. Und sein Aufgeben auch nicht. Ihre Gegenwehr bleibt ohne jede Wirkung, nicht einmal das halb spöttische, halb sinnliche Lächeln verändert sich. Seine Lippen wandern über die Seite ihres Gesichtes und hinterlassen eine heiß glühende Spur. »Wie dann?«

»Ich will ...« Verzweifelt beißt sie sich auf die Unterlippe, denn das zu äußern fällt ihr nicht unbedingt leicht. »Ich will ...«

»Sprich dich nur aus!«

Sein Mund ist mittlerweile an ihrem Hals angelangt, wie soll sie sich da konzentrieren? Zu allem Überfluss legt sich eine große, starke und so zärtliche Hand um ihr Knie und schlingt ihr Bein um seine Hüften. Die Zehen des anderen verlassen den Boden, weshalb ihr nichts anderes übrig bleibt, als auch das um ihn zu legen. Was sie der Hölle (dem Himmel) noch näher bringt.

Konzentration!, herrscht sie sich an, und bemerkt nur am Rande, dass die Tränen in Sturzbächen an ihren Wangen hinablaufen.

»Liebe«, stößt sie keuchend hervor und er sieht sie abrupt an. Seine Miene ist eine harte Maske, die Lippen – eben noch so voll und zärtlich – bilden eine schmale Linie.

»Die *hättest* du haben können und wolltest sie nicht.«

»Weil ich es nicht wusste!«, weint sie ... Trotzdem sie wie eine Klette an ihm hängt, fühlt sie, wie er sich von ihr entfernt. Seine Erregung, eben noch so dominant an ihrem Körper fühlbar, zieht sich spürbar zurück.

»NEIN!«, stöhnt sie leise.

»Du wusstest nicht, dass ich es ernst mit dir meine?«

»Nein!«

Das überdenkt er, bevor er flüchtig mit den Schultern zuckt. »Tja, Pech für uns beide, würde ich sagen.«

»NEIN!«, wiederholt sie schluchzend und nimmt in einem Akt der Verzweiflung sein Gesicht zwischen ihre Hände. Er will zurückweichen, doch sie ist schneller, packt zu, und hält es, auch gegen seinen Willen.

Dass ihr dieses Kunststück überhaupt gelingt, verleiht ihr ein wenig Zuversicht. »Bitte«, wispert sie an seinen unbewegten Lippen. »Ich konnte es nicht wissen. Ich war verzweifelt. Wenn ich ...«

»Du hättest dich mir anvertrauen können«, bestimmt er tonlos.

»Ich wusste nichts von dir!«

»Von dem anderen wusstest du auch nichts!«

»Aber ...« Mit wachsender Panik sucht sie nach Argumenten, die bereits in ihrem Kopf so verheerend und vernichtend klingen, dass sie diese unmöglich anbringen kann, denn es würde seine Meinung über sie nur bestätigen. Und obwohl in ihrem Gehirn das totale Chaos herrscht, erkennt sie plötzlich, dass er überhaupt nicht sauer ist.

Sie hat das falsch eingeschätzt.

Dumm, so dumm – aber das hatte sie ja schon festgestellt. Er ist verletzt, sogar unendlich. Genau dieses Gefühl ließ er sie vorhin spüren, eine kleine Vergeltung.

Aber er hat sie dennoch geschützt, hat sie vor all dem da draußen ferngehalten, hat höchstwahrscheinlich Dinge getan, um das zu erreichen, von denen sie nicht mal eine entfernte Ahnung hat. Nur für sie.

»Oh Gott!«, wispert sie, während all diese Erkenntnisse sie fluten und er sie ausdruckslos beobachtet, seinen Kopf noch immer in ihren Händen. »Bitte«, fleht sie zum unzähligen Mal. »Es tut mir so leid.«

»Das muss es nicht!«

»Doch!« Heftig nickt sie, wobei sich ein paar Tränen lösen und seine Wangen benetzen. »Und wie! Ich war so dumm.«

Das bringt ihr ein halbherziges Lächeln ein. Und wohlgemerkt, sie hat immer noch ihre Beine um seine Hüften geschlungen, seine Arme halten sie – haben instinktiv zugegriffen, anders könnten sie auf diese ineinander verschlungene Art nicht stehen. Trotzdem, er hätte sie auch loslassen können. Sie fühlt *ihn* zu neuem Leben erwachen und erkennt, dass *er* das wahre Stimmungsbarometer ist, Ethans Miene kann täuschen.

Weiter!, spornt sie sich an. *Gib alles! Es wäre echt Scheiße, wenn du jetzt versagst, denn du liebst ihn ...*

... und er liebt dich.

Weit hat sie es nicht, um zu seinem Gesicht zu gelangen, sie hilft auch ein wenig mit den Händen nach, bis sie seine Wangen erreicht und heftige, heiße und salzige Küsse verteilt. »Ich wusste das nicht, ich schwöre, ich wusste nicht, was Miller mit mir ...«

»Also hat er dich vergewaltigt?« Immer noch tonlos, doch von neuem Interesse belebt.

Mist!

Nie war der Wunsch zu lügen intensiver, und nie war die Lüge naheliegender, doch sie fühlt, dass dies gleichzeitig das endgültige Aus zwischen ihnen bedeuten würde und wählt den steinigen, weil wahren Weg.

»Ich ... war in ihn verliebt«, wispert sie kaum hörbar, und als er scharf den Kopf zurückziehen will, hält sie mit aller Macht dagegen. »Ich habe von ihm geträumt. Viele Monate lang.«

Zitternd holt sie Luft, blickt für einen Moment zur Seite und erkennt, dass sein Widerstand ein wenig nachlässt. »Ich dachte, er hätte mich endlich bemerkt und er wäre ...«

»Auch in dich verliebt?« Nur leichter Spott schwingt mit,

nichts Verletzendes.

Dankbar nickt sie. »Ich wusste immer, dass es nur ein Traum ist, und als er plötzlich so ... nett ...« Ethan zieht eine Grimasse und Sophia muss kichern, ob sie will oder nicht, »... na ja, er war betrunken, aber er wollte mich. *Mich!*« Mit großen, feuchten Augen starrt sie ihn an, und er schließt lachend die Lider, bevor er seufzt. »Jeder tut das.«

»Nein!«, widerspricht sie sofort. »Bestimmt nicht. Und außerdem ...« Jetzt flüstert sie wieder. »... außerdem will *ich* nicht jeden. Nicht mal jeden Zwanzigsten. Ich wollte auch Paul nicht. Es war ein blöder Fehler, aber ich hatte Angst. Und wenn man Angst hat, dann macht man ...«

»... Scheiße«, nickt er und in seiner Miene blitzt der Zorn auf.

»Ja.« Eilig nimmt sie seinen Kopf fester in ihre Hände, damit er ihr ja nicht entkommt. »Ich habe immer von Mr. Smith geträumt ... das ist Miller«, fügt sie hinzu, als er sie ratlos ansieht. »Und immer öfter von DIR«, gesteht sie leise. »Ich dachte, du wärst mit Klara zusammen.«

»Wem?«

»Meiner ehemaligen besten Freundin, der Blondine im *Angels*«, seufzt Sophia und tupft schnell einen Kuss auf seine Lippen, den er tatsächlich erwidert.

Diesmal schluchzt sie vor lauter Erleichterung auf. »Als Jabba ...« Sie stöhnt, als er schon wieder Unverständnis signalisiert. »Das ist Baker«, erklärt sie, und er nickt mit dem nächsten Anflug von einem Lächeln.

Ja!

»Er hatte mir mit einem Kredit ausgeholfen, als ich hier ankam, weil ich total abgebrannt war, und forderte ...«

»... mit einem Mal die gesamte Summe zurück«, vollendet er dumpf den Satz.

Sie stutzt, besinnt sich dann jedoch und nickt. »Ich hatte Klara um Hilfe gebeten, doch die war deinetwegen sauer ...«

»Was?«

»Sie glaubte, als du über Nacht bei mir bliebst, hätten wir ...«

Ergeben schließt er die Augen. »Fuck!«

»Und Paul war die einzige Lösung. Er sagte ...«

»... sofort zu«, beendet Ethan mal wieder ihren Satz und schaut sie an. »Lass mich raten, du musstest dich nicht wirklich ins Zeug legen. Er war bemerkenswert hilfsbereit ... und natürlich ... *nett.*«

»Ja, es war ehrlich nicht schwer ...«, wispert sie und betrachtet argwöhnisch die tiefen Furchen, die sich auf seiner Stirn gebildet haben, auch wenn sie an ihrer so feuchten, bereitwilligen, sehnsüchtigen, absolut nicht ausgedörrten Mitte etwas anderes fühlt.

Kloster!

Ha!

Niemals!

»Du bist ihnen in die Falle gegangen. Das Ganze war ein abgekartetes Spiel«, sagt er schließlich, aber es klingt mehr resigniert als böse und auf keinen Fall verletzt.

»Ich weiß«, seufzt sie unglücklich. Noch immer laufen die Tränen, aber nur vereinzelt, und sie spürt, dass sie dabei sind, endgültig zu versiegen.

Lange sehen sie sich an, gefangen in einem Bann, der diesmal beide beherrscht. Irgendwann gibt sie sein Gesicht frei und er lehnt wie erlöst seine Stirn an ihre. »Es tut mir leid«, haucht er so samten, dass sie das nächste Schluchzen unterdrücken muss, denn jetzt klingt es richtig und wahr und so verdammt warm.

»Nein, mir tut es leid«, widerspricht sie, was ihn zu einem verhaltenen Lachen bringt.

»Ich will nicht, dass du gehst«, gesteht er dann.

»Weil ich mich in Gefahr bringe, ich weiß.«

»Nein!« Tief holt er Luft, bevor er den Kopf zurücknimmt, um sie anzusehen. »Weil ich will, dass du bleibst.«

Eine Erwiderung ist nicht möglich und vor allem nicht erforderlich. Außerdem erzählen Sophias Tränen wohl ihre eigene Geschichte. Er zieht sie näher an sich, und dann endlich legen sich seine Lippen auf ihre. Erst sanft, dann immer leidenschaftlicher, sie kann das nächste Stöhnen nicht unterdrücken, will es auch gar nicht. Denn Ethan erwidert es auf so männliche, animalische Weise, als sie den Mund für ihn öffnet, ihn einlässt, sich ihm entgegendrängt und seine Süße schmeckt, von der sie schon so oft geträumt hat.

Die Realität ist um ein Vielfaches besser.

Ethan zerrt das Shirt aus der Jeans und dann über ihren Kopf, weshalb sie sich voneinander lösen müssen. Sie stemmt sich gegen die Wand, hebt nacheinander die Arme, über die er ungeduldig den Stoff zerrt. Sobald sie zumindest am Oberkörper nackt ist, sinkt sie wieder an ihn und ihre Lippen finden erneut zueinander. Längst spürt sie seine Erregung begehrlich an ihrem Bauch.

Verdammte Hose!

Fahrig nestelt sie an deren Knopf, bekommt ihn sogar auf und mit seiner Hilfe und einigen stuntmäßigen Einlagen auch aus. Dann öffnet sie die Knöpfe seiner Jeans, spürt kurz darauf seine unvergleichliche Härte, weiß, dass sie sich nur ein wenig bewegen muss, um ihn endlich dort zu haben, wo sie ihn schon so lange will. Doch als sie diese geniale Idee in die Tat umsetzen will, rückt er ein wenig von ihr ab und beendet damit zu allem Überfluss auch noch den Kuss.

»Nicht so ungeduldig«, wispert er heiser an ihren bebenden Lippen, bevor er seine wieder auf sie presst und Sophia dabei in ihr/sein/ihr gemeinsames Zimmer trägt.

Dort angekommen legt er sie behutsam auf das Bett und richtet sich ein wenig auf. »Ich will dich lieben«, verkündet er dabei. »Nicht ficken.«

Allein von diesen Worten kommt sie fast und vergräbt verzweifelt die Zähne in der Unterlippe, als er sich tatsächlich daran macht, seine Ankündigung in die Tat umzusetzen.

Lange.

Ausführlich.

Mit Bedacht und Finesse.

In quälender Langsamkeit lässt er seine Lippen über ihren Körper gleiten, nimmt zärtlich eine ihrer starren Nippel in den Mund, saugt begehrlich daran, beißt sogar vorsichtig hinein, während seine Hände einen wundervollen Tanz auf ihrer Haut aufführen, sie streicheln, liebkosen, manchmal sogar necken ...

... nur leider nicht dort, wo sie es so dringend braucht!

Sophia mag Liebemachen – ECHT!

... aber nicht unbedingt jetzt.

In ihrer Qual zieht sie ihn an den Schultern nach oben, ignoriert seinen fragenden Blick, umfasst seine große, pulsierende Härte und seufzt begehrlich, als sie deren feste Adern unter ihren Handflächen spürt. Stöhnend schließt er die Augen und sie wispert. »Bitte!«

Was ihn dazu bringt, sie wieder anzuschauen. Diesmal wirkt er ziemlich ratlos – für einen winzigen Moment zumindest. Denn dann fährt sie nicht unbedingt behutsam an seiner gesamten, so unvorstellbaren Länge entlang und wieder hinauf, den Daumen auf der prallen Eichel, auf der sich bereits etwas Feuchtigkeit abgesetzt hat, und er keucht auf.

»Wenn du damit nicht aufhörst, komme ich!«

»Gut«, haucht sie an seinen Lippen, schlingt wieder ihre Beine um ihn und justiert ihn an ihrem Eingang. »Nur nicht ohne mich.«

»Aber ...«

»BITTE!« Sie wollte das nicht, aber es kommt als Schrei, und zwar als verdammt verbissener. Endlich begreift Ethan. Nun nimmt er *ihr* Gesicht zwischen seine Hände, küsst sie stürmisch – und kurz –, wispert ein »Okay!«, und richtet sich wieder auf. Dabei platziert er eines ihrer Beine über seine Schulter und nimmt sie in seinen visuellen Bann, der sie sofort in Trance versetzt, bevor er langsam und bedächtig in sie eindringt.

Beide stöhnen gleichzeitig auf, er legt den Kopf in den Nacken und zieht sich fast vollständig aus ihr zurück, bevor er sie ansieht, gleichzeitig mit voller Macht in sie hineinstößt und ihr damit einen Schrei entlockt.

»Ja!«, stößt er zwischen zusammengepressten Lippen hervor und wiederholt das Ganze, jedoch schneller.

»Oh Gott!«, stöhnt Sophia auf, der Schweiß steht ihr auf der

Stirn. Sie biegt den Rücken durch, hebt ihm ihr Becken entgegen, spornt ihn an, schneller zu agieren, und er folgt ihrem wortlosen Ruf. Auf seiner Brust glänzt der Schweiß, und durch den Schleier der Leidenschaft sieht sie seine fast verheilte Schusswunde. Er hat ihre Schultern gepackt, fixiert sie dabei und stößt immer schneller und härter in sie hinein.

So tief, dass sie glaubt, zu vergehen und gleichzeitig weiß, niemals davon genug zu bekommen.

Tiefer.

Schneller.

Wahnsinniger.

Ethan ist ein wahrer Künstler, er kreist mit den Hüften, verlagert seine Position, trifft diesen besonderen Winkel, der sie erneut aufschreien lässt, und zögert es dennoch bis zur Unendlichkeit hinaus. Sobald es kritisch wird, verlangsamt er das Tempo, und steigert es, wenn die Krise überstanden ist.

Dabei lässt er sie niemals aus dem Bann seiner nicht warmen, sondern erregten, stürmischen Augen, die Lippen sind leicht geöffnet, sein tiefes Keuchen kommt stetig schneller, doch seine Stöße verlieren niemals an dieser unvergleichlichen Kraft, und der Griff, mit dem er sie hält, könnte nicht besitzergreifender und damit betörender sein.

Auf dieser verführerischen Woge wird Sophia hinweggetragen, ergötzt sich nicht nur an seinem Aussehen, sondern auch an den Botschaften, die sein Blick ihr sendet, und fühlt sich bald tatsächlich wie im Himmel, obwohl sie doch erst dabei sind, dessen Gipfel zu erstürmen.

Allerdings verfügt auch Ethan über keine göttlichen Kräfte, und als seine Miene immer starrer wird, sich seine Kiefer fest aufeinanderpressen und er ein »Fuck!«, hervorstößt, umklammert sie ihn noch heftiger, bäumt sich unter seinen gigantischen Stößen auf und kommt mit einem lauten Schrei, in den er wenige Sekunden darauf mit einem tiefen, erlösenden Stöhnen einstimmt.

* * *

»Versprich mir nur eines«, sagt Etan, nachdem beide wieder

zu Atem gekommen sind.

»Alles«, erwidert sie sofort.

»Vorsicht«, lacht er. »Das könnte daneben gehen.« Doch dann wird er ernst. »Ab jetzt träumst du nur noch von einem, und zwar von mir.«

»In Ordnung«, haucht Sophia nach einer Weile, kuschelt sich an ihn und schließt die Lider.

Bereit, diese Forderung sofort zu erfüllen ...

ENDE

Printed in Poland
by Amazon Fulfillment
Poland Sp. z o.o., Wrocław

26138773R00118